시로 읽는 다산의 생애와 사상

석학人文강좌 38

시로 읽는 다산의 생애와 사상

초판 1쇄 인쇄 2015년 4월 15일
초판 1쇄 발행 2015년 4월 20일
지은이 송재소
펴낸이 이방원
편 집 강윤경 · 김명희 · 안효희 · 김민균
디자인 박선옥 · 손경화
마케팅 최성수
펴낸곳 세창출판사
출판신고 1990년 10월 8일 제300-1990-63호
주소 120-050 서울시 서대문구 경기대로 88 냉천빌딩 4층
전화 723-8660
팩스 720-4579
이메일 sc1992@empal.com
홈페이지 http://www.sechangpub.co.kr

ISBN 978-89-8411-521-7 04810
　　　 978-89-8411-350-3(세트)

이 도서의 국립중앙도서관 출판시도서목록(CIP)은 서지정보유통지원시스템 홈페이지(http://seoji.nl.go.kr)와
국가자료공동목록시스템(http://www.nl.go.kr/kolisnet)에서 이용하실 수 있습니다. (CIP제어번호: CIP2015010913)

석학人文강좌 38

시로 읽는 다산의 생애와 사상

송재소 지음

세창출판사

옛 선인들은 시를 전업으로 한 문학가는 드물고, 대부분의 경우 정치와 학문과 문학을 겸하고 있었다. 즉 관직을 가지고 학문을 연구하면서 시도 썼던 것이다. 다산의 경우도 마찬가지이다. 그는 조선조 실학을 집대성한 위대한 학자요 사상가였을 뿐만 아니라 2500여 수의 시를 남긴 걸출한 시인이기도 했다. 그러나 다른 관료문인들과 다산은 구별된다.

시도 쓰고 정치도 하고 학문도 연구하는 당시의 양반 사대부들이 정치 행위나 학문적 저술에서는 백성의 생활과 나라의 안위를 운위하지만 그들이 쓴 시는 현실권 밖에서 유유자적하며 음풍농월한 내용이 주를 이루고 있었던 데 반해서, 다산에 있어서는 경세가(經世家)와 시인이 분리되지 않고 하나로 통일되어 있다. 즉 실학자 다산이 현실에 대하여 심각하게 고민하고 끊임없이 모색한 결과가 한편으로는 『목민심서』, 『경세유표』, 『흠흠신서』 등의 학문적 저술로 나타나기도 했고 또 한편으로는 시로 형상화되기도 했던 것이다. 말하자면 그의 시는 당시의 병든 현실에 대한 임상보고서(臨床報告書)이고 일표이서(一表二書)를 비롯한 기타 저작들은 그 처방전(處方箋)인 셈이다. 이렇게 그의 시는 실학사상과 분리하여 생각할 수 없다. 그러므로 다산의 시를 읽는 것이 다산의 사상을 이해하는 중요한 통로일 수 있다.

『여유당전서』에 수록되어 있는 2500여 수의 시는 비교적 시대 순으로 잘 정리되어 있어서 이 시들을 읽으면 다산의 곡절 많은 생애를 시간의 순차에 따라 추적할 수 있고 또 다산 사상의 변천과정과 그 핵심적인 내용을 쉽게 파악할 수 있다. 말하자면 다산의 시는 위대한 실학사상의 예술적 형상물(形象物)이며 그의 파란만장한 삶을 기록한 일기(日記)와도 같은 것이다. 또한 규격적이고 논리적인 산문(散文)과는 달리 다산의 시에는 그의 내밀(內密)한 인간적인 고뇌가 드러나 있기 때문에 근엄한 경세가로서의 다산과는 다른 자연인 다산의 모습을 들여다볼 수 있다. 이 점이 다산 시를 읽는 또 다른 재미를 제공해 준다.

이 책은 한국연구재단이 주최한 '석학과 함께하는 인문강좌'의 2011년도 제8강의 내용을 토대로 대폭 수정 보완하여 이루어진 것이다. 2011년 7월 30일부터 8월 27일까지 매주 토요일 오후에 행해진 이 강좌에는 성균관대학교 김용태 교수가 사회를 맡아 주었고 연세대학교 박무영 교수, 인하대학교 윤인현 교수, 고려대학교 김언종 교수가 토론자로 참가하였다. 이 세 분 토론자는 내가 미처 생각하지 못했거나 불완전하게 알고 있었던 부분을 친절히 일깨워 주어 이 책을 집필하는 데에 많은 도움이 되었다. 세 분 교수님과 사회를 맡아 수고한 김용태 교수님께 이 자리를 빌려 감사의 뜻을 전한다. 특히 원고를 교정해 주신 박무영 교수님께는 무어라 감사의 마음을 표해야 할지 모르겠다. 다산 시에 대해서 누구보다 조예(造詣)가 깊은 박 교수는 번잡하고 까다로운 시의 원문과 다산 저작의 인용문을 일일이 교정하여 오탈자(誤脫字)를 바로잡아 주었을 뿐만 아니라 어색한 문맥과 부적절한 표현을 날카롭게 지적하여 어설픈 이 책을 번듯하게 만들어 주었다. 진심으로 감사드린다.

2015년 3월
止山詩室에서 송재소

차례

1. 이 책에 인용된 다산의 시문(詩文)은 신조선사(新朝鮮社)본 『여유당전서(與猶堂全書)』를 축쇄 영인한 경인문화사(景仁文化社)의 『증보여유당전서(增補與猶堂全書)』를 대본으로 삼았다.

2. 『증보여유당전서』의 면수 표시는 예컨대 『증보여유당전서』 제5집, 제10권, 30면 앞장'은 『전서』 V-10, 30a'와 같은 식으로 했다.

3. 역시(譯詩)의 제목은 필자가 임의로 붙인 것이다.

4. 정규영(丁奎英)이 편찬한 『사암선생연보(俟菴先生年譜)』에서의 인용은 필자의 번역본 『다산의 한평생』(창비, 2014)을 따랐고 별도의 원문은 제시하지 않았다.

제 1 장

—

수학기(修學期) ①

1. 영특한 유년 시절

작은 산이 큰 산을 가리고 있으니
멀고 가까움이 다르기 때문이네

小山蔽大山　遠近地不同

다산이 7세 때 지었다는 시인데, 부친이 보고 크게 기특하게 여겨 "분수
(分數)에 밝으니 자라면 틀림없이 역법(曆法)과 산수(算數)에 통달할 것이다"
라 말했다 한다.[01]

다산은 1762년 6월 16일 경기도 광주군 초부면(草阜面) 마현리(馬峴里)에
서 태어났다. 현재의 행정구역은 경기도 남양주시 조안면(鳥安面) 능내리(陵
內里) 마현 마을이다. 다산의 집안은 나주정씨(羅州丁氏) 명문가로, 특히 조선
조에서 처음으로 벼슬한 세조대(世祖代)의 정자급(丁子伋)으로부터 숙종대의
정시윤(丁時潤)에 이르기까지 8대가 연달아 홍문관(弘文館)에 들어가 '팔대옥
당(八代玉堂)' 집이라 불렸다. 옥당은 홍문관의 별칭이다.

다산의 부친은 정재원(丁載遠)으로 연천(漣川) 현감, 화순(和順) 현감, 예천
(醴泉) 군수, 울산도호부사(蔚山都護府使), 진주(晉州) 목사를 역임했다. 모친
해남윤씨(海南尹氏)는 「어부사시사(漁父四時詞)」를 쓴 고산(孤山) 윤선도(尹善

01　송재소 역주, 『다산의 한평생』(창비, 2014), 12면.

道)의 증손인 공재(恭齋) 윤두서(尹斗緖)의 손녀이다. 친가와 외가의 혈통을 이어받은 다산은 어려서부터 영특하고 뛰어난 글 솜씨가 있었다고 한다. 네 살 때 아버지로부터 『천자문』을 배웠고 여섯 살에는 경기도 연천 현감으로 부임하는 아버지를 따라가서 아버지로부터 교육을 받았다.

다섯 살에 이미 오언시(五言詩)를 짓기 시작했는데 10세 이전까지의 글을 모은 『삼미자집(三眉子集)』이 있었다고 한다. "그래서 문인이나 큰 선비들이 감탄하고 칭찬하지 않은 이가 없었으며 반드시 대성할 것임을 알았다."[02] '삼미자'는 어렸을 때 다산의 자호(自號)이다. 다산은 천연두를 순조롭게 앓아 별 흔적이 없었는데 오직 오른쪽 눈썹 위에 흔적이 남아 눈썹이 세 개로 나뉘었으므로 스스로 호를 삼미자(三眉子-눈썹이 셋인 사람)라 한 것이다.

9세 때 어머니가 돌아가셨고 15세(1776년)에 풍산 홍씨(豊山洪氏)에게 장가 들었는데 장인은 무과(武科) 출신으로 승지(承旨)를 지낸 홍화보(洪和輔)이다. 처가가 서울의 회현동에 있었고 아버지도 그때 호조 좌랑(戶曹佐郎)으로 임명되어 서울에 집을 세내어 살고 있었기 때문에 다산도 서울로 가서 신혼살림을 시작했다. 이듬해 5월 27일에 장모가 별세했는데 다산은 다음과 같은 만사(輓詞)를 지었다.

부인께선 늘그막에 다복(多福)했으나
소싯적 가난을 언제나 말하셨네

머리 잘라 오는 손님 접대했었고
방아 찧어 늙은 부모 즐겁게 해 드렸다고

02 앞의 책, 같은 곳.

자애로운 그 은혜 누가 갚으리

부드러운 덕성(德性)이 세상에 드문데

슬프고 슬프도다 동파역(東坡驛) 머리

단풍 숲에 비 뿌려 티끌 먼지 씻어주네[03]

—「장모 이숙부인 만사」

夫人晩福厚　常說少時貧

剪髮供來客　春粱悅老親

慈恩誰竟報　柔德世希倫

悽愴東坡驛　楓林雨洗塵

　'동파역(東坡驛)'은 지금의 경기도 파주시 문산(汶山)으로 아마 그곳이 장모의 장지였던 것 같다. 이렇게 16세라는 나이가 믿기지 않을 만큼 뛰어난 시재(詩才)를 나타내고 있다.

2. 화순(和順) 시절 —「지리산 스님」

　1777년(16세) 가을에는 전라도 화순현감으로 발령된 아버지를 따라 아내와 함께 화순으로 갔다. 그 이듬해에는 뒤에 합류한 둘째 형 약전(若銓)과 같이 화순 북쪽에 있는 동림사(東林寺)에서 글을 읽고 토론을 하면서 학문을 연마했다. 화순 시절에 그는 아름다운 장편 시 한 수를 남겼다.

03　「全書」Ⅰ-1, 4b,「外姑李淑夫人輓詞」.

지리산 높고 높아 삼만 길인데
푸른 상봉 평지는 손바닥 같아

그중에 암자 하나 대사립 두 짝이요
백발의 스님이 검은 법복(法服) 입고 있네

솔잎으로 미음 끓여 목을 축이고
칡덩굴로 모자 엮어 이마를 가렸는데

백 번이고 천 번이고 염불 외다가
갑자기 고요하여 아무 소리 들리잖네

삼십삼 년 산 밖으로 나오지 않았으니
세상사람 그 누가 이 얼굴 기억하리

꽃이 피고 꽃이 져도 거들떠보지 않고
오고가는 구름과 한가지로 한가할 뿐

표범은 소매 끌며 뜰 앞에서 장난하고
다람쥐는 창틈에서 염불소리 듣고 있네

산삼(山蔘)이 땅에 가득, 아무도 캐지 않고
노루, 사슴 울어 대며 제멋대로 나다니네

이 스님 이름을 누가 장차 알겠으랴
안개, 노을 첩첩이 푸른 산을 덮었으니

태백산(太白山)에 용(龍) 가둔 일 모두가 의심하고
소림사(少林寺)의 면벽(面壁) 좌선 중생들은 이해 못해

"설파(雪坡)대사[04] 선정(禪定)에 들었단 말 들리는데
그 높은 발걸음이 여기 온 건 아닌지요?"

연공(蓮公)은 고개 숙여 답하려 하지 않고
설파와 혜진 후론 소식 없다 말할 뿐[05]

　　　　　　　　　　　　　　　　-「지리산 스님」

智異高高三萬丈　　上頭碧巘平如掌
有一草菴雙竹扉　　有僧白毫垂緇幌
松葉稀糜或沾喉　　葛絲煖帽常覆顙
喃喃念經千百遍　　忽爾寂然無聲響
三十三年不下山　　世人那得識容顔
花開花落了不省　　雲來雲去只同閑
文豹牽裾戲庭畔　　斑貙聽偈遊牕間
蓼芽滿地無人採　　麋鹿呦呦自往還
此僧名字將誰識　　烟霞疊鎖蒼山色
太白藏龍衆共疑　　少林面壁愚莫測

04　有一스님의 法兄이다.
05　『全書』 ㅏ1, 7b, 「智異山僧歌 示有一」.

吾聞雪坡入禪定　無乃高蹤此逃匿
蓮公俛首不肯答　但道別來無消息

1778년(17세)의 작품으로 당대의 선승 유일(有一) 스님을 노래한 시이다. 유일 스님(1720-1799)은 호가 연담(蓮潭), 자(字)가 무이(無二), 성이 천(千)씨로 화순 출신이다. 이 시에 나오는 '태백산'은 중국 서안(西安) 남쪽에 있는 종남산(終南山)인데 인도에서 온 고승이 이 산에 살다가 연못에서 사람을 해치는 못된 용을 잡아 바리때에 가두었다는 이야기가 전해진다. '소림사 면벽 좌선'은 달마대사(達磨大師)의 이야기이다. 유일 스님이 인도의 고승이나 달마대사처럼 법력(法力)이 높다는 것을 말한 이 시에서 우리는 승려인 유일 스님에 대해서 매우 호의적인 다산의 시선을 읽을 수 있다.

젊은 시절의 다산은 왕성한 지식욕을 가지고 전통적인 유가 경전 이외의 서적도 널리 읽은 것으로 추측되는데 불교에 대해서도 극단적으로 배척하지는 않은 듯하다. 다산은 후일 강진에 유배되었을 때에도 혜장(惠藏), 초의(草衣) 등 승려들과 친밀한 관계를 맺었고 그곳 승려들과 함께 『만덕사지(萬德寺誌)』를 편찬하기도 했다. 또 강진에서 다산과 인연을 맺은 승려들의 모임인 전등계(傳燈契)가 있었던 것으로 보인다. 공교롭게도 유일 스님은 혜장 스님이 존경하는 스승이었다.

3. 초기의 비판의식 ―「광양(光陽)에서」

다산은 1779년(18세)에 과거시험 공부를 하라는 부친의 명에 따라 약 15개월간 머물렀던 화순을 떠나 서울로 간다. 과거시험을 치르기 위해서는 공령문(功令文)을 익혀야 한다. 공령문은 매우 까다로운 형식의 글이어서 과거 답안지 작성에만 필요한 비실용적인 글이고 학문을 하는 데에도 아무런 도움이 되지 않는 글이다. 이 시절, 형식적이고 틀에 박힌 과거시험에 대한 회의와 당시의 어지러운 정치판에 대한 회의가 함께 그를 괴롭혔던 것 같다. 서울로 가는 도중에 지은 「용계판을 넘으며(踰龍谿阪)」라는 시에서

......
곳곳마다 봄바람에 푸른 연기 일어나고
외진 곳에 사는 사람 순박한 풍속 지녔네

곧장 가족 이끌고 이곳에 숨고 싶어
진흙 길서 벼슬 구걸, 그보다 낫겠네[06]

春風處處爀爐靑　僻居食力懷淳俗
徑欲攜家此中隱　勝向塵途丐爵祿

라고 하여 이러한 마음의 갈등을 노래하고 있다. 그러나 부친의 명을 어길 수 없어 그는 일단 고향에 들렀다가 서울로 간다.

남녘땅 삼년을 나그네로 지냈는데
봄이 온 서울에는 온갖 나무 꽃 피었네

---

06 『全書』Ⅰ-1, 8b「踰龍谿阪」.

성문에 들어서니 화사한 기색

돌아보니 안개 노을 아련하구나

유학생활 그 어찌 벗이야 없으련만

이리저리 헤매느라 가정 아직 못 꾸렸네

시골 땅 논밭으로 다시 돌아가

뽕밭 삼밭 일굼이 낫지 않을까[07]

–「한양에 들어가서」

南土三年客　春城萬樹花

入門多氣色　回首杳煙霞

遊學那無友　棲遑未有家

何如隴畝上　歸與種桑麻

　한양 성문에 들어서면서 느낀 다산의 감회이다. 결혼 후 이리저리 다니
느라 가정을 꾸려 정착하지도 못했는데 또다시 서울에서 내키지 않는 과거
시험 준비에 매달려야 하는 심회를 토로한 시이다. 차라리 고향으로 돌아가
농사나 지으며 사는 것이 나을 것이라 생각하기도 한다. 사환(仕宦)과 은거
사이의 이러한 갈등은 28세에 그가 문과(文科)에 급제할 때까지 계속된다.
그는 그해 9월 성균관의 감시(監試)에서 낙방하고 아내와 함께 부친이 있는
화순으로 다시 내려갔다.

07 　『全書』 Ⅰ-1, 9a, 「入漢陽」.

작은 마을 산기슭에 의지해 있고
황폐한 옛 성이 바닷물에 씻기네

흙비 내려 큰 나무들 침침한 모습
비 머금은 섬 구름 더 높이 떴네

빈 장터엔 까막까치 요란스레 날아들고
다리엔 조개 소라 다닥다닥 붙어 있네

요즈음 어세(漁稅)가 너무 무거워
사는 것이 날마다 서글프기만[08]

-「광양에서」

小聚依山坂　荒城逼海潮
漲霾官樹暗　含雨島雲驕
烏鵲爭虛市　䗈螺疊小橋
邇來漁稅重　生理日蕭條

이 시는 1780년(19세) 봄, 예천 군수로 임명된 부친을 뵙기 위해 화순에서
예천으로 가던 도중에 광양에서 하룻밤 묵으면서 지은 것이다. 바닷가 마을
광양의 풍경은 평화롭지가 않다. 황폐한 성과 흙비와 침침한 나무들, 그리
고 까막까치 등으로 쓸쓸하고 음산한 마을의 분위기를 그려내고 마지막 연
의 어세(漁稅)로 이어진다. 다산은 이 마을 어부들이 내야 할 어세를 걱정하

08　「全書」 I-1, 11a, 「暮次光陽」.

고 있다. 이 시는 다산 시에서 처음으로 등장하는 사회시 계열의 작품으로 주목할 만하다. 이후 다산 시의 핵심적인 부분으로 자리 잡는 수많은 사회시의 출현을 예고하는 작품이라 하겠다.

4. 사실적 시 의식 ―「칼춤」

계루고(雞婁鼓) 소리 따라 풍악이 시작되니
저 넓은 좌중이 가을 물처럼 고요한데

촉석루 성안 처녀 꽃 같은 그 얼굴이
군복으로 분장하여 영락없는 남자로다

보랏빛 쾌자(褂子)에 청전모(靑氈帽) 눌러 쓰고
관중 향해 절 올리고 발꿈치 이내 돌려

음절에 맞추어서 사뿐사뿐 종종걸음
망설이듯 가서는 기쁜 듯 돌아와서

나는 선녀처럼 너울너울 앉으니
발아래 곱디고운 가을 연꽃 피어나네

거꾸로 서서 한참 동안 춤을 추다가
열 손가락 뒤쳐 뵈니 뜬구름 같구나

한 칼은 땅에 놓고 또 한 칼로 춤추니

푸른 뱀이 백 번이나 가슴을 휘감는 듯

홀연히 쌍칼 잡자 사람 모습 간 데 없고

삽시간에 하늘엔 안개구름 자욱하네

이리저리 휘둘러도 칼끝 서로 닿지 않고

치고 찌르고 뛰고 굴러 소름 끼치네

회오리바람 소나기가 겨울 산에 가득한 듯

붉은 번개 푸른 서리가 빈 골짝서 다투는 듯

놀란 기러기처럼 멀리 가, 안 돌아올 듯싶더니만

성난 매처럼 내려덮쳐 쫓아가지 못하겠네

쟁그렁 칼 던지고 날듯이 돌아오니

예처럼 가는 허리 의연히 한 줌일세

서라벌 여악(女樂)은 우리나라 제일인데

황창무(黃昌舞)[09] 옛 곡조가 지금까지 전하누나

---

[09] 민주면(閔周冕)의 『동경잡기(東京雜記)』에 다음과 같은 기록이 있는 것으로 보아 '황창랑(黃倡郎)의 검무(劍舞)'가 아닌가 한다. "황창랑은 신라 사람이다. 전설에 의하면 나이 7세에 백제의 시가(市街)로 들어가 칼춤을 추니 구경꾼이 담처럼 둘러섰다. 백제 왕이 그 소문을 듣고 불러 당(堂)으로 올라와 칼춤을 추라고 명령하자 황창랑은 칼춤을 추다가 백제 왕을 찔러 죽였다. 이에 백제 사람들이 그를 죽였다. 신라 사람들이 그를 가엽게 여겨 그의 형상을 본뜬 가면을 만들어 칼춤 추는 형상을 하였는데 지금까지 그 칼춤이 전해 온다고 한다."

칼춤 배워 성공하기 백에 하나 어려운 법
살찐 몸매 처진 볼에 노둔한 자 많았거늘

너 이제 젊은 나이 그 기예 절묘하니
옛말의 여협(女俠)을 이제야 보는구나

얼마나 많은 사람 너 때문에 애태웠나
미친 바람 장막 안에 몰아치지 않았던가[10]

-「칼춤」

雞婁一聲絲管起　四筵空闊如秋水
蠶城女兒顏如花　裝束戎裝作男子
紫紗褂子青氈帽　當筵納拜旋擧趾
纖纖細步應疏節　去如怊悵來如喜
翩然下坐若飛仙　脚底閃閃生秋蓮
側身倒挿蹲蹲久　十脂飜轉如浮煙
一龍在地一龍躍　繞肩百回靑蛇纏
倐忽雙提人不見　立時雲霧迷中天
左鋌右鋌無相觸　擊刺跳躍紛駭矚
颷風驟雨滿寒山　紫電靑霜鬭空谷
驚鴻遠擧疑不反　怒鶻回搏愁莫逐
鏗然擲地颯然歸　依舊腰支纖似束
斯羅女樂冠東土　黃昌舞譜傳自古

---

10 『全書』Ⅰ-1, 11b, 「舞劍篇贈美人」.

百人學劍僅一成　豐肌厚頰多鈍魯

汝今靑年技絶妙　古稱女俠今乃覩

幾人由汝枉斷腸　已道狂風吹幕府

이 시는 부친의 임지인 예천에 머물면서 진주의 촉석루를 유람하고 거기서 본 칼춤을 묘사한 작품이다. 이 시에서 주목할 만한 점은 묘사의 사실성이다. 푸른 뱀, 겨울 산의 회오리바람과 소나기, 붉은 번개, 푸른 서리 등의 적절한 비유를 빌려 칼날이 번뜩이는 칼춤 장면을 실감나게 그리고 있다. 다산은 시뿐만 아니라 그림에 있어서도 사실성을 매우 중시했다.

그의 작품들에서는 꽃·나무·새·짐승·벌레 등 할 것 없이 모두 화법(畵法)의 묘리(妙理)에 맞아서 섬세하고도 생동성(生動性)이 강하다. 저 서투른 화가들이 모지라진 붓에다가 먹물만 듬뿍 찍어서 기괴(奇怪)하게 되는대로 휘두르면서, 뜻만 그리고 형(形)은 그리지 않는다고 자처하는 자들의 작품과는 대비할 바가 아니다. 윤공(尹公)은 언제나 나비·잠자리 같은 것들도 손에 잡아들고 그 수염, 눈썹, 털, 고운 맵시 등의 섬세한 부분까지 자세히 살펴보고는 그 모양을 그리되 꼭 실물(實物)을 닮은 뒤에라야 붓을 놓았다. 이를 보더라도 그가 그림에 얼마나 정력을 들였으며 애를 썼는가를 짐작할 만하다.[11]

이 글은 윤용(尹愹)이란 사람의 화첩에 발문으로 쓴 것인데, 대상을 정확

---

11 『全書』 I-14, 20b 「跋翠羽帖」 "所作花木翎毛蟲豸之屬 皆逼臻其妙 森細活動 非粗夫笨生 把禿筆瀋水墨 謬爲奇怪 以畵意不畵形 自命者所能磬比者也 尹公嘗取蛺蝶蜻蛉之屬 細視其鬚毛粉澤之微 而描其形 期於肖而後已 卽此而其精深刻苦可知也."

히 관찰하고 그것을 정확히 그려야 한다는 다산의 예술관이 잘 드러나 있다. 이러한 예술관에 바탕을 둔 다산의 사실적인 시작(詩作) 태도는 다산 시 전반의 공통적인 특징으로서 조선 후기 농촌사회와 농민들의 묘사에도 그대로 연장된다.

5. 젊은 날의 고뇌 ─「뜻을 말하다」「뱃사공의 탄식」

다산은 이해 겨울에 벼슬을 그만둔 부친과 함께 고향으로 돌아와 글을 읽다가 다음 해(1781년, 20세) 부친의 권유에 따라 다시 서울에서 과문(科文)을 익혔다. 그러나 여전히 과거에 대한 회의에서 벗어나지 못하고 심적 갈등을 일으킨다. 다산은 과거에 급제하여 벼슬길에 나아간다는 개인적인 입신출세보다 더 크고 높은 것에 뜻을 두고 있었다.

슬프다 이 나라 사람들이여
주머니 속에 갇힌 듯 궁벽하구나

삼면은 바다에 둘러싸이고
북쪽은 높은 산이 주름져 있어

사지가 언제나 굽어 있으니
큰 뜻인들 무슨 수로 채울 수 있으리오

성현은 만 리 밖 먼 데 있으니

누가 있어 이 몽매함을 헤쳐 줄 건가

고개 들어 사방을 둘러보아도
환하게 깨달은 자 보기 드물고

남의 것 모방에만 급급해 하니
어느 틈에 정성껏 자기 일 연마하리

어리석은 무리들이 바보 하나 떠받들고
야단스레 다 같이 받들게 하니

질박하고 꾸밈없는 단군(檀君) 세상의
그 시절 옛 풍속만 못하리로다[12]

-「뜻을 말하다」 중 제2수

嗟哉我邦人	辟如處囊中
三方繞圓海	北方繚高崧
四體常拳曲	氣志何由充
聖賢在萬里	誰能豁此蒙
擧頭望人間	見鮮情曈曨
汲汲爲慕倣	未暇揀精工
衆愚捧一癡	喈唅令共崇
未若檀君世	質朴有古風

---

12 『全書』 I -1, 15b 「述志二首」.

서울에서 과거공부를 하고 있던 1782년(21세)에 쓴 시인데 다산의 시야가 더 넓어졌음을 볼 수 있다. 그는 당시 조선의 지적풍토(知的風土) 전체를 조감(鳥瞰)하면서 우리나라 사람들, 특히 지식인들이 "남의 것 모방에만 급급해 하며" "어리석은 무리들이 바보 하나 떠받들고 야단스레 다 같이 받들게 한다"고 말했다. 여기서 말한 "바보 하나"가 누구를 또는 무엇을 가리키는지 분명히 알 수는 없지만, 성리학적 가치관이 지배하던 당시 사회가 떠받드는 인물일 것이라 추측해 본다. 다산은 성리학에 대하여 매우 비판적이었다.

　그리고 "성현은 만 리 밖 먼 데 있다"고 했을 때의 "성현" 또한 누구를 가리키는지 알 수 없다. 이 성현이 만 리 밖 먼 곳에 있어서 사람들의 몽매함을 헤쳐 주지 못함을 안타까워하고 있다. 다산이 말한 성현이 공자나 맹자가 아님은 분명하다. 공자나 맹자가 시간적으로나 공간적으로 먼 곳에 있는 것은 사실이지만 우리는 이미 경전을 통해서 공맹의 가르침을 충분히 숙지하고 있기 때문에 공맹은 결코 멀리 떨어져 있는 존재가 아니다. 그렇다면 "성현"은 누구인가? 다산은 이 무렵 가까이 지내던 이벽(李檗)을 통하여 서양의 학문과 천주교를 접하고 있었고 이에 대하여 일정한 정도의 호기심을 가지고 있었다. 이렇게 볼 때 비생산적인 성리학적 풍토에서 내키지 않는 과거시험을 준비하고 있던 그가 서양의 문물을 접하면서 받은 정신적 충격과 관련이 있지 않을까? 조심스럽게 생각해 본다. 이런저런 생각에 다산의 심적 갈등은 깊어만 갔다.

　나는 본래 산중에서 약초 캐는 늙은이
　우연히 강에 나와 뱃사공 되었다네

　서풍 불어 서쪽 길 끊어 놓기에

동쪽으로 가려 하니 동풍이 몰아치네

바람이야 제 어찌 고의로 그러리오
내 스스로 바람 따라가지 않은 탓

두어라 이제 그만
나 옳고 바람 그르다 말하지 말고
산중에 돌아가 약초 캠만 못하리라[13]

-「뱃사공의 탄식」

我本山中採藥翁	偶來江上爲篙工
西風吹斷西江路	却向東江遇東風
豈其風吹故違我	我自不與風西東
已焉哉莫問風非與我是	不如採藥還山中

　역시 21세 때의 작품으로 격심한 심적 갈등을 달래기 위해 잠시 고향에 들렀을 때 지은 시이다. 산중에서 약초 캐며 사는 것이 본분에 맞는데 우연히 뱃사공이 되었다고 말한다. 산중에서 약초 캐며 살면 아무런 간섭을 받지 않지만 뱃사공은 바람의 간섭을 받는다. 바람이 부는 방향에 따라 뱃길을 조정해야 한다. 이 바람 때문에 뱃사공이 의도한 대로 배를 부리지 못함을 한탄하고 있다. 여기서 바람은 어지러운 정국과 시속을 비유하는 말이다. 다산은 "산중에 돌아가 약초 캠만 못하리라"라고 하여 거의 체념에 가까운 탄식을 하고 있다.

---

13 「全書」 I -1, 16b 「篙工歎」.

제 2 장

—

수학기(修學期) ②

1. 성군(聖君)과 현신(賢臣)의 만남

이러한 갈등 속에서도 다산은 드디어 1783년(22세) 2월에 세자 책봉을 경축하기 위한 증광감시(增廣監試)의 초시(初試)에서 경의(經義)로 합격하고 4월에는 회시(會試)에서 생원(生員)으로 합격했다. 소과(小科)에 합격한 것이다.

고운 물가 상스러운 기운 감도는 날이요
홍도(鴻都)에서 재주를 시험하는 때로다

시골까지 임금 은혜 두루 미치어
꽃망울도 봄볕에 아름다움 뽐내는데

마을에선 칭송이 떠들썩하고
아내의 얼굴에는 생기가 도네

조그만 성취가 어찌 대단하랴만
글월 띄워 어버이 즐겁게 하려네[01]

– 「생원시에 급제하고」

華渚流祥日　鴻都試藝辰

---

01 『全書』Ⅰ-1, 18a 「國子監試放榜日志喜」.

草茅覃雨露　花萼媚陽春
村巷傳呼數　閨門動色新
小鳴那足恃　書發庶怡親

　생원시에 합격한 기쁨을 노래한 시이다. 소과에 합격하여 생원이 되었다
고 해서 벼슬이 주어지는 것은 아니지만 문과(文科)로 가는 첫 관문인 만큼
기쁘지 않을 수 없었다. 그래서 당장 서신으로 부친에게 이 사실을 알렸다.
무엇보다 가장 기뻐할 사람이 부친이란 걸 알았기 때문이다. 『사암선생연
보』에는 이날의 일을 "선정전(宣政殿)에 들어가 은혜에 감사드릴 적에 임금
이 특별히 얼굴을 들라 하시고 나이가 몇이냐고 물었다. 이것이 공에게 있
어서 최초의 성군(聖君)과 현신(賢臣)의 만남이었다"[02]라 적고 있다. 실로 정
조 임금과 다산의 운명적인 첫 만남이 이렇게 이루어졌다. 또 이해 9월에는
큰아들 학연(學淵)이 태어났으니 다산으로서는 겹경사를 만난 셈이다. 이 무
렵 다산은 일시적인 마음의 평정을 얻은 듯하여 아름다운 서정시를 쓰기도
했다.

　지는 해 쓸쓸히 산 넘어가고
　맑은 봄 강 유유히 흘러가는데

　바람이 잔잔하여 고기들 입질하고
　숲이 어두우니 새들 다퉈 돌아오네

02　『茶山詩研究』197면, 『사암선생연보』〈正祖 7년 癸卯〉條.

강 언덕엔 잠자는 나룻배 하나

보리이랑 사이로 묵은 길이 열려 있네

사립문 바라고 잠시 서 있노라니

시골 풍경 정말로 맑고 그윽해[03]

－「강마을」

落日凄凄盡　春江泯泯流

風微魚更食　林黑鳥爭投

宿纜依蒲岸　荒蹊間麥疇

望門還暫立　村色信淸幽

　해질 무렵 강가에 서서 물속의 고기들이 노는 것을 바라보기도 하고 저녁이 되어 둥지로 돌아오는 새들을 쳐다보기도 하면서 '맑고 그윽한' 시골의 자연을 자연 그대로 즐기는 모습이다.

2. 끝없는 지식욕 －「손무자(孫武子)를 읽고」

인생은 먼 길 가는 나그네 같아

평생토록 갈림길서 헤매는 신세

육경(六經)[04]을 즐김이 옳은 일이나

03　『全書』 Ⅰ－1, 19b「宿汀村」.
04　유학의 경전인 『周易』『書經』『詩經』『春秋』『禮記』『樂記』.

구류(九流)[05]도 두루 엿볼 생각에

강개(慷慨)한 마음에 병서(兵書)를 읽어
만고에 한바탕 휘둘러 볼 생각 했다가

이 생각 진실로 지나치기에
책 덮고 길게 한번 탄식해 보네

호기(豪氣) 있는 선비는 가까이 못할레라
나 배운 것 바탕삼아 이용할까 두려웁고

용렬한 사람은 가까이 못할레라
나보고 스승 삼자 달려들까 두려웁네

초연히 내 갈 길 혼자서 걸어가며
내 생각 저으기 위로한다네

천지(天地)가 언제나 그대로는 아니고
도덕은 언제나 높은 건 아니니

이 세상 조화가 미묘하고 빈틈없어
누가 능히 그 연원을 살필 수 있나

---

05   중국 漢代의 9학파인 儒家, 道家, 陰陽家, 法家, 名家, 墨家, 縱橫家, 雜家, 農家.

신룡(神龍)이 머리를 한번 흔들면

연못의 잔고기가 시름에 잠기고

온갖 귀신 거리에 날뛰다가도

푸른 바다 아침 해가 돋는 법인데

때로는 이 이치가 어긋나기도 하니

모진 환난(患難) 당할까 두렵긴 하나

차분한 마음으로 명교(名敎)⁰⁶를 따르노니

이 즐거움 어찌 말로 다할 수 있으리요⁰⁷

－「손무자⁰⁸를 읽고」

人生如遠客　終歲在路岐

六經本可樂　九流思徧窺

慷慨讀兵書　萬古期一馳

此意良已淫　掩卷一長噫

豪士不可近　恐以我爲資

庸人不可近　恐以我爲師

超然得孤邁　庶慰我所思

天地無常設　道德無常尊

06 인륜의 명분을 밝히는 교훈, 즉 유학의 가르침.
07 Ⅰ－1, 23a 「讀孫武子」.
08 중국 춘추시대 齊나라 사람으로 『孫子』 13편을 저술하여 兵法家의 비조로 일컬어짐.

運化微且徐　誰能察其源
神龍奮其首　沏澤愁鰤鯤
百鬼騁中馗　溟渤生朝暾
理然時有詘　恐汝離蹇屯
安心履名教　此樂何可言

1784년 생원시에 급제한 이듬해인 23세 때의 작품으로, 모든 것을 알고
싶어 했고 모든 것을 이루려고 했던 스물세 살 청년 다산의 패기와 원대한
이상을 읽을 수 있는 시이다. 이 시 제1수의 2연과 3연을 눈여겨볼 필요가
있다. '육경'은 유학에 뜻을 둔 선비라면 모름지기 읽어야 할 유가의 경전이
다. 그런데 다산은 육경 이외에 "구류도 두루 엿볼 생각"을 하게 된다. 구류
(九流)는 도가(道家), 음양가(陰陽家), 묵가(墨家) 등 정통 유학에서 이단시하
는 9개의 학파를 가리킨다. 그래서 "강개한 마음에 병서(兵書)를 읽어 / 만
고에 한바탕 휘둘러 볼 생각"을 했다는 것이다. 이렇게 젊은 시절의 다산은
파우스트적인 지식욕의 소유자였다. 우리가 이 시에 주목하는 이유는 그
해 4월에 있었던 일 때문이다. 무슨 일이 있었는지 다산 자신의 글을 통해
알아본다.

갑진년(1784) 4월 보름날 큰형수의 제사를 지내고 우리 형제는 이벽(李蘗)과
함께 배를 타고 물결을 따라 천천히 내려오면서 배 속에서 그로부터 천지조
화의 시초, 사람과 신(神), 삶과 죽음의 이치 등을 듣고 황홀함과 놀람과 의아
심을 이기지 못해 마치 『장자』에 나오는 하늘의 강이 멀고멀어 끝이 없다는
것과 비슷했다. 서울에 온 후 이벽을 따라다니다 『천주실의』와 『칠극(七克)』

등 여러 권의 책을 보고 흔쾌하게 그쪽으로 기울기 시작했다.[09]

다산이 천주교에 첫발을 내디딘 것이다. 이것은 다산 일생일대의 큰 사건
이었다. 처음으로 접한 천주교 교리에 호기심 많은 그가 '황홀함'을 느꼈을
법도 하다. 그리고 저 유명한 「변방사동부승지소(辨謗辭同副承旨疏)」에서 "일
찍이 마음속으로 좋아하여 사모하였고, 내용을 거론하며 남들에게 자랑했
습니다"[10]라고 말한 바와 같이 그가 천주교에 깊이 빠졌던 것이 사실이다.

이렇게 볼 때 이 사건과 같은 해에 씌어진 시 「손무자를 읽고」의 상관관
계를 유추할 수 있다. 위의 시에서, 유학의 경전 이외에 '구류'도 두루 엿보
고 싶어서 병서(兵書)를 읽었다고 했으나 이것은 천주교 서적을 읽었다는 사
실을 우회적으로 표현한 것으로 보인다. 천주교 서적을 읽었다는 사실을 직
접 말할 수 없었기 때문이다. 그리고 위의 시 제2수의 "천지가 언제나 그대
로는 아니고 / 도덕이 언제나 높은 건 아니다"라는 말도 의미심장한 표현이
다. 천지도 때로는 변할 수 있는 것이고, 도덕도 언제까지나 높은 지위를 보
장받을 수는 없다는 말이다. '도덕'을 유가적(儒家的) 맥락에서의 도(道)와 덕
(德)으로 볼 수 있다면 천주교 교리를 접한 다산이 이 유가적 도와 덕의 항존
적(恒存的) 가치에 대하여 회의를 하고 있다는 말로 들린다. 이와 함께 "천지
가 언제나 그대로는 아니다"라는 말도 유가적 우주관에서 나올 수 있는 말
이 아니다. 비록 시에서는 "이 생각 진실로 지나치기에" 책(병서)을 덮었다고
했고, "차분한 마음으로 명교(名教)를 따른다"고 했지만 그가 천주교로부터
받은 충격의 흔적이 이 시에 분명히 드러나 있다. '명교'는 인류의 명분을 밝

---

09 『全書』Ⅰ-15, 42a 「先仲氏墓誌銘」 "甲辰四月之望 旣祭丘嫂之忌 余兄弟與李德操 同舟順流 舟中聞天地造
化之始 形神生死之理 惝怳驚疑 若河漢之無極 入京又從德操見實義七克等數卷 始欣然傾嚮."

10 『全書』Ⅰ-9, 43b 「辨謗辭同副承旨疏」 "蓋嘗心欣然悅慕矣 蓋嘗擧而夸諸人矣."

히는 교훈, 즉 유학의 가르침을 가리킨다.

여기서 다산 집안과 천주교와의 관계를 살펴볼 필요가 있다. 다산의 셋째 형 약종(若鍾)과 그 아들 철상(哲祥)은 1801년 신유박해 때에 순교했고, 약종의 둘째 아들 하상(夏祥)과 딸 정혜(貞惠)도 1839년 기해박해(己亥迫害) 때에 순교했다. 한국 최초의 세례교인인 이승훈(李承薰)은 다산의 자형(姉兄)이다. 그리고 다산의 큰형 약현(若鉉)의 첫째 사위가 '황사영백서' 사건의 당사자인 황사영(黃嗣永)이고 셋째 사위 홍재영(洪梓榮)도 1840년에 순교한 천주교 신자이다. 홍재영의 부친은 1801년의 신유박해 때에 먼저 순교했다. 다산에게 천주교 서적을 보여준 이벽(李蘗)은 큰형 약현의 처남이다. 이렇게 볼 때 다산이 호기심 많은 젊은 시절에 천주교에 관심을 가진 것은 자연스러운 일이라 하겠다. 그러나 그가 술회한 대로 후에는 천주교와 결별했음에도 불구하고 두고두고 그를 괴롭히는 빌미가 되었다.

3. 다산의 도둑론 ─「호박」

생원시에 급제한 후 다산은 성균관에서 공부하며 문과 급제를 위한 대장정에 나선다. 1784년(23세)에는 『중용』의 80여 조항에 대한 임금의 질문에 답한 「중용강의」를 바쳐 정조로부터 크게 칭찬을 들었고, 성균관에서 유생들에게 보이던 시험인 반제(泮製)에 뽑혀 역시 정조로부터 종이와 붓을 상으로 받기도 했다. 이해에 쓴 「호박(南瓜歎)」이란 시가 재미있다.

장맛비 열흘 만에 모든 길 끊어지고
성안에도 시골에도 밥 짓는 연기 사라졌네

태학(太學)[11]에서 글 읽다가 집으로 돌아오니
문안에 들어서자 떠들썩한 소리 들려

들어보니 며칠 전에 끼닛거리 떨어지고
호박으로 죽을 쑤어 근근이 때웠는데

어린 호박 다 따먹고 늦게 핀 꽃 지지 않아
호박 아직 안 맺으니 이 일을 어찌하랴

항아리같이 살이 찐 옆집 마당 호박 보고
계집종이 남몰래 도둑질 하여

충성을 바쳤으나 도리어 야단맞네
"그 누가 너에게 도둑질하라 가르쳤나"
심하게 볼기 맞고 꾸중 듣는 중

아서라 죄 없는 아이 꾸짖지 말라
이 호박 나 먹을 테니 다시는 두말 말라

옆집 가서 떳떳하게 사실대로 말하라
오릉중자(於陵仲子) 작은 청렴 달갑지 않다

11 成均館을 말함.

이 몸도 때 만나면 출셋길 열리리라

안 되면 산에 가서 금광이나 파보지

만 권 책 읽었다고 아내 어찌 배부르랴

두 마지기 논만 있어도 계집종 죄 안 지을 것을[12]

苦雨一旬徑路滅　城中僻巷煙火絶

我從太學歸視家　入門譁然有饒舌

聞說甖空已數日　南瓜鬻取充哺歠

早瓜摘盡當奈何　晚花未落子未結

鄰圃瓜肥大如瓬　小婢潛窺行鼠竊

歸來效忠反逢怒　孰敎汝竊箠罵切

嗚呼無罪且莫嗔　我喫此瓜休再說

爲我磊落告圃翁　於陵小廉吾不屑

會有長風吹羽翮　不然去鑿生金穴

破書萬卷妻何飽　有田二頃婢乃潔

　　성균관에서 글 읽다가 집으로 와보니 계집종이 이웃집 호박을 훔쳤다고 야단맞는 중이었다. 이를 보고 다산은 계집종을 두둔한다. 계집종이 호박을 훔친 것은 먹을 것이 없어 배가 고팠기 때문이므로 죄가 성립되지 않는다는 것이 다산의 생각이다. 그는 오릉중자(於陵仲子)의 조그마한 청렴은 달갑지 않다고 했다. 오릉중자는 중국 제(齊)나라의 귀족인데 지나치게 청렴결백하

---

12 『全書』Ⅰ-1, 23b「南瓜歎」.

여 세상과 어울리지 못하고 오릉 땅에 들어가 은거하며 몸소 자급자족하고 살았다고 하는 진중자(陳仲子)를 가리킨다.

이 시에서 우리는 다산의 현실의식의 일단을 엿볼 수 있다. 그중에서도 '도둑'에 대한 견해는 다산의 현실인식을 극명하게 보여준다. 다산의 저술에는 도둑에 관한 이야기가 많이 나온다. 그는 「감사론(監司論)」이란 글에서 이렇게 쓰고 있다.

어두운 밤에 담벼락에 구멍을 뚫고 잠근 고리를 벗긴 다음, 주머니를 더듬고 상자를 열어서 옷과 이불, 옥쟁반과 술잔 따위를 훔치거나 혹은 세발솥이나 가마솥을 떼 내어 도망치는 사람이 도적인가? 아니다. 이는 오직 굶주린 사람으로서 먹기가 급했던 자이다. 품에다 칼을 품거나 소매 속에 방망이를 감추고 길목에서 사람을 막아 소와 말과 돈을 빼앗고는 사람을 찔러서 말을 못하도록 죽여 없애는 자가 도적인가? 아니다. 이것은 오직 어리석은 자가 본성을 잃은 것이다.[13]

그러면 어떤 자가 도적인가? 다산은 진짜 '큰 도적'은 감사라고 말한다. 감사는 지금의 도지사에 해당하는 벼슬아치이다. 같은 글에서 그는 감사의 행차를 묘사하고 나서 다음과 같은 말로 끝맺는다.

이 도적은 야경꾼이 감히 심문하지 못하고, 집금오(執金吾)가 감히 잡지 못하고, 어사(御史)가 감히 공격하지 못하고 재상(宰相)도 감히 성토하는 말을 못

---

13 『全書』Ⅰ-12, 11a「監司論」"莫夜鑿牖孔解街鐶 探囊肱篋 以竊衣被敦匜 或摘其錡釜而逃者 盜乎哉 非也 是唯餓夫之急食者也 懷刃袖椎 要於路以禦人 攘其牛馬錢幣 刲其人以滅口者 盜乎哉 非也 是唯愚夫之喪性者也."

하며, 포악한 짓을 마구 하여도 감히 힐책하지 못하며, 막대한 토지를 소유하고 종신토록 편하게 있어도 감히 나무라는 논의를 못하니, 이와 같은 자가 큰 도적이 아닌가? 큰 도적이다. 군자(君子)는 말하기를 "큰 도적을 없애지 않으면 백성을 다 죽이게 된다"라 하였다.[14]

권력을 이용하여 백성들의 재물을 약탈하는 탐관오리가 진짜 도둑이라는 것이다. 이렇게 생각하는 다산에게 호박을 훔친 계집종이 도둑으로 보였을 리가 없다. 젊은 시절에 형성된 다산의 사고는 이후에도 계속 이어진다. 1818년(57세) 강진 유배생활 마지막 해에 완성된 것으로 보이는 『목민심서』에도 이러한 '도둑론'이 나온다.

어떤 관리가 한 도적을 심문하는데 "네가 도적질하던 일을 말해보라"고 하니 도적이 짐짓 모르는 척하면서 "무엇을 도적이라 합니까?"라 했다. 그 관리가 "네가 도적인데 그것을 모르느냐! 궤짝을 열고 재물을 훔치는 것이 도적이다" 하니 도적이 웃으면서 "당신 말대로라면 제가 어찌 도적일 수 있겠습니까! 당신 같은 관리가 진짜 도적입니다. …… (당신들의) 큰 저택은 구름처럼 이어지고, 노래와 풍악 소리는 땅을 울리고, 종들은 벌떼 같고, 계집들은 방 안에 가득하니, 이것이 참으로 천하의 큰 도적입니다. 땅을 파고 지붕을 뚫어 남의 돈 한 푼만 훔치면 곧 도적으로 논죄하고, 관리들은 팔짱을 끼고 높이 앉아 수만금을 긁어모으면서도 오히려 벼슬의 명예는 잃지 않으니, 큰 도적은 불문에 부치고 민간의 거지들과 좀도둑들에게만 죄를 묻는 것입니까?"라고 말하니 그 관리가 즉시 이 도적을 놓아주었다.

14 앞의 책, 같은 곳, "是盜也 干掫不敢問 執金吾不敢捕 御史不敢擊 宰相不敢言 勒討橫行 暴戾而莫之敢誰何 置田墅連阡陌 終身逸樂而莫之敢訾議 若是者庸詎非大盜也與哉 大盜也已 君子曰大盜不去 民盡劉."

4. 과거제도에 대한 회의 —「감흥(感興) 2수」

1785년(24세)에는 젊은 시절 그의 학문적 동지였던 이벽의 죽음을 당하여 만시(輓詩)를 지었다.

선학(仙鶴)이 이 세상에 내려왔는가
드높은 기상과 우뚝한 풍채

깃과 날개 희기가 백설과 같아
따오기, 닭들이 시기하고 미워했네

울음소리 하늘 끝에 울려 퍼졌고
맑고 고와 티끌 먼지 벗어났더니

가을 타고 갑자기 날아가 버려
남은 사람 마음만 슬프게 하네[15]

　　　　　　　　　　　　　　　　　　　　　　　　　　–「이덕조 만사」

仙鶴下人間　軒然見風神
羽翮皎如雪　雞鶩生嫌嗔
鳴聲動九霄　嘹亮出風塵
乘秋忽飛去　怊悵空勞人

---

15 「全書」 l -1, 25b「友人李德操輓詞」.

앞에서 언급한 대로 이벽(1754-1785)은 다산의 큰형 약현의 처남이며 다산에게 처음으로 천주교 서적을 보여준 인물이자 그의 절친한 벗이었다. 이벽의 자(字)는 덕조(德操), 호는 광암(曠庵)이며 성리학적 이념에 회의를 느껴 천주교를 비롯한 서학서(西學書)를 두루 탐독한 신진 학자였다. 그는 천주교 교리를 일정한 정도로 수용했을 뿐만 아니라 서양의 과학문명을 적극적으로 받아들여 다산에게도 적지 않은 영향을 주었다. 그는 1785년 봄에 일어난 '을사추조적발사건(乙巳秋曹摘發事件)' 이후 부친의 극심한 반대로 배교(背敎)를 한 것으로 알려져 있다. 을사추조적발사건이란, 1785년 봄에 그가 이승훈, 정약전, 정약종, 다산, 권일신 등과 함께 중인(中人)인 김범우(金範禹)의 집에서 종교 모임을 갖다가 추조(秋曹), 즉 형조(刑曹)에 의해서 적발된 사건을 말한다. 배교를 한 후에도 그는 유학과 서학 사이에서 이념적 갈등을 겪다가 흑사병에 걸려 사망한 것으로 되어 있다. 현재 그가 저술했다고 하는 『성교요지(聖敎要旨)』가 전한다. 여러 가지 면에서 지향(志向)을 같이했던 이벽이 갑자기 사망하자 다산은 한 편의 만시를 지어 그의 죽음을 안타까워한 것이다.

내 고향 동쪽은 수운향(水雲鄕)이라
생각하니 가을이면 즐거운 일 많았어라

밤 밭에 바람 불면 붉은 열매 떨어지고
개여울에 달이 뜨면 붉은 게 향기롭네

촌길 잠시 걷는 새도 모두가 시(詩)의 소재
구태여 돈 들여 술 마실 필요 없네

객지생활 여러 해에 돌아가지 못하고
고향 편지 올 때마다 남몰래 가슴앓네[16]

－「가을에」

吾家東指水雲鄉　細憶秋來樂事長
風度栗園朱果落　月臨漁港紫螯香
乍行籬塢皆詩料　不費銀錢有酒觴
旅泊經年歸未得　每逢書札暗魂傷

역시 24세 때 작품인 이 짧은 서정시에는 풍부한 감성을 지닌 시인으로서
의 다산의 면모가 잘 드러나 있다. 이해에 그는 성균관에 있으면서 반제(泮
製)에 여러 번 뽑히고 정시(庭試)와 감제(柑製)의 초시에 합격하여 임금인 정
조로부터 칭찬과 함께 후한 상을 받는 등 화려한 시절을 보냈지만 마음 한
구석엔 여전히 그만의 깊은 고민이 자리하고 있었다. 이 시 마지막 연에서
그 고민의 흔적을 엿볼 수 있다. "객지생활 여러 해에 돌아가지 못하고 / 고
향 편지 올 때마다 남몰래 가슴앓네"라 술회했을 때의 그 '가슴앓이'의 정체
가 무엇일까? 크게는 천주교와 서학을 접한 이후 성리학적 이념에 대한 회
의에서 비롯된 심적인 갈등일 것이고, 작게는 코앞에 닥친 과거시험에 대한
고민 때문일 것이라 추측된다. 거기에다 당시의 혼탁한 정치판이 이러한 고
민과 갈등을 부추겼을 것으로 짐작된다. 이러한 가슴앓이는 다음 해에 씌어
진 「감흥이수(感興二首)」란 시에서 구체화된다.

전국시대(戰國時代)는 오히려 옛날에 가까워

16　「전서」 I -1, 26a 「秋日書懷」.

현명한 선비만 골라 뽑았네

유세(遊說)하는 선비가 경상(卿相)이 되고[17]
다른 나라 사람도 앞자리에 섰었는데[18]

홍도(鴻都)의 경쟁 문 열린 이후로
글 짓는 재주만 나날이 번잡해져

영예와 굴욕이 한 글자로 판결나고
일생토록 하늘과 땅 차이가 나고 마니

의기 높은 선비는 굽히는 것 싫어하여
산택(山澤)에 버려짐을 달게 여기네

한 세상 건너기가 술 마시기 같아서
시작할 땐 의례히 한두 잔이나

마시면 갑자기 취하기 쉽고
취하면 본마음 어두워져서

백 잔을 기울이며 정신없이 취하여

17 전국시대에 범수(范睢), 채택(蔡澤) 등이 유세객으로서 진나라의 재상이 된 일.
18 이사(李斯)가 초(楚)나라 사람으로 진나라의 객경(客卿)이 된 일.

거친 숨 몰아쉬며 무진무진 마셔대네

저 넓은 산림(山林)에 거처할 곳 많아서
지자(智者)는 일찌감치 찾아가는데

나는 늘 생각뿐 가지 못하고
헛되이 남산 밑만 지키고 있네[19]

-「감흥 2수」

戰國猶近古　選士唯其賢
游談取卿相　客旅多居前
鴻都啓爭門　詞藻日紛然
榮悴判一字　畢世分天淵
伉厲恥屈首　山澤甘棄捐

涉世如飮酒　始飮宜細斟
旣飮便易醉　旣醉迷素心
沈冥倒百壺　豕息常淫淫
山林多曠居　智者能早尋
長懷不能邁　空守南山陰

　　제1수 제3연의 "홍도(鴻都)"는 중국 후한(後漢) 영제(靈帝) 때 설치한 일종의
궁중 도서관으로 그곳에서 선비들이 글 짓는 공부를 하며 시험 준비를 했다

---

19 『全書』 I -1, 26a 「感興二首」.

고 한다. 과거제도는 수 양제(隋煬帝) 때 시작되었지만 그 시원은 '홍도문'에서 비롯되었다는 것이 다산의 생각이다.[20] 이 시에서 "홍도의 경쟁 문이 열린 이후로 / 글 짓는 재주만 나날이 번잡해졌다"는 것은, 시험을 통하여 글 짓는 재주만으로 관리를 등용하는 제도의 폐단을 말한 것이다. 시험제도가 실시되기 전의 전국시대가 오히려 더 좋았다고 말함으로써 다산은 관리 등용 수단으로서의 과거제도의 불합리함을 지적하고 있다. "영예와 굴욕이 한 글자로 판결나는" 과거시험에 끝까지 매달려야 하는가? "의기 높은 선비"나 지혜로운 "지자(智者)"는 과거를 통한 입신출세를 포기하고 일찌감치 산림에 들어가는데 서울에서 문과 시험 준비를 하고 있는 자신이 못마땅했던 것이다. 제2수 마지막 연의 "나는 늘 생각뿐 가지 못하고 / 헛되이 남산 밑만 지키고 있네"라는 자조(自嘲) 섞인 한탄이 당시 다산의 심정을 잘 말해주고 있다. 그 시절 그는 남산 밑 회현방(會賢坊) 담연재(澹然齋)에 거처하고 있었다. 다산은 과거제도에 대하여 근본적인 회의를 하고 있었다. 다산의 글에 나타난 과거제도에 대한 비판은 철저한 바 있다.

과거학(科擧學)은 이단(異端) 중에서도 폐해가 가장 심한 것이다. … 과거학은 가만히 그 해독을 생각해보면 비록 홍수와 맹수라도 비유할 바가 못 된다. 과거학을 하는 사람 중에는 시부(詩賦)가 수천 수에 이르고, 의의(疑義)가 오천 수에 이르는 자도 있는데, 이 공(功)을 학문에다 옮길 수만 있다면 주자(朱子)가 될 것이다.[21]

---

20 『전서』 I -8, 40b 「人才策」 참조.
21 『全書』 I -17, 39b 「爲盤山丁修七贈言」 "科擧之學 異端之最酷者也 … 至於科擧之學 靜思其毒 雖洪猛不足 爲喩也 詩賦至數千首 疑義至五千首者有之 苟能移此功於學問 朱子而已."

이 세상을 주관하면서 천하를 거느려 광대놀음을 하는 재주는 과거(科擧)의 학문이다. … 지금 천하의 총명하고 슬기 있는 자를 모아놓고 한결같이 모두 과거라는 절구에다 던져 넣어 찧고 두드려서 오직 깨어지고 문드러지지 않을까 두려워하니 어찌 슬프지 않으리오.[22]

일본에서는 요즈음 명유(名儒)가 배출되고 있다는데 … 대개 일본이라는 나라는 원래 백제에서 책을 얻어다 보았는데 처음에는 매우 몽매하였다. 그 후 중국의 절강 지방과 직접 교역을 트면서 좋은 책을 모조리 구입해갔다. 책도 책이려니와 과거를 통해 관리를 뽑는 그런 잘못된 제도가 없어 제대로 학문을 할 수 있었기 때문에 지금 와서는 그 학문이 우리나라를 능가하게 되었으니 부끄럽기 짝이 없는 일이다.[23]

과거제도가 인재선발의 바른 수단이 되지 못한다는 것은 다산의 일관된 생각으로 후일 장기(長鬐)로 유배되었을 때(1801년) 쓴 시에서도 과거제도의 폐단을 이렇게 말한 바 있다.

과거(科擧)는 수(隋)나라 양제(煬帝)에서 비롯하여
그 독이 대동강 한강까지 흘러왔네

고정림(顧亭林)의 생원론(生員論)[24] 빛나고 빛나
통쾌하게 장단 맞출 일이건마는

22 『全書』 I-11, 22a 「오학론 4」 "主斯世而帥天下以倡優演戱之技者 科擧之學也 … 今也括天下聰慧之才 壹皆投之於科擧之臼 而舂之撞之 唯恐其不破碎靡爛 豈不悲哉."
23 『전서』 I-21, 10a 「示二兒」 "日本近者 名儒輩出 … 大抵日本本因百濟得見書籍 始甚蒙昧 一自直通江浙之後 中國佳書 無不購去 且無科擧之累 今其文學遠超吾邦 愧甚耳."
24 이에 대해서는 101면에서 後術한다.

구름처럼 수많은 저 인재들이

모두가 이 속에서 무너져버려

늘그막까지도 꾀죄죄하게

글 다듬고 꾸미는 일 게을리 않네[25]

詞科自隨煬　流毒至浿湞

粲粲生員論　擊節成一快

才俊如霞雲　盡向此中敗

龍鍾到白紛　雕繪猶未檞

5. 심해진 반대파의 견제 ―「취가행(醉歌行)」

　과거에 대한 부정적 시각에도 불구하고 다산은 과감한 결단을 내리지 못
하고 시험 준비를 위한 성균관 생활을 계속했다. 1787년(26세)에는 반제(泮
製)에 여러 번 수석으로 뽑혀 임금으로부터 『국조보감(國朝寶鑑)』 한 질과 백
면지(白綿紙) 1백 장을 상으로 받기도 했다. 그동안 정조는 친히 다산을 불
러 격려의 말을 해주고 술을 내리는 등 그를 총애하는 정도가 더욱 깊어갔
다. 그러나 정조의 총애가 깊어갈수록 다산을 시기하고 헐뜯는 무리도 늘어
났다. 이해에 그는 「취가행(醉歌行)」이란 시를 지어 자신의 심경을 토로하고
있다.

---

25 『전서』 I -4, 9b 「古詩二十七首」 중 제25수.

......

객지생활 십년에 뜻 이루지 못하고
재주 높아 남의 시기 받을까 두렵다네

유생(劉生)의 광절교론(廣絶交論) 통쾌하게 읽고서
한 말 술 들이켜 곧장 취해버리니

눈앞의 온갖 것이 가을 털같아
높이 베고 크게 웃으며 아이놈들 바라보네

일어나 저 멀리 용문산에 숨으려니
아이놈들 서글피 마음만 애태우네[26]

客游十年不稱意　恐汝才高被物忌
快讀劉生廣絶交　痛飲一斗徑取醉
眼前百物如秋毫　高枕大笑看兒曹
起來遠遜龍門北　兒曹悵望心徒勞

유생(劉生)은 중국 남조(南朝) 제(齊), 양(梁) 시대의 학자 유준(劉峻)이고, 그
가 쓴 「광절교론」은 이해관계에 따라 변하는 당시의 인정세태를 비판한 글
이다. 이 글을 읽고 다산은 술을 한 말이나 들이켰다고 했다. 그가 술을 한
말이나 들이킨 것은 「광절교론」의 내용과 너무나 흡사한 당시의 인정세태

26　「全書」 I −1, 29b 「醉歌行」.

를 개탄했기 때문일 것이다. 이해관계에 따라 변하는 당시의 인정세태가 다산에게 어떤 작용을 했는지 구체적으로 알 수는 없지만 정조의 총애를 받고 있는 다산에 대한 노론 벽파(老論辟派)의 견제가 심했음은 충분히 짐작할 수 있는 일이다. 여기에다 과거제도에 대한 부정적인 생각까지 겹쳐서 그는 모든 걸 포기하고 한적한 시골에서 은거할 마음을 품게 된다. 위의 시에서 "일어나 저 멀리 용문산(龍門山)에 숨으려" 했다고 말했는데 그는 실제로 이해에 용문산 북쪽에 있는 문암산장(門巖山莊)에 가서 수십 일을 머물며 출사(出仕)와 은거(隱居) 사이에서 깊은 고민을 했다. 문암산장에 머무는 동안에도 그는 「문암산장의 가을(秋日門巖山莊雜詩)」이란 시를 썼는데 몇 수만 읽어본다.

골 깊고 물 차니 기후가 고르잖아
구월에 분 동풍이 너무도 무정쿠나

올해는 찰벼 심어 후회했으니
내년엔 반드시 메벼를 심으리라 (제2수)

谷邃泉寒氣未平　東風九月太無情
今年悔種細毛稬　來歲須栽圻背秔

산속이 온통 늦가을 풍경인데
온 가족 모두 다 밭머리에 나와 있네

목화는 볕에 말려 아이에게 줍게 하고
서리 맞은 콩깍지는 할멈 사서 거두리 (제3수)

山裏烟光屬晚秋　全家都在石田頭
棉花日晒教兒拾　豆莢霜凋倩嫗收

앞산에서 나무하다 노루 잡아 돌아오니
온 동네가 떠들썩 집집마다 술렁이네

파 마늘 곁들여 흙화로에 구워 내니
촌사람 고기 맛 모른다고 그 누가 말했던가 (제5수)

樵叟前林打鹿歸　一村讙賀動山扉
地爐燒炙兼蔥蒜　誰道農家未饜肥

밤 깊은 울타리에 호랑이 나타나니
고요한 산중에 우레 같은 울음소리

소년 홀로 사립문 밀치고 나가
시내까지 쫓아가서 개 빼앗아 돌아오네 (제7수)[27]

籬落三更猛虎來　萬山寥寂一聲雷
少年獨出柴門去　趕到前溪取狗廻

다산은 이들 시에서 순박한 산골 사람들의 삶을 꾸밈없이 그리고 있는데,

---

27 「全書」Ⅰ-1, 29a「秋日門巖山莊雜詩」.

시기와 질투와 모함이 판치는 서울과는 다른 이곳 사람들의 생활을 부드러운 시선으로 바라보고 있다. 그만큼 그는 서울생활에 지쳐 있었던 것이다. 결국 그해 12월 그는 문암에 산장을 구입한 것으로 보아 잠정적인 은거 쪽으로 생각을 굳힌 듯했다. 임금의 총애를 받는 일 말고는 주위의 상황이 다산에게 그다지 호의적이지 않았음을 알 수 있다.

6. 양잠(養蠶)을 중시하다 —「누에치기」

삼 농사 반년 동안 가지치기 수고롭고
목화농사 일 년 내내 가뭄 장마 걱정인데

누에치기 효과가 빠르기는 제일이라
한 달이면 광주리에 고치가 가득하네 (제1수)

半年麻枲勞耕翦　終歲棉花慮雨暘
最是蠶功收效疾　三旬贏得繭盈箱

묵은 뽕잎 가져다가 새끼 누에 먹이고서
새잎은 남겨두어 누에 늙기 기다리세

오랫동안 배곯아 병들까 걱정이요
너무 먹여 숫놈만 만들지 말아야지 (제3수)

須將舊葉哺纖蟻　留養新芽待老蟲
唯恐久飢深得病　無令太飽獨成雄

층층이 잠박(蠶箔) 놓아 알맞게 배치하니
칠 층이면 일곱 칸 누에를 칠 만하네

냄새를 멀리하고 덥도 춥도 않게 하여
언제나 햇볕 들게 동남쪽 향해야지 (제4수)[28]

層茁安排量所函　七層能養七間蠶
遠臭兼須齊冷煖　納陽常要向東南

– 「누에치기」

1788년(27세)에 아내에게 바친 시이다. "안사람이 양잠을 몹시 좋아하여 서울에 있으면서도 해마다 고치실을 수확하므로 이 시를 쓴다"는 다산의 자주(自註)가 달려 있다. 다산은 양잠(養蠶)에 관심이 많았는데 위의 시에서 보듯 그의 양잠 실력은 아마추어 수준을 넘어서 있다. 그는 또 국가가 농정(農政)을 펼침에 있어서도 양잠을 중시해야 한다고 말했다. 1789년의 한 책문(策文)에서 그는 이렇게 말했다.

신은 엎드려 생각하건대, 상마(桑麻)에 대한 정사는 성왕(聖王)들이 소중하게 여긴 것입니다. 주 문왕(周文王)의 제도와 맹자의 학문이 맨 먼저 힘쓴 바는,

---

28 『全書』Ⅰ-1, 30a「蚖珍詞七首贈內」.

오묘(五畝)의 주택 담장 밑에 뽕나무를 심은 것에 불과합니다. 엎드려 보건대, 우리 선대왕(先大王)께서도 수령(守令)들의 정치 실적을 평가할 적에 흔히 뽕나무를 심은 실적으로써 정하였으니, 이는 한(漢)나라의 유법(遺法)입니다. 고(故) 상신(相臣) 이원익(李元翼)이 일찍이 안주(安州)를 다스릴 적에 백성들에게 의무적으로 뽕나무를 심도록 하여 1만 그루가 훨씬 넘은바, 서쪽 백성들이 그 뽕나무를 힘입었고, 지금까지도 그 뽕나무를 '이공상(李公桑)'이라 부르고 있으니, 이 역시 옛날 순리(循吏)가 남긴 뜻입니다. 지금 마땅히 이 법을 밝혀 수령들로 하여금 백성들에게 의무적으로 뽕나무를 심어서 그 실효를 거두도록 하는 것도 근본을 튼튼히 하는 데 한 가지 도움이 될 것입니다.[29]

뽕나무 심기를 권장한 것은 뽕나무 심는 그 자체가 중요한 것이 아니고 뽕나무를 심어서 양잠을 하라는 말이다. 다산은 1810년 강진에서 서울의 큰아들에게 보낸 한 편지에서도 양잠의 중요성을 강조한 바 있다.

살림살이를 꾀하는 방법에 대하여 밤낮으로 생각해 보아도 뽕나무 심는 것보다 더 좋은 것이 없으니 이제야 제갈공명(諸葛孔明)의 지혜보다 더 위에 갈 것이 없음을 알았다. 과일을 파는 일은 본래 깨끗한 명성을 잃지 않지만 장사하는 일에 가까우나, 뽕나무 심는 거야 선비의 명성을 잃지도 않고 큰 장사꾼의 이익에 해당되니 천하에 다시 이런 일이 있겠느냐?
남쪽 지방에 뽕나무 3백 65주를 심은 사람이 있는데 해마다 3백 65꿰미의 동

---

29 『全書』Ⅰ-8, 11a「地理策」"臣伏惟桑麻之政 聖王之所重也 文王之制 孟子之學 其首先務者 不過曰五畝之宅 樹墻下以桑 抑伏覩我先大王考課守令 多以植桑 蓋漢法也 故相臣李元翼曾任安州 課民種桑 恰過萬株 西民賴之 至今謂之李公桑 亦古循吏之遺意也 今宜修明其法 令守令課民種桑 俾有實效 是亦敦本之一助也."

전을 얻는다. 1년을 3백 65일로 보면 하루에 한 꿰미로 식량을 마련하더라도 죽을 때까지 궁색하지 않을 것이요 아름다운 명성으로 세상을 마칠 수 있으니 이 일은 가장 힘써 배워야 할 일이다.

그 다음으로는 잠실(蠶室) 3칸을 짓고 잠상(蠶床)을 7층으로 하여 모두 21칸의 누에를 길러 부녀자들도 놀고먹는 사람이 없도록 하는 것이 또한 좋은 방법이다. 금년에는 오디가 잘 익었으니 너는 그 점을 소홀히 말아라.[30]

경전(經典)을 연구하고 인류의 질서를 걱정하고 우주의 원리를 모색하는 대학자가 이렇게 뽕나무 심는 일과 누에치는 일에까지 세심한 관심을 가지는 데에서 실용을 중시하는 실학자로서의 면모를 볼 수 있다.

---

30 『全書』 I -18, 15b 「示學淵家誡」 "謀生之術 晝思夜度 莫善於種桑 始知孔明之智 果無上也 賣果本是淸名 猶近商賈 若桑不失儒者之名 而抵大佑之利 天下復有此事哉 南中有種桑三百六十五株者 歲得錢三百六十五串 朞三百六十五日 每用一串爲糧 終身不匱 遂以令名終 此事最堪師學 其次爲蠶室三間 爲箔七層 共養蠶二十一間 令婦女無至游食 亦佳法也 今年椹熟 汝其毋忽."

제 3 장

—

사환기(仕宦期) ①

1. 문과(文科)에 급제하다

임헌시(臨軒試)[01]에 여러 번 응시했다가
마침내 급제하는 영광 얻었네

하늘의 조화는 깊기도 해라
미물에도 낳고 자람 후하게 했도다

둔하고 졸렬하여 임금 보좌 어렵지만
공정과 청렴으로 충성을 바치리

임금님 말씀으로 격려 많이 해주시니
부모님 마음을 그나마 위로할 듯[02]

–「문과에 급제하고」

屢應臨軒試　終紆釋褐榮
上天深造化　微物厚生成
鈍拙難充使　公廉願效誠
玉音多激勵　頗慰老親情

01　임금이 나와서 직접 보이는 시험.
02　『全書』ㅣ-1, 31b「正月廿七日賜第 熙政堂上謁 退而有作」.

다산은 끊임없는 심적 갈등에도 불구하고 마침내 1789년(28세) 문과에 급제했다. 위의 시는 급제한 후의 심경을 그린 시이다. 다산이 과거제도에 대하여 매우 부정적이었고 개인적으로 과거를 통한 출사(出仕)를 놓고 심각한 고민을 했음에도 불구하고 끝내 과거를 포기하지 않았던 이유는 무엇일까? 무엇보다 부친의 간곡한 권유를 뿌리치기 어려웠을 것이다. 그리고 현실적으로 과거를 통하지 않고서는 자신의 경륜과 포부를 펼칠 수 없다는 사실을 누구보다 잘 알고 있었기 때문이었을 것이다. 그는 후일 이인영(李仁榮)이란 제자에게 준 글에서 과거의 폐단을 누누이 말하면서도 "그러나 국법이 변하지 아니하니 순순히 따를 뿐이며, 이 길이 아니면 군신(君臣)의 의리를 물을 데가 없다. 그래서 정암(靜庵) 조광조(趙光祖), 퇴계(退溪) 이황(李滉) 같은 선생들도 모두 이 과문(科文)을 닦아서 발신(發身)했다네"[03]라 말한 바 있다.

문과에 급제한 후 그는 희릉직장(禧陵直長)에 제수되어 험난한 벼슬길에 첫발을 내디뎠다. 이어서 초계문신(抄啓文臣)으로 임명되는 등 능력을 인정받았고 그해 겨울에는 주교(舟橋)를 설치하는 공사의 규제를 만들어 공을 이루었다. 주교는 한강에 설치한 '배다리'이다. 정조 임금은 1789년(정조 13) 10월에 경기도 양주시 배봉산에 있던 부친 사도세자의 능을 화성(華城-지금의 수원)으로 이장했는데 왕의 능행(陵幸) 때 한강을 건너는 불편을 덜기 위하여 배를 이어서 다리를 만들었다. 이 공사의 설계를 다산이 담당하여 공을 세운 것이다. 이해 12월에 셋째 아들 구장(懼牂)이 태어났다. 1790년(29세) 3월에는 사소한 일로 해미현(海美縣)에 유배되었지만 10일 만에 풀려나 예문관 검열(檢閱), 사간원 정언(正言), 사헌부 지평(持平) 등에 제수되어 임금의 총애가 더욱 깊어갔다.

---

03 『全書』 I -17, 45a「爲李仁榮贈言」"然國法未變 有順而已 非此路 則君臣之義 無所問焉 故靜菴退溪諸先生 咸治此藝 以發其身."

1791년(30세) 4월에 셋째 아들 구장(懼牂)이 죽었는데 다산은 애절한 시 한 수를 남겼다.

생각하면 네가 나를 떠나보낼 때
옷자락 부여잡고 놓지 않았지

돌아와도 네 얼굴엔 기쁜 기색 보이잖고
원망하듯 아쉬워하듯 생각에 잠겼었지

마마로 죽는 건 어쩔 수 없더라도
종기로 죽다니 억울하지 않으리오

웅황(雄黃)[04]을 썼더라면 악성종기 다스려
나쁜 균이 남몰래 자랄 수 있었으랴

이제 막 인삼 녹용 먹이려는데
냉약(冷藥)이 어찌 그리 망할 약인가

지난번 모진 고통 네가 겪고 있었을 때
나는 한창 질탕하게 놀고 있었지

푸른 물결 한가운데 장구 치며 놀았고

04   천연광물의 일종인 약재.

홍루(紅樓)에서 기생 끼고 마음껏 노닐었다

내 마음 빗나가 벌 받아 마땅하리
이러고서 어떻게 징벌을 면할 건가

내 너를 소내[苕川]로 데리고 가서
서산 언덕 양지 쪽에 묻어주리라

나도 장차 그곳에서 늙을 것이니
이 아비 의지하고 고이 잠들라[05]

-「너」

憶汝送我時	牽衣不相放
及歸無歡顔	似有怨慕想
死痘不奈何	死癘豈非枉
雄黃利去惡	陰蝕何由長
方將灌蔘茸	冷藥一何妄
曩汝苦痛楚	我方愉佚宕
撾鼓綠波中	攜妓紅樓上
志荒宜受殃	惡能免懲敗
送汝苕川去	且就西丘葬
吾將老此中	使汝有依仰

05 『全書』 I -2, 2b 「憶汝行」.

다산의 자주(自註)에 의하면 셋째 아들은 '악성 종기[癰]'로 죽었다. 악성 종기가 구체적으로 어떤 것인지 알 수 없지만 아들은 태어난 지 16개월 만에 세상을 떠났다. 다산은 6남 3녀의 자녀를 두었는데 2남 1녀만 살아남았고 4남 2녀는 모두 어릴 때 죽었다. 4남 2녀가 무슨 병으로 죽었는지 모르지만 당시 대부분의 유아 사망자들과 마찬가지로 아마 홍역 때문이 아니었나 생각된다. 어려서 자녀들을 잃은 경험이 그로 하여금 후일 불후의 대작 『마과회통(麻科會通)』을 집필하는 동기가 되었을 것이다. 『마과회통』은 홍역 치료법에 관한 책이다.

1791년 겨울에는 진산사건(珍山事件)이 일어났다. 진산사건이란, 전라도 진산에 사는 천주교도 윤지충(尹持忠)과 권상연(權尙然)이 윤지충의 모상(母喪)에 신주(神主)를 불태우고 제사를 지내지 않았다 하여 처형된 사건이다. 이 사건의 영향으로 이승훈(李承薰), 권일신(權日身) 등 10여 인이 투옥되기도 했는데 이를 신해박해(辛亥迫害)라 부르기도 한다. 이 사건에 다산은 직접적으로 연루되지 않았지만 윤지충은 다산의 외사촌이고 이승훈은 다산의 자형이었던 만큼 반대파들이 다산을 공격하는 좋은 빌미가 되었음을 짐작할 수 있다. 이후 천주교는 숙명처럼 따라다니며 다산을 옭아매었다.

1792년(31세) 3월에 홍문관 수찬(修撰)에 제수되었고 4월에는 부친상(父親喪)을 당하여 광주(廣州)에 여막(廬幕)을 짓고 거처했다. 이해 겨울에 상중임에도 정조는 다산에게 집에서 수원성(水原城)의 규제를 만들어 바치라고 명했다. 그는 중국의 여러 서적을 참조하여 「기중도설(起重圖說)」,[06] 「기중총설(起重總說)」,[07] 「성설(城說)」[08] 등을 지어 올렸다. 이를 바탕으로 성 쌓는 일이

06 『전서』 I-10, 21a 이하 참조.
07 『전서』 I-10, 25a 이하 참조.
08 『전서』 I-10, 13b 이하 참조.

끝나자 정조는 "다행히 기중기를 이용하여 경비 4만 꿰미가 절약되었다"라 하며 다산의 공을 치하했다.

2. 좌절과 실의의 나날 — 「물과 바위」 「책을 팔며」

1794년(33세) 6월에 삼년상을 마치고 7월에는 성균관 직강(直講)에 제수되었다.

버려져 게으르게 살아가려 하다가
기대와는 다르게 선발됐지만

거미줄 여기저기 많이 쳐져서
재갈 물린 말 신세 면치 못하네

벗들은 점차로 멀어져가고
세상길 구불구불 위태롭기만

날벌레 닮아서 본성을 따라야지
억지로 노력한들 무얼 할 수 있으랴[09]

— 「국자직강에 제수되어」

<hr />

09 『전서』 I-2, 5b 「除國子直講赴館」.

放棄從吾懶　甄收異所期
故多蛛布網　未免馬銜羈
錯落親交遠　迂回世道危
肖翹共順性　黽勉竟何爲

　부친상을 당하여 홍문관 수찬직에서 물러난 지 2년 4개월 만에 관계에 복귀하며 쓴 시인데 다시 조정에 돌아왔어도 기쁜 기색은 없고 암울한 심경이 토로되어 있다. 그는 자신을 "재갈 물린 말 신세"라 했다. 그리고 자신을 옭아매려는 거미줄이 갈수록 많아져 세상길이 위태롭다고 했다. 정조의 총애는 변함없었지만 관직을 떠나 있는 동안 그는 정계에서 소외되어 있었고 이틈을 타서 노론 벽파들의 시기와 모함이 심해지고 있음을 알 수 있다. 사실상 성균관 직강이란 벼슬은 실권이 없는 한직이었다.

　운길산(雲吉山) 기슭에 누른 잎 흩날리고
　소양강 북쪽에 철 이른 기러기 돌아오네

　낮은 땅 무논엔 이제 막 벼가 익고
　시내엔 고기 팔딱 하얗게 살이 쪘네

　장한(張翰)은 순채(蓴菜)생각 정말로 이루었고
　전군(錢君) 어찌 마의(麻衣)를 저버렸으리

　세속에서 물러남이 진실로 좋으나

절반은 남에 의해, 절반 내가 어겼네[10]

-「가을 바람」제3수

雲吉山前黃葉飛　昭陽江北早鴻歸
汙邪水稻紅初熟　撥剌溪魚白正肥
張翰眞成憶蓴菜　錢君豈必負麻衣
世間休退誠能事　半被人牽半自違

역시 33세 때의 작품으로 당시 다산의 깊은 고뇌를 읽을 수 있다. 운길산과 소양강은 고향 마을 가까운 곳에 있다. 그 고향 마을엔 지금쯤 벼가 누렇게 익었을 것이고 시내엔 하얗게 살찐 고기들이 팔딱일 것이다. 생각이 여기에 미치자 문득 저 옛날 장한(張翰)처럼 모든 걸 버리고 귀향하고 싶은 마음이 일어난다. 진(晉)나라의 장한은 가을바람이 불자 문득 고향의 순채(蓴菜)국과 농어회가 먹고 싶어서 벼슬을 버리고 고향으로 돌아갔다고 한다. '마의(麻衣)'는 평민이 입는 옷이다. 전군(錢君)은 이 마의를 저버리지 않았다. 벼슬을 버리고 귀향한 장한과 전군이 부러웠지만 자의 반 타의 반으로 관직을 버리지 못하고 있는 자신을 돌아보고 있다. 그는 이해 늦가을에 둘째 형 약전(若銓), 외6촌 윤지범(尹持範)·윤지눌(尹持訥), 친구 이중련(李重蓮)과 함께 북한산에 올라 「물과 바위(詠水石絶句)」[11]란 제목으로 다섯 수의 시를 지었다.

샘물 뜻은 언제나 바깥에 있어
돌의 이빨 제아무리 가는 길 막더라도

10　『全書』 I -2, 6a 「秋風八首次杜韻」.
11　『전서』 I -2, 8b 「詠水石絶句」.

천 겹 험한 길을 이리저리 헤치고서
깊은 골짝 벗어나 평평히 달려가네 (제1수)

泉心常在外　石齒苦遮前
掉脫千重險　夷然出洞天

편편한 반석이라 그걸 믿고 달렸는데
갑자기 깎아지른 벼랑을 만났구나

폭포소리 성난 듯 으르렁대니
속았다고 노한 것 아니겠는지 (제2수)

只恃盤陀穩　翻遭絶壑危
瀑聲如勃鬱　無乃怒相欺

골짜기에 낙엽이 겹겹이 쌓여
흘러가지 못하고 목메어 우네

그 누가 낭사(囊沙)를 한번 터뜨려
가을 골짝 세차게 흐르게 할꼬 (제4수)

谽谺堆落葉　幽咽不能流
誰作囊沙決　澎湃大壑秋

-「물과 바위」

이 시는 북한산의 수석(水石)을 노래한 것이지만 당시의 정치적 상황과 다산 자신의 고뇌를 수석에 가탁한 작품이다. 제1수는 힘차게 뻗어나가려는 자신의 의지를 물을 빌려 나타내었고, 제2수는 '겁 없이' 뻗어나가다가 불의의 장애물을 만나 분노하는 자신의 심경을 그렸다. 그리고 제4수에는 누군가가 이 난국을 타개 해주기를 바라는 다산의 소망이 그려져 있다. "낭사(囊沙)"는 물이 흘러가지 못하게 막아놓은 모래주머니이다.

책 상자 정리하고 하얀 먼지 터는데
어린 딸 쓸쓸히 책상머리 앉아 있네

차츰 알겠네, 먹고 입는 일밖에 딴일 없음을
깊이 깨닫네, 문장이 사람에게 이롭지 않음을

늙어 총명 줄어드니 어찌 책을 대하랴
자식들 노둔하니 제 몸 하난 편하겠지

단칼로 끊으려다 아직도 미련 남아
이별함에 매만지며 잠시 또 사랑하네[12]

―「책을 팔며」

手整牙籤拂素塵　蕭條女稚案頭陳
漸知喫著無餘事　深悟文章不利人
老減聰明那對眼　子生愚魯定安身

---

12 『全書』Ⅰ-2, 10a 「鬻書有作 奉示貞谷」.

快刀一斷猶牽戀　臨別摩挲且暫親

　　같은 해에 쓴 시인데 다산은 극심한 실의와 좌절에 빠져 책을 팔 생각까
지 했던 것 같다. 공부하는 사람에게 가장 소중한 재산인 책을 팔아버릴 정
도로 그는 모든 의욕을 상실하고 있었다. 그는 "문장이 사람에게 이롭지 않
음을" 알았다고 했다. 그리고 "자식들 노둔하니 제 몸 하난 편하겠지"라 하
여 공부하지 않고 총명하지 않은 것이 차라리 세상 살아가기에 편하겠다고
말했다. 이로 보면 당시 다산은 자포자기에 가까운 정신적 공황상태에 이르
렀음을 알 수 있다.

3. 민중 지향적 사고의 출발점 ─「적성촌에서」

　　이렇게 우울한 나날을 보내고 있던 다산에게 반전의 기회가 왔다. 같은
해 10월, 홍문관 교리에 이어 홍문관 수찬에 제수된 것이다. 이 또한 정조의
특별한 배려에 의한 것이었다. 그리고 같은 달 29일에는 경기 암행어사의
명을 받아 연천(漣川) 지방을 순찰하게 된다. 그는 암행 감찰을 마치고 11월
15일 복명(復命)하면서 전 연천현감 김양직(金養直)과 전 삭녕군수(朔寧郡守)
강명길(康命吉)을 논죄하여 법에 따라 처벌케 했다. 김양직은 사도세자의 능
을 수원으로 옮길 때의 지사(地師)였고 강명길은 정조의 어머니 혜경궁 홍씨
의 주치의(主治醫)였기 때문에 모두 임금의 총애를 받고 있던 터라 계(啓)를
올릴 때 당시의 의론이 그들을 죄주기는 어려울 것이라 생각했었는데 다산
은 이를 관철시켰다. 이 암행 감찰은 다산에게 여러 가지로 의미 있는 경험
이었다. 그는 순찰을 하면서 다음과 같은 시를 남겼다.

시냇가 헌 집 한 채 뚝배기 같고
북풍에 이엉 걷혀 서까래만 앙상하네

묵은 재에 눈이 덮여 부엌은 차디차고
체 눈처럼 뚫린 벽에 별빛이 비쳐 드네

집 안에 있는 물건 쓸쓸하기 짝이 없어
모조리 팔아도 칠팔 푼이 안 되겠네

개꼬리 같은 조 이삭 세 줄기와
닭 창자같이 비틀어진 고추 한 꿰미

깨진 항아리 새는 곳은 헝겊으로 때웠으며
무너앉은 선반대는 새끼줄로 얽었구나

구리 수저 이정(里正)에게 빼앗긴 지 오래인데
엊그젠 옆집 부자 무쇠 솥 앗아 갔네

닳아 해진 무명이불 오직 한 채뿐이라서
부부유별 이 집엔 가당치 않네

어린것 해진 옷은 어깨 팔뚝 다 나왔고
날 때부터 바지 버선 걸쳐보지 못하였네

큰아이 다섯 살에 기병(騎兵)으로 등록되고
세 살 난 작은놈도 군적(軍籍)에 올라 있어

두 아들 세공(歲貢)[13]으로 오백 푼을 물고 나니
빨리 죽기 바라는데 옷이 다 무엇이랴

강아지 세 마리가 새로 태어나
아이들과 한방에서 잠을 자는데
호랑이는 밤마다 울 밖에서 울어댄다

남편은 나무하러 산으로 가고
아내는 이웃에 방아품 팔러 가
대낮에도 사립 닫힌 그 모습 참담하다

아침 점심 거르고 밤에 와서 밥을 짓고
여름에는 갖옷 한 벌[14] 겨울엔 삼베 적삼

땅이나 녹아야 들냉이 싹 날 테고
이웃집 술 익어야 찌끼라도 얻어먹지

지난봄에 꾸어 온 환자미(還子米)가 닷 말인데
금년도 이 꼴이니 무슨 수로 산단 말가

---

13 여기서는 군포(軍布)를 말함.
14 갖옷은 가죽옷인데, 여기서 갖옷은 '맨살가죽'을 가리킨다. 즉 여름엔 맨몸으로 생활한다는 뜻.

나졸놈들 오는 것만 겁날 뿐이지
관가 곤장 맞을 일 두려워 않네

오호라 이런 집이 천지에 가득한데
구중궁궐 깊고 멀어 어찌 다 살펴보랴

한(漢)나라 벼슬인 직지사자(直指使者)[15]는
이천 석(二千石)[16] 관리라도 마음대로 처분했네

폐단과 어지러움 많고 많아 손 못 대니
공수(龔遂) 황패(黃霸)[17] 다시 온들 바로잡기 어려우리

정협(鄭俠)[18]의 유민도(流民圖)를 넌지시 본받아서
시 한편에 그려내어 임금님께 바치리다[19]

-「적성촌에서」

臨溪破屋如甕鉢　北風捲茅椽齾齾
舊灰和雪竈口冷　壞壁透星篩眼豁
室中所有太蕭條　變賣不抵錢七八
尨尾三條山粟穎　雞心一串番椒辣
破甖布糊敿穿漏　庋架索縛防墜脫

---

15 직접 천자의 지휘를 받아 지방을 순찰하던 관리로 우리나라의 암행어사와 비슷한 직책.
16 지방장관 특히 태수(太守)를 말한다. 중국 한(漢)나라 때 그 녹봉이 2000석이었던 데서 유래했다.
17 공수, 황패는 중국 한나라 때 선정을 베풀었던 지방관.
18 중국 송나라 때 정치가로 백성의 참상을 그린 유민도(流民圖)를 신종(神宗)에게 바쳤다고 한다.
19 「全書」 I -2, 11a 「奉旨廉察 到積城村舍作」.

銅匙舊遭里正攘　鐵鍋新被鄰豪奪

靑綿敝衾只一領　夫婦有別論非達

兒褌穿襦露肩肘　生來不著袴與襪

大兒五歲騎兵簽　小兒三歲軍官括

兩兒歲貢錢五百　願渠速死況衣褐

狗生三子兒共宿　豹虎夜夜籬邊喝

郞去山樵婦傭舂　白晝掩門氣慘怛

晝闕再食夜還炊　夏每一裘冬必葛

野薺苗沈待地融　村篘糟出須酒醱

餉米前春食五斗　此事今年定未活

只怕邏卒到門扉　不愁縣閣受笞撻

嗚呼此屋滿天地　九重如海那盡察

直指使者漢時官　吏二千石專黜殺

樊源亂本棼未正　龔黃復起難自拔

遠摹鄭俠流民圖　聊寫新詩歸紫闥

　암행어사 순찰 도중, 적성촌에 있는 한 피폐한 농가의 모습이 다산의 시선을 사로잡았다. 암행어사의 직무를 수행하고 돌아가서 복명하면 그만일 터인데도 그는 이 농가 앞에 서서 집안을 자세히 관찰했음에 틀림없다. 그렇지 않고서야 시의 도입부에서 찌그러진 농가의 모습을 그토록 사실적으로 묘사할 수 없었을 것이다. 농가의 외관 묘사에 이어서 그 집에 살고 있는 사람들의 생활상이 그려진다. 군포(軍布)와 환곡(還穀)에 시달리며 비참하게 살아가는 그곳 주민의 생활은 아마 다산의 상상에 의존한 바 크겠지만 조금도 과장되었다는 느낌을 주지 않는다.

다산이 묘사한 농가는 물론 적성촌이란 특정 장소에서 본 집이지만, 이런 집이 그곳에만 있는 예외적인 집은 아니다. "오호라 이런 집이 천지에 가득한데"란 구절에서 보듯이 그가 적성촌에서 본 농가는 "천지에 가득한" 이런 집을 대표하는 집이다. 다산은 그렇게 믿고 있었다. 당시 농민들의 궁핍은 보편적인 현상이었다. 적성촌에서 목격한 농민의 참상은 그의 의식을 크게 각성시켰고 이후 그의 전 생애를 지배하는 민중 지향적 사고의 출발점이 되었다.

4. 농민이 굶어서야 ─「굶주리는 백성들」

농민들의 굶주림, 이것이 다산의 가장 큰 관심사가 되었다. 어떻게 보면 다산의 방대한 개혁안도 농민들을 굶주림으로부터 해방시키려는 데에 초점이 놓여 있다고 말할 수 있다. 직접 생산에 종사하는 농민들이 굶주려서는 안 된다는 것이 그의 생각이었다. 그런데도 열심히 일하여 생산하고 나서 그 생산물이 농민들로부터 소외(疏外)되는 현실을 그는 안타까워했다. 이 문제를 해결하기 위하여 그는 「전론(田論)」에서 혁명적인 토지제도 개혁안을 제시했다.

지금 국내의 전지(田地)는 약 80만 결(結)이고 인구는 약 800만 명이다. 가령 10명을 1호(戶)로 계산한다면 매호(每戶)에서 1결(結)의 땅을 경작해야 공평하게 된다. 그런데 지금 문관(文官) 무관(武官)의 귀신(貴臣)들과 항간의 부호들로서 1호에 곡식 수천 섬을 거두는 자가 심히 많은데, 그 전답을 계산하면 100결 이하가 되지 않을 것이니 이는 990명의 생명을 죽여 1호를 살찌게 하는 것이다. 국내의 부호로서 영남의 최씨와 호남의 왕씨같이 곡식 만 섬을 거두는 자가 있는데, 그 전답을 계산하면 400결 이하가 되지 않을 것이니 이것은 3,990명의 생명을 죽여 1호를 살찌게 하는 것이다.[20]

지위 고하를 막론하고 전 국민이 전지를 균등하게 소유하는 것이 원칙이라고 다산은 생각했다. 그런데 세력가와 부유층에 의한 대토지 소유의 진전으로 대부분의 농민은 전지를 잃고 결국은 지주층의 농지를 차경(借耕)하는 소작농(小作農)이 되고 만다. 다산은 "영남의 최씨"나 "호남의 왕씨"와 같은 지주층의 존재 자체를 근본적으로 부정했다.

신(臣)은 토지에는 두 사람의 주인이 있다고 말한 바 있습니다. 그 하나는 왕이요 또 하나는 농사짓는 사람입니다. … 이 밖에 그 누가 감히 토지의 주인이 될 수 있겠습니까? 그러나 지금은 부호들이 제 마음대로 토지를 겸병하여 국가조세 이외에 사사(私私)로 그 토지에서 조세를 받아가니 이는 토지의 주인이 셋이 되는 것입니다. … 사문(私門)에서 거두어들이는 조세는 비록 쌀한 톨, 콩 반 낱이라도 의리에 부당한 일입니다.[21]

그러나 이 중간 지주층을 없애는 것이 현실적으로 어렵고 지주층을 없앤다 하더라도 그 밖의 허다한 문제들이 농민들의 안정적인 삶을 보장해주지

---

20 『全書』 I-11, 3b 「田論 1」 "今國中田地 大約爲八十萬結 人民大約爲八百萬口 試以十口爲一戶 則每一戶得田一結 然後其產爲均也 今文武貴臣及閭巷富人 一戶粟數千石者甚衆 計其田不下百結 則是殘九百九十人之命 以肥一戶者也 國中富人如嶺南崔氏湖南王氏 粟萬石者有之 計其田不下四百結 則是殘三千九百九十人之命 以肥一戶者也."

21 『全書』 I-9, 60a, 「擬嚴禁湖南諸邑佃夫輸租之俗箚子」 "臣嘗謂田有二主 其一王者也 其二佃夫也 … 二者之外 又誰敢主者哉 今也富彊之民 兼並唯意 王稅之外 私輸其租 於是田有三主矣 … 私門輸租 雖一粒半菽 猶爲無義."

못하리라는 사실을 다산은 잘 알고 있었다. 그래서 농민들을 위한 그야말로 '혁명적인' 안을 구상하게 되는데 이것이 「전론 3」에서 말한 '여전지법(閭田之法)'이다. 이 법의 골자는 이렇다. 먼저 전국을, 30호 가량을 1여(閭)로 하는 여 단위로 재편성한다. 그리고 한 여(閭) 내에서는 사유제(私有制) 없이 전지를 주민들이 공동으로 소유하고 공동으로 경작하여 가을에 추수가 끝나면 국가에 조세를 납부하고 남은 생산물을 노동일수에 의하여 공동으로 분배하자는 제도이다. 그리하여 "농사짓는 자는 전지를 얻게 되고, 농사짓지 않는 자는 전지를 얻지 못하게 되며, 농사짓는 자는 곡식을 얻게 되고, 농사짓지 않는 자는 곡식을 얻지 못하게 되는"[22] 사회, "힘쓴 것이 많은 자는 양곡(糧穀)을 많이 얻게 되고, 힘쓴 것이 적은 자는 양곡을 적게 얻게 되는"[23] 사회를 만들고자 했다.

사실상 여전제(閭田制)로의 토지제도 개혁안은 너무나 급진적이고 지나치게 이상적인 안이어서 실현가능성이 거의 없는 것이었다. 이를 잘 알고 있던 다산은 후일 자신의 생각을 바꾸어 새롭게 정전제(井田制)를 제시했지만, 젊은 시절에 여전제와 같은 다소 무리한 개혁안을 구상하게 된 것은 굶주리는 농민들에 대한 그의 깊은 애정의 산물이라 할 수 있다. 그리고 이 애정은 그의 전 생애를 통하여 식지 않고 일관되게 유지된다.

1795년(34세)에는 다산의 초기 대표작이라 할 수 있는 「굶주리는 백성들(饑民詩)」이 창작되었다.

사람의 생명이 초목과 같다면

물과 흙이 사지를 지탱해주련만

---

22 「全書」 I -11, 5b, 「田論 5」 "農者得田 不爲農者不得之 農者得穀 不爲農者不得之."
23 같은 책, I -11, 4b, 「田論 3」 "用力多者得粮高 用力寡者得粮廉."

힘껏 일하여 땅의 털을 먹고 사니
콩과 조, 바로 이것이지만

콩과 조, 주옥만큼 귀해졌으니
어디서 몸의 힘이 솟아날쏘냐

마른 목은 길쭉하여 따오기 모양이요
병든 살갗 주름져 닭살 같구나

우물은 있다마는 새벽 물 긷지 않고
땔감은 있다마는 저녁밥 짓지 못해

사지는 아직도 움직일 때이련만
걸음걸이 혼자서 옮길 수 없게 됐네

넓은 들엔 슬픈 바람 불어대는데
애처로운 기러기는 이 저녁에 어딜 가나

고을 원님 어진 정사 베푼다면서
사재(私財) 털어 없는 백성 구한다기에

걷고 또 걸어서 고을 문에 이르러
옹기종기 입만 들고 죽 솥으로 모여든다

개, 돼지도 버리고 돌아보지 않을 음식
굶주린 사람 입엔 엿처럼 달구나

어진 정사 베푸는 것 원하지 않고
사재 털어 구휼함도 달갑지 않네

관가의 돈 궤짝 남이 볼까 쉬쉬하니
우리들 굶게 한 건 이 때문이 아니더냐

관가의 마굿간에 살진 저 말은
진실로 우리들의 피와 살이네

슬피 울며 고을 문 나서고 보니
어지럽고 캄캄하여 앞길이 안 보이네

누런 풀 언덕 위에 잠시 발 멈추어서
무릎을 펴고 앉아 우는 것 달래면서

고개 숙여 어린것 서캐를 잡노라니
두 줄기 눈물이 비오듯 쏟아지네

아득한 천지간의 그 큰 이치를
고금에 그 누가 알 수 있으랴

많고 많은 백성들 태어나서는
여위고 말라서 도탄에 빠졌으니

갈대처럼 마른 몸을 가누지 못해
거리마다 만나느니 유랑민뿐이로세

이고 지고 나섰으나 향할 곳 바이 없어
어디로 가야 할지 아득하기만

부모 자식 부양도 제대로 못해
곤궁한 나머지 천륜마저 끊기겠네

상농가(上農家)도 이제는 거지가 되어
집집마다 문 두드려 서툰 말로 구걸하네

가난한 집에선 도리어 하소연
부잣집엔 일부러 머뭇거리네

나는 새가 아니어서 벌레 쪼지 못하고
물고기가 아니어서 헤엄도 칠 수 없네

얼굴빛 처참하여 누렇게 떴고
흰머리는 흩어져 실낱같이 휘날리네

옛날 성현 어진 정사 베풀던 때는
말마다 홀아비 과부 살피라 했지만

이제는 그들이 오히려 부러워라
자기 한 몸 굶으면 그만이니까

매인 가족 돌볼 걱정 없이 지내면
어찌하여 백 가지 근심 생기겠는가

따스한 봄바람이 단비를 몰고 오면
꽃 피고 잎 피어 온갖 초목 자라나

생의 뜻 충만하여 온 천지에 가득하니
가난한 자 구휼함은 바로 이때라

엄숙하고 점잖은 조정의 어진 분네
나라의 안위가 경제에 달려 있네

이 나라 백성들이 도탄에 빠졌는데
이들을 구원할 자 그대들 아닌가

누렇게 뜬 얼굴들 생기라곤 볼 수 없어
가을도 되기 전에 시든 버들가지요

구부러진 허리에 걸음 옮길 힘이 없어
담벼락 부여잡고 간신히 몸 가누네

부모 자식 서로간도 도우지 못하는데
길 가는 나그네야 어찌 다 동정하리

어려운 살림에 착한 본성 잃어버려
굶주려 병든 자를 웃고만 보고 있네

이리저리 떠돌면서 사방을 헤매이나
마을 풍속 본래부터 이러하던가

부러워라 저 들판에 참새떼는
가지 끝에 앉아서 벌레라도 쪼아 먹지

고관대작 집안엔 술과 고기 풍성하고
거문고 피리 소리 예쁜 계집 맞이하네

희희낙락 즐거운 태평세월 모습이여
나라 정치 한답시고 근엄한 체하는 꼴

간사한 아전들은 거짓말만 늘어놓고
답답한 선비들은 걱정이라 하는 말이

"오곡이 풍성하여 산더미 같은데
게으른 놈 굶는 것은 모두 다 제 탓이지

수풀같이 총총한 저 백성들은
요순(堯舜)도 골고루 살피지 못하리라

하늘에서 곡식이 비처럼 오잖으면
무슨 수로 이 흉년을 구한단 말인가

두어라 또 한잔 마셔나보자
깃발이 봄바람에 춤추는구나

저 언덕엔 묻힐 땅이 아직도 많으리니
태어나서 한 번 죽음 면할 수 있나

내 비록 오매초(烏昧草)[24] 가졌더라도
반드시 대궐에 바칠 필요 없도다

형제간도 서로를 사랑치 않는데
부모인들 어찌 다 보살필 수 있으리오"[25]

-「굶주리는 백성들」

---

24 들보리의 일종으로 구황식품의 하나. 중국 송나라 때 범희문(范希文)이 흉년에 조정에 바친 일이 있었다고
한다.
25 『全書』 I -2, 12b「飢民詩」.

人生若艸木　水土延其支
俛焉食地毛　菽粟乃其宜
菽粟如珠玉　榮衛何由滋
槁項頻鵠形　病肉縐雞皮
有井不晨汲　有薪不夜炊
四肢雖得運　行步不自持
曠野多悲風　哀鴻暮何之
縣官行仁政　賑恤云捐私
行行至縣門　喁喁就湯糜
狗彘棄不顧　乃人甘如飴
亦不願行仁　亦不願捐貲
官篋惡人窺　豈非我所贏
官廏愛馬肥　實爲我膚肌
哀號出縣門　眩旋迷路歧
暫就黃莎岸　舒膝挽啼兒
低頭捕蟣蝨　汪然雙淚垂
悠悠大化理　今古有誰知
林林生蒸民　憔悴含瘡痍
槁莘弱不振　道塗逢流離
負戴靡所聘　不知竟何之
骨肉且莫保　迫厄傷天彝
上農爲丐子　叩門拙言辭
貧家反訴哀　富家故自遲
非鳥莫啄蟲　非魚莫泳池

顔色慘浮黃　鬖髮如亂絲
聖賢施仁政　常言鰥寡悲
鰥寡眞足羨　飢亦是己飢
令無家室累　豈有逢百罹
春風引好雨　艸木發榮滋
生意藹天地　賑貸此其時
肅肅廊廟賢　經濟仗安危
生靈在塗炭　拯拔非公誰
黃馘索無光　枯柳先秋萎
傴僂不成步　循墻強扶持
骨肉不相保　行路那足悲
生理梏天仁　談笑見尫羸
宛轉之四鄰　里俗本如斯
羨彼野田雀　啄蟲坐枯枝
朱門多酒肉　絲管邀名姬
熙熙太平象　儼儼廊廟姿
奸民好詐言　迂儒多憂時
五穀且如土　惰農自乏貲
林蔥何其繁　堯舜病博施
不有天雨粟　何以救歲飢
且復倒一壺　曲旆春迷離
溝壑有餘地　一死人所期
雖有烏昧草　不必獻丹墀
兄長不相憐　父母安施慈

96구 480자에 이르는 5언 장편 시이다. 지난 해 적성촌에서의 경험 이후 농민들의 생활에 한 발짝 더 다가선 다산의 모습을 읽을 수 있다. 『조선왕조실록』의 기록에 의하면 그 전해(1794년) 9월에 큰 기근이 들어 11월에는 영남의 23개 고을과 호남 지방의 조세를 견감하라는 윤음이 내려지고 대대적인 구휼(救恤) 사업이 진행되었다고 한다. 이 시는 이듬해 초봄에 쓰인 것으로 보이는데 흉년을 만나 유리걸식(流離乞食)하는 유랑민들의 참상이 지극히 사실적으로 묘사되어 있다. 이들과는 처지가 다른 다산이 기민(饑民)들의 모습을 이토록 사실적으로 그려낼 수 있었던 데에는 이들에 대한 각별한 애정이 전제되었음이 틀림없다. 유랑민들을 멀리서 바라보고 값싼 동정심을 나타내는 그런 자세로는 이런 절박한 시를 쓸 수 없을 것이다. 제 한 몸만 돌보면 되는 홀아비나 과부를 부러워할 정도로 고통을 당하고 있는 기민들을 구제할 생각은 하지 않고 호의호식(好衣好食)하면서 희희낙락하는 위정자들을 기민들과 대조시켜 묘사한 것이 이 시의 또 하나의 특징이다. 특히 "오곡이 풍성하여 산더미 같은데 / 게으른 놈 굶는 것은 모두다 제 탓이지 / 수풀같이 총총한 저 백성들은 / 요순도 골고루 살피지 못하리라"며 목민관의 도리를 외면하는 위정자들의 묘사는 압권이다.

이 시는 당시 식자(識者)들 사이에 화제가 되었던 듯, 당대의 석학 이가환(李家煥)은 이 시를 평하여 "격렬하다가 가라앉았다가 하여 억양이 종횡무진하다. 결어(結語)는 완곡하면서도 엄숙하여 때리거나 꾸짖는 것보다 더 아프다. 말하는 자는 죄가 없고 읽는 자는 경계를 삼을 만하다"[26]라 했고, 윤지범(尹持範)은 "정협(鄭俠)의 유민도(流民圖)와 맞먹을 만하다"[27]라 평했다. 이로 보면 이 시가 예술적으로도 성공한 작품임을 알 수 있다.

---

26 "少陵評曰 激昂頓挫 縱橫抑揚 結語婉而嚴 勝打勝罵 言者無罪 聞者以戒."
27 "南皐評曰 可抵鄭俠流民圖."

5. 임금의 총애와 반대파의 모함 ―「가난을 탄식하다」「고향을 그리며」

이해(1795년) 정월에 사간원 사간(司諫), 2월에는 병조참의에 제수되어 임금으로부터 두터운 신임을 받았으나 3월에 하찮은 일로 규영부(奎瀛府) 교서승(校書承)으로 좌천되고 4월에는 교서직에서도 물러났다. 이에 대해 『사암선생연보』는 "이는 일종의 악당들이 헛소문을 선동하여 모함하고 헐뜯고 간사한 꾀를 썼기 때문이었다. 공이 이때부터 가슴 속에 우울한 마음이 있었다. 마침내 다시는 대궐에 나아가 교서를 하지 아니하였다"[28]라 쓰고 있다. 교서직에서 물러난 직후 그는 이런 시를 썼다.

안빈낙도(安貧樂道)하리라 작정했지만
막상 가난하니 그게 안 되네

마누라 한숨소리에 낯빛을 잃고
굶주리는 자식에게 엄한 교육 못하겠네

꽃과 나무 모두 다 생기를 잃고
책 읽어도 글을 써도 시들하기만

부잣집 담 밑에 쌓인 곡식은
들사람들 보기에 좋을 뿐이네[29]

―「가난을 탄식하다」

---

28 송재소 역주, 『다산의 한평생』(창비, 2014), 79면.
29 『전서』 I-2, 18b「歎貧」.

請事安貧語　貧來却未安
妻咎文采屈　兒饑敎規寬
花木渾蕭颯　詩書摠汗漫
陶莊籬下麥　好付野人看

　그 시절 다산은 가난에 시달린 듯한데 여기서 우리는 너무나 '인간적인' 다산을 만나게 된다. '안빈낙도'란 가난을 편안히 여기고 그 속에서 도(道)를 즐긴다는 것으로 공자의 수제자 안연(顔淵)의 생활자세이다. 이것은 유자(儒者)라면 누구나 목표로 삼는 이상적인 삶의 경지이지만 아무나 이런 경지에 이를 수 있는 것은 아니다. 그런데도 조선의 양반 사대부들은 저마다 이를 표방하고 나섰다. 이를테면 '한 달에 아홉 끼를 먹거나 말거나' 도(道)를 즐긴다는 식이다. 다산은 이들과 달리 양반 사대부들의 허위의식에서 벗어나 있다. 막상 가난하니 안빈낙도하기가 어렵다고 토로하고 있다. 가난을 가난으로 솔직히 받아들인 것이다.

어린 시절 책 상자 지고 고향을 떠나
서울에서 교유한 지 이십 년이 되었도다

사귄 친구 몇몇은 초야에 머무르고
사들인 천 권 책은 책상 옆에 놓여 있네

물안개 자욱한 곳 언제나 찾아가서
꽃나무 그늘 아래 종일토록 잠자 보리

일찍이 성 남쪽에 밭 두 뙈기 있었던들

헌옷 입고 제(齊)와 연(燕)에 유세하러 나섰겠나[30]

-「고향을 그리며」

弱齡負笈辭鄕里　京國交游二十年
結友數人留野外　買書千卷置牀邊
煙波滿地何時去　花木成陰盡日眠
早有郭南田二頃　弊裘那肯說齊燕

이래저래 울적한 심정에서 지난날을 되돌아보며 다시 고향생각에 잠긴다. 1776년 15세에 풍산 홍씨와 결혼하여 서울에 첫 신혼살림을 차린 이래 어느덧 20년의 세월이 흘렀다. 그동안 과거에 급제하여 관직도 얻었고 임금으로부터 분에 넘치는 사랑도 받았지만 끊임없이 반대파들에 의하여 견제를 당해온 그는 각박하고 살벌한 서울을 떠나 고향의 "꽃나무 그늘 아래 종일토록 잠자보는" 꿈을 그린 것이다. 마지막 연은 중국 전국시대의 유세가(遊說家)인 소진(蘇秦)의 이야기이다. 소진은 제(齊)나라와 연(燕)나라를 비롯한 여섯 나라의 왕을 설득하여 진(秦)나라에 연합하여 대항케 하고 자신은 여섯 나라의 재상이 된 후 말하기를 "만약 나에게 낙양성 남쪽에 밭 두 뙈기만 있었더라면 여섯 나라의 재상이 될 수 있었겠느냐"라 말했다. 다산도 가난하지 않았더라면 벼슬길에 나서지 않았을 것이라는 말이다. 이 시절 다산의 심경을 읽을 수 있는 시이다.

1795년(34세) 5월에 중국인 신부(神父) 주문모(周文謨)가 몰래 입국하여 포교한 사실이 발각되었다. 주문모의 파견을 교섭한 윤유일(尹有一)과 주문모

30　「전서」Ⅰ-2, 18a「懷江居二首 次杜韻」.

를 숨겨준 최인길(崔仁吉)은 체포되어 처형되었지만 이 사건을 계기로 목만중(睦萬中) 등이 다산 일파를 제거하기 위하여 음모를 꾸몄다. 그는 박장설(朴長卨)을 시켜 이가환과 정약전이 천주교 서적을 읽고 그 교리를 원용한 글을 썼다고 상소했다. 정조는 학자들이 천주교 서적을 읽는 것에 대해서는 관대했다. 상소문을 읽어본 정조는 두 사람의 잘못이 없음을 밝히고 오히려 이가환을 충주목사로 승진시켰다. 그리고 7월 25일에 다산을 금정찰방(金井察訪)으로 좌천시켰다. 그 경위에 대하여 『사암선생연보』에는 이렇게 기록되어 있다.

임금이 전교하기를 "아직까지 결정하지 못한 안건은 정 아무개의 일이다. 그가 만약 눈으로는 성인의 글이 아닌 것은 보지 않고 귀로는 경(經)을 어지럽히는 말을 듣지 않았다면 죄 없는 그의 형이 어찌하여 소장(疏章)에 올랐겠는가? … 자초지종을 살펴보니 그에 대해서 단안을 내릴 수 있겠다. 그가 글자의 획을 쓴 것을 보니 아직도 칙교(飭敎)를 따르지 않고, 비스듬히 쓴 체가 예전 그대로 고치지 아니하였으니, 이러한 사람에게는 엄한 처분을 내려 설사 이미 선(善)으로 향하고 있다 하더라도 더욱더 선으로 향하도록 해야 한다. 혹 이번 일로 인하여 반성을 하고 손을 떼어 버린다면 그에게 있어서 덕을 이루지 않음이 없을 것이다. 전 승지 정 아무개를 금정도 찰방으로 제수하니 무슨 면목으로 조정에 나와 사은을 하겠는가. 마땅히 즉시 길에 올라 살아서 한강을 넘도록 도모하게 하라"고 하였다. 아마도 당시 사람들이 반드시 제거하고자 한 사람이 정헌(貞軒: 李家煥)과 공(公)이었기 때문에 성은이 짐짓 시론(時論)을 따라 인심을 안정시키고자 한 것일 것이다.[31]

---

31   송재소 역주, 『다산의 한평생』(창비, 2014), 84면.

『사암선생연보』의 기록이 정확한 사실이라면, 엉뚱하게도 다산의 필체를 문제 삼아 그를 좌천시킴으로써 반대파들의 공격을 무마하려 한 정조의 깊은 뜻을 짐작할 수 있다. 다산은 교서직(校書職)에서 물러난 후 금정으로 부임하기까지의 기간 동안 의미 있는 몇 편의 시를 남겼다.

중복 지나자 못의 물이 넘치고
산비탈 천수답(天水畓)도 무릎까지 물이 차니

쟁기 있어 쓸데없고 모내기 할 수 없어
어차피 틀린 병에 인삼 녹용 써봤댔자

감사(監司) 공문 날아들자 군(郡)마다 안절부절
농사일 독려하기 법률처럼 하는구나

사또님 말을 타고 친히 들에 출두하여
집집마다 다니면서 소리치고 꾸짖으니

젊은 사람 달아나고 노인 나와 엎드리며
"생각건대 모내기는 이미 때가 늦었다오

지금 와서 모심는 건 공력만 허비할 뿐
가을에 누가 와도 낫질 구경 못하리라

목화밭 기장밭에 잡초가 우거져서

여덟 식구 호미 매도 하루해가 모자란데

사람 사서 일하려면 새참은 먹여야지
어디 가서 쌀 한 말 구할 수 있으리오"

사또님 말을 세워 채찍 찾아 손에 들고
"게으른 놈 어찌 감히 안일을 꾀하는고"

며느리 자식 불러 모아 들일 가기 독촉하여
다섯 발 열 발마다 모 하나씩 심게 하네

사또님 말을 돌려 관아로 가버리자
논두렁에 다리 뻗고 쓴웃음만 날리네

일년 중 농가에서 가장 크게 바라는 건
벼 심어 자라면 그 열매 따먹는 것

때맞춰 일하기를 비호처럼 해왔는데
그 어찌 꾸중 듣고 겁이 나야 일하리오

감사하오 사또님, 굶주릴까 걱정하여
친히 와서 우리들 어리석음 깨우치니[32]

-「장마」

---

[32] 『전서』 I -2, 21b 「苦雨歎 示南皐」.

제3장 사환기(仕宦期) ① 95

中庚過後水澤溢　甌窶高田深沒膝
有犁不耕苗不移　如病既誤方蔘朮
監司飛牒列郡擾　急急課農如法律
使君騎馬親出野　家家門前逞呵叱
健兒踰垣翁出伏　恭惟揷秧時已失
于今但得費服力　秋來誰遣觀刈銍
棉田黍田莠桀桀　八口荷鋤方惜日
傭人作事須有饁　一斗之米從何出
使君立馬索箠楚　惰農敢欲偸安佚
傳呼婦子催出田　五步十步立苗一
使君回馬入府去　隴頭放脚相笑咥
農家一年所大慾　種稻成禾食其實
赴幾常如鶩鳥迅　豈待威嚴相恐怵
多謝使君念我饑　親來敎我牖迷窒

다산의 외6촌 형인 남고(南皋) 윤지범(尹持範, 후에 奎範으로 개명했음)에게 준 시인데, 당시 감사(監司)와 지방 수령(守令)들의 탁상공론식(卓上空論式) 행정의 실례를 잘 보여주고 있다. 농민 생활의 실상과 농사일을 전혀 모르는 관리들이 저지르는 전시행정이 농민들을 얼마나 괴롭히는가를 고발한 작품이다. 그가 일반 사대부들처럼 한가하게 시나 짓고 술 마시면서 한담(閑談)을 즐기는 그런 부류였다면 이와 같이 기막힌 농촌 상황을 알 수 없었을 것이고 또 이런 시를 지을 수도 없었을 것이다. 마지막 연의 "감사하오 사또님, 굶주릴까 걱정하여 / 친히 와서 우리들 어리석음 깨우치니"와 같은 비아냥거림에서, 목민관(牧民官)으로서의 임무를 방기한 수령들과 이러한 수령들을 불신하는 농민들과의 거리가 이미 멀어져 있다는 사실을 알 수 있다.

6. 신분제도의 모순을 고발하다 —「고시 24수」

이 시절에 쓴 시 중에서 주목할 만한 것으로 「고시 24수」[33]가 있다.

하늘이 어진 인재 내려보낼 때
왕후장상 집안만 가리지 않을 텐데

어찌하여 가난한 서민 중에는
뛰어난 인재 있음 보지 못하나

서민 집에 아이 낳아 두어살 됨에
미목이 수려하고 빼어났는데

그 아이 자라서 글 읽기 청하니
애비가 하는 말 "콩이나 심어라

너 따위가 글은 읽어 무엇에 쓰게
좋은 벼슬 너에겐 돌아올 차지 없다"

---

33 「전서」 I -2, 23b 「古詩二十四首」.

그 아이 이 말 듣고 기가 꺾여서
이로부터 고루(孤陋)함에 젖어버리고

애오라지 이잣돈 불려나가서
중간치 부자쯤 되기 바라니

나라에 큰 인재 찾을 수 없고
높은 가문 몇 집만 제멋대로 놀아나네 (제14수)

皇天生材賢　未必揀華胄
云胡蓽蔀賤　未見有俊茂
兒生在孩提　眉目正森秀
兒長請學書　翁言且種豆
汝學書何用　好官不汝授
兒聞色沮喪　自玆安孤陋
聊殖子母錢　庶幾致中富
邦國少英華　高門日馳驟

지체 높은 집안에 아이가 나면
낳자마자 당장에 귀한 몸 되고

두어 살에 아랫사람 꾸짖는 법 가르치니
총각 때 벌써부터 오만하기 짝이 없네

아첨하는 무리들이 구름처럼 모여들어
행전(行纏)도 채워주고 버선까지 신겨주며

"잠자리서 너무 일찍 일어나지 마십시오
행여나 병이 나면 어찌시려오

애써서 글 읽는 일 하지 않아도
높은 벼슬 저절로 굴러온다오"

그 아이 자라니 과연 기세 드날려
말 타고 대궐에 들어가는데

달리는 말 마치도 나는 용 같아
네 다리가 하나도 걸리지 않네 (제15수)

-「고시 24수」

兒生在高門　落地便貴骨
孩提敎罵人　總角已傲兀
諛客如浮雲　衻繗親結襪
且臥勿早起　恐子病患發
母苦績文史　自然有簪笏
兒長果登揚　騎馬入東闕
馬走如飛龍　四足無一蹶

신분제도의 불합리함을 증언한 작품이다. 다산사상의 요체(要諦)는 개혁사상이라 할 수 있는데 다산이 구상한 개혁의 대상은 다양하지만 각종 제도의 개혁이 주를 이루고 있다. 이 중에서 신분제도는 중요한 개혁 대상의 하나이다. 위의 시는 불합리한 신분제도 때문에 '서민의 자제들은 재주가 뛰어나고 공부를 많이 했는데도 왜 출세할 수 없는가', '호문(豪門)의 자제들은 어떻게 해서 놀면서도 출세하는가'에 대한 생생한 증언이며, 나아가서 '호문의 자제와 서민의 자제들이 각각 나름대로 제도의 결함 때문에 어떤 형태로 타락해가는가', 그래서 '국가적인 차원에서 그 손실이 얼마나 큰 것인가' 하는 문제를 시로 형상화한 것이다. 다산은 「통색의(通塞議)」란 글에서 "신(臣)은 삼가 생각건대 인재를 얻기 어려운 지가 오래되었습니다. 온 나라의 영재(英才)를 모두 발탁하여 쓰더라도 오히려 부족할 지경인데 하물며 그 10에 8, 9를 버리고 있으며, 온 나라의 백성을 모두 배양하더라도 오히려 부족할 지경인데 하물며 그 10에 8, 9는 버리고 있습니다"[34]라 말했다.

다산은 적서(嫡庶)의 차별에 대해서도 여러 차례 그 부당함을 지적했다. 그는 「인재책(人才策)」[35]에서 "서얼들의 벼슬길이 막힌 데 대하여는 모든 역사를 보아도 아무런 근거가 없다"고 말하며 중국 송나라의 명재상 한기(韓琦)와 범중엄(范仲淹)을 예로 들었다. 한기의 어머니는 청주(靑州)의 계집종이었고 범중엄은 어머니의 개가(改嫁)로 의붓아버지의 성을 쓰다가 한림(翰林)이 된 후에 복성(復姓)해 줄 것을 요청했다는 것이다. 또한 소강절(邵康節) 형제 세 사람의 성(姓)이 모두 달랐던 사실을 지적하며 적서의 차별은 중국에도 없는 악법이므로 능력이 있으면 서얼에게도 정승을 시켜야 마땅하다고 말했다. 신분제도에 관하여 다산은 다음과 같은 이색적인 제안을 하기도 했다.

---

34 『전서』 I-9, 31b, 「通塞議」 "臣伏惟 人才之難得也久矣 盡一國之精英而拔擢之 猶懼不足 況棄其八九哉 盡一國之生靈而培養之 猶懼不興 況廢其八九哉."
35 『전서』 I-8, 38a 「人才策」.

중국에 생원(生員)이 있는 것은 마치 우리나라에 양반이 있는 것과 같다. 고정림(顧亭林: 顧炎武)은 온 세상이 다 생원이 될까 걱정하였는데, 이는 마치 내가 온 나라가 다 양반이 될까 걱정하는 것과 같다. 그러나 양반의 폐단은 더욱 심하다. 생원의 경우는 실상 과거에 합격한 다음에 그 이름을 얻은 것이지만, 양반은 문과(文科)나 무과(武科)를 거치지도 않고서 허명(虛名)만을 띠고 있으며, 생원은 인원수가 정해져 있으나 양반은 인원의 제한이 없다. 그리고 생원은 세대에 따라 변천하는 것이 있지만, 양반은 한번 얻으면 영원히 놓지 않는다. 더구나 생원의 폐단까지 양반이 다 겸하고 있는 데야 말할 나위가 있겠는가.

그러나 나의 소망은 따로 있다. 가령 온 나라가 양반이 된다면 이는 곧 온 나라에 양반이 따로 없는 것이다. 젊은이가 있어야 어른이 드러나는 것이고, 천한 자가 있어야 귀한 자가 드러나는 것인데, 만일 다 존귀(尊貴)하다면 이는 곧 존귀한 사람이 따로 없는 것이다.[36]

온 나라 사람들이 다 양반이 되었으면 좋겠다고 했다. 그러나 이렇게 말했다고 해서 다산이 귀천(貴賤)의 구분 자체를 없애자는 것은 아닌 것으로 보인다. 이 발언은, 신분적 우월성만 내세우고 무위도식하는 양반 무리에 대한 비판을 역설적으로 표현한 것이다. 신분적 차별 없이 모든 사람들이 평등하게 살자는 말이 아니라 '차라리 모두가 양반이 되는 것이 낫겠다'는 정도의 말로 이해해야 한다. 실제로 다산은 『목민심서』「예전6조」〈변등(辨等)〉 조에서, 귀천(貴賤)을 엄격히 구분하고 귀천에 따라서 그리고 지위와 서

---

36 『전서』Ⅰ-14, 23b「跋顧亭林生員論」"中國之有生員 猶我邦之有兩班 亭林憂盡天下而爲生員 若余憂通一國而爲兩班 然兩班之弊 尤有甚焉 生員實赴科擧而得玆號 兩班竝非文武而冒虛名 生員猶有定額 兩班都無限制 生員世有遷變 兩班一獲而百世不捨 況生之弊 兩班悉兼而有之哉 雖然若余所望則有之 使通一國而爲兩班 卽通一國而無兩班矣 有少斯顯長 有賤斯顯貴 苟其皆尊 卽無所爲尊也."

열에 따라서 의복, 기물, 가옥 등을 달리해야 한다고 말했다. 그는 또 세습적 노비제도에 대해서도 반대하지 않았다. 서얼과 평민에게도 재주 있는 자에게는 높은 벼슬을 주자고 했고, 무능하고 비생산적인 양반 계급을 혹독하게 비판한 다산이지만 봉건적인 신분제도 그 자체의 존속은 반대하지 않았다. 그도 시대를 뛰어넘을 수는 없었던 것이다. 「고시 24수」 중의 다음 시도 주목할 만하다.

인삼이 원래는 산속 풀인데
지금은 사람들이 밭에 기르니

사람 힘에 의지하여 자라나지만
본 성질은 사람 몸을 보양하는 것

닭과 오리가 귀천이 다른 건대
사람과 가까워 업신여김 같이 받네

하늘을 찌를 듯이 높은 산속이라도
산삼을 기르는 건 한 줌 흙일 뿐

대지의 정기가 땅속에 가득한데
어찌 유독 시골 밭만 정기가 없으리오

오곡도 백초(百草) 속에 섞여 있다가
세월이 흘러서 사람이 재배한 것

대성(臺省)에선 어진 인재 돌보지 않고

산림 속에 노둔한 자 찾고만 있네 (제16수)

-「고시 24수」

人蔘本山草　今人種園圃

生成雖藉人　天性亦滋補

雞鶩異貴賤　狎暱蓋受侮

崇山摩穹蒼　所養一拳土

大塊蒸精液　詎獨遺村塢

五穀混百草　世降爲人樹

臺省遺材賢　山林訪愚魯

　인삼이나 산삼이나 사람의 몸을 보양하기는 마찬가지인데 깊은 산속에서
자라는 산삼이 밭에서 재배하는 인삼보다 더 좋은 줄 아는 것처럼, 산림 속
에서 고고한 체하는 선비를 더 훌륭하게 여기는 세태를 풍자한 시이다. 여
기에는 성리학적 수양론에 대한 다산의 근본적인 비판의식이 깔려 있다. '천
리를 보존하고 인욕을 물리치는[存天理 遏人欲]' 성리학 최대의 과제를 수행
하기 위해서는 '마음을 다스려야[治心]' 하는데 마음을 다스리기 위하여 성리
학자들이 '주정응묵(主靜凝默)'하고 '묵좌정존(默坐靜存)'하는 자세를 다산은
비판한다. 주정응묵과 묵좌정존은 말하자면 "벽을 마주보고 마음을 관찰하
여 스스로 허령(虛靈)한 본체(本體)를 점검하여 텅 비고 밝게 하며 티끌만큼
도 물들지 않게 하는 것"[37]이다. 다산은 이렇게 말했다.

37　「전서」 II-1, 9a, 「大學公議」"向壁觀心 自檢其虛靈之體 使湛然空明 一塵不染."

오늘날의 이른바 학자는 깨끗하고 평화로운 세상에 산속으로 숨어들어, 은인(隱人)의 복장을 하고 묵좌정존(默坐靜存)의 공부로, 임금이 불러도 나아가지 않고 백성이 곤궁해도 구원하지 않는다. 관직을 받아 직무를 맡김에 있어 군대, 빈객 접대, 재부(財富), 옥송(獄訟)의 직책에 제수되면 대신은 그것이 예(禮)가 아니라고 탄핵하고, 언관(言官)은 어진 사람을 업신여긴다고 공격한다. 오직 경연(經筵)에서 시강(侍講)하는 직책에 대해서만 마땅한 자리라고 지적한다. 조정에서는 그를 도사(道士)로 우대하고 도성의 백성은 그를 선망하여 이인(異人)이라 생각하며, 지위가 공경과 재상에 이르러도 오히려 산림(山林)이라 칭한다.[38]

이렇게 해서는 '독선기신(獨善其身)'은 할 수 있을지언정 '겸제천하(兼濟天下)'를 할 수는 없다는 것이 다산의 생각이다. 위의 시는 이른바 산림학자(山林學者)들의 현실도피를 비판한 작품이다. 현실 속에서 현실과 부딪치면서 현실의 문제를 해결해 나가야 하는 것이 선비의 올바른 자세이지, 어떤 이유로든 현실을 떠나서는 안 된다는 것이 다산의 생각이다. 또한 현실을 추하다고 여겨 현실로부터 멀찍이 물러나 있는 자들을 높이 받드는 풍조도 다산은 매우 못마땅하게 여겼다. 현실을 외면하고서는 경세제민을 할 방도가 없는 것이다. 「고시 24수」의 제19수도 재미있는 시이다.

재주 있는 자 비록 덕이 있어도
덕보다 재주가 앞선다 말하네

---

38 『전서』 II-6, 27b 『孟子要義』「告子 第六」"今之謂學者, 淸平之世, 遯入山林, 山巾野服, 默坐靜存, 君召不赴, 民困不救. 其注官而任職也, 授之以軍旅賓客財賦訟獄之任, 則大臣彈之以非禮, 言官擊之以慢賢, 惟經筵侍講之職, 指爲當寙. 朝廷待之以道士, 都民望之爲異人, 位至卿相, 猶稱山林."

재주 덕 두 가지 중 하나도 없었다면

이 같은 말 반드시 듣진 않을 걸

재주는 진실로 비방의 근원

사람 몸에 있어선 모적(蟊螫)[39]과 같도다

원래 재주 없는 게 제일 편하고

있어도 숨기는 게 그 다음이네

숨기려면 장물(臟物)같이 깊이 숨겨야

드러나면 당장에 도적이 되니

오호라, 소식(蘇軾)은 이로 인하여

자식 낳아 우둔하길 바랐던 게지 (제19수)

－「고시 24수」

有才雖有德　每云才勝德

才德苟全無　此名未必得

才乃謗之根　於身若蟊螫

無才爲太上　其次務晦匿

匿才須如臟　臟露便爲賊

生子願愚魯　嗟哉有蘇軾

39　농작물이나 묘목의 뿌리를 잘라 먹는 해충.

다산이 반대파들의 지속적인 공격의 표적이 되는 것은 그의 재주가 뛰어났기 때문이었다. 뛰어난 재주로 임금의 총애를 받으며 남들을 압도했기 때문에 여기에 따른 시기와 모함이 그를 괴롭혔던 것이다. 교서직(校書職)에서 파직당하고 주문모 신부의 밀입국 사건으로 또다시 곤경에 처한 다산은 차라리 재주가 없는 편이 나을 것이라 자조(自嘲)하고 있다. "재주는 진실로 비방의 근원"이라 말하고 사람에게는 "모적(蟊賊)"과 같다고 했다. 모적은 농작물이나 묘목의 뿌리를 잘라 먹는 무서운 해충이다. 재주가 뛰어나기를 바라는 것은 모든 사람들의 바람일 터인데 그 재주가 모적과 같다고 말할 만큼 다산은 주위의 공격에 시달리고 있었다. 소식(蘇軾)은, 자식이 총명하여 화를 당하느니보다 차라리 우둔하여 생명을 보전하기를 원한다는 내용의 시를 쓴 일이 있는데 이런 소식의 심정을 이해할 만하다고 말한 데에서 당시 다산의 처지가 얼마나 착잡했는지 짐작할 수 있다.

7. 금정 찰방(金井察訪)으로 좌천되다 ―「혼자서 웃다」

이런 저런 마음의 갈등을 안고 다산은 그해 7월 금정으로 부임하기 위해 서울을 떠나며 다음과 같은 시를 남겼다

해 지는 동작나루 물결 꽃 출렁이고
배꼬리의 종남산(終南山)[40]은 옛 동산이라

---

40   지금 서울의 남산.

수양버들 들 다리에 소나기 쏟아지고
황혼녘 성궐(城闕)은 안개 속에 잠겨 있네

금문대조(金門待詔)하는 것만 좋은 일 아니거니
수역(水驛)에 던져짐도 성은일세라

서쪽 사람, 어둠에서 헤어나지 못했다니
이번 길이 급암(汲黯)의 회양(淮陽)길 같네[41]

-「동작나루를 건너며」

銅津斜日浪花翻　船尾終南是故園
垂柳野橋猶白雨　澹烟城闕近黃昏
金門待詔非長策　水驛投荒也聖恩
聞說西人迷不悟　此行還似出淮藩

동작나루를 건너며 뒤돌아보니 쏟아지는 소나기 속에 궁궐이 희미하게
안개 속에 잠겨 있다. 궁궐은 자기를 지극히 사랑해준 정조 임금이 있는 곳
이고 자신의 젊은 꿈을 펼치던 곳이다. 이를 보고 미련과 회한이 없을 수 없
었을 것이다. 그러나 그는 곧 마음을 추스려 "금문대조하는 것만 좋은 일 아
니거니 / 수역에 던져짐도 성은일세라" 하며 애써 자기위안을 한다. '금문대
조(金門待詔)'는 금문, 즉 대궐에 나아가 임금의 조칙(詔勅)을 기다린다는 뜻
으로 서울에서 벼슬살이 한다는 말이고, '수역(水驛)'은 바닷가 역참(驛站) 마
을인 금정을 가리킨다. 이런 자기위안은 마지막 연까지 이어진다. 급암(汲

41　「전서」Ⅰ-2, 26a「有嚴旨 出補金井道察訪 晚渡銅雀津作」.

黯)은 중국 한(漢)나라 때에 벽지인 회양(淮陽)의 태수로 좌천되어 그곳 풍속을 바로잡고 선정을 베풀었던 인물이다. 벽지인 금정으로 좌천되어 가는 자신도 급암처럼 그곳의 풍속을 바로잡고 선정을 베풀겠다고 다짐하면서 마음을 진정시키고 있다. 그는 "어둠에서 헤어나지 못한" "서쪽 사람", 즉 천주교 신앙에서 헤어나지 못하고 있는 금정 지방 사람들을 교화시키겠다고 마음먹은 것이다.

실제로 그는 금정에 부임해서 많은 역속(驛屬)들을 타일러 제사를 지내도록 했으며, 천주교도 이존창(李存昌)을 체포하는 데에 큰 공을 세웠다. 이존창은 '내포(內浦)의 사도(使徒)'라 불리는 천주교도의 핵심 인물이었다. 내포는 금정을 포함한 아산, 당진, 서산, 홍성, 예산 등지를 포괄하는 지역으로 천주교 신도들이 전국에서 가장 많은 지역이었다. 이 밖에도 그는 5개월 남짓 금정에 있는 동안 당시 그곳에 머물던 목재(木齋) 이삼환(李森煥)을 초청하여 지방 유생들과 함께 학문적 토론을 벌여「서암강학기(西巖講學記)」[42]를 지었고, 성호유고(星湖遺稿)를 교정했으며,「도산사숙록(陶山私淑錄)」[43]을 쓰는 등 바쁜 나날을 보냈다. 그러나 때때로 찾아드는 우수(憂愁)로부터 자유로울 수는 없었다.

우습구나 내 인생 머리도 희기 전에
태항산(太行山)[44] 올라가는 수레 신세 되었다니

천 권 책 독파하여 금궐(金闕)에 들었고

---

42 『전서』 I -21, 23a.
43 『전서』 I -22, 1a.
44 중국 하남성과 산서성에 걸쳐있는 험준하기로 이름난 산.

푸른 산에 집 한 칸은 장만해 두었다네

외로운 몸 혼자서 바닷가로 왔는데
비방은 이름 따라 온 세상에 가득 찼네

비를 만나 누각 위에 높다랗게 누워보니
역부(驛夫)들 종일토록 한가함과 같을시고[45]

-「혼자서 웃다」

自笑吾生鬢未班　太行車轍苦間關
破書千卷入金闕　買宅一區留碧山
形與影鄰來海上　謗隨名至滿人間
小樓値雨成高臥　似是馬曹終日閒

그때 다산의 나이는 34세였다. 그의 말대로 "머리도 희기 전에" 높고 험한 태항산을 오르는 수레 신세가 된 자신을 한탄하고 있다. 그는 「산속 누각에서(山樓夕坐)」란 시에서도

……

종묘에 떡 올리던 서울 생각 새롭고
탁주 빚어 이웃 찾는 시골집이 부럽구나

엊그제 한양성에 살던 이 몸이

45 「전서」 I-2, 28b「自笑」.

어인 일로 하늘 끝에 밀려왔는지[46]

-「산속 누각에서」

香糕薦廟思京國　濁酒招鄰羨野家
我昔漢陽城裏住　不知何事到天涯

라 하여 조정에서 벼슬하고 고향에서 이웃과 지내던 시절을 그리워하며 "하
늘 끝" 이곳까지 밀려온 자신의 신세를 한탄하기도 했다.

8. 과학적 사고 ―「조룡대(釣龍臺)」

금정 시절에 창작한 시 중에서는 「조룡대(釣龍臺)」가 단연 눈에 띈다.

조룡대(釣龍臺)서 용 낚은 일 황당하기 짝이 없네
최북(崔北)[47]의 그림에서 처음으로 보았도다

용감한 장군 하나 사나운 모습에다
찢어진 눈초리에 창날같이 성난 수염

오른팔에 쇠줄 감고 휘둘러 내던지니
피 흐르는 백마(白馬) 미끼, 용의 입에 물린다

46　『전서』 I-2, 30a「山樓夕坐」.
47　조선 영조 때의 화가.

용의 입 벌어지고 목 줄기 움츠리며
꿈틀대는 갈기질에 물결이 부서진다

갑옷이 번쩍이며 황금 비늘에 비치고
검은 구름 가득한 하늘이 비좁은 듯

말하기는 이가 바로 당나라 소정방(蘇定方)
부소산(扶蘇山)서 용 죽이고 군사를 건넸다네

부소산 밑 강물이 흐르는 곳에
주먹만 한 바위가 거품처럼 떠 있어

그 당시 천척 배, 강 남쪽에 대었는데
무엇 하러 서북쪽 길 택해 왔으며

구름을 내뿜은 신령한 용이
어찌하여 미련하게 낚싯밥 삼켰으랴

바위가 움푹 패어 발꿈치가 빠질 듯한
신발자국 남았다고 지금까지 전해오니

오천년의 문헌들이 황당하고 허술해
호해(壺孩) 마란(馬卵) 모두 다 잘못된 지 오래네

선한 일에 향기 없고 악한 일에 악취 안 나

소인은 방자하고 군자는 근심하네[48]

-「조룡대」

龍臺釣龍事荒怪　我初見之崔北畫

有一猛將貌猙獰　怒鬐如戟目裂眥

鐵索蜿蜒繞右肘　白馬流血龍口罝

龍口呿張龍頸虘　鬐鬣擊水波四洒

甲光炫燿照金鱗　黑雲滿天天宇隘

道是大唐蘇定方　屠龍渡師扶山砦

扶山之下江水流　蓋有拳石如浮漚

當時千艘泊南岸　如何路由西北陬

龍旣噓雲顯靈詭　詎又冥頑仰吞鉤

石面嵒谺深沒趾　好說靴痕至今留

載籍荒疎五千歲　壺孩馬卵都謬悠

爲善無芳惡無臭　小人恣睢君子愁

다산은 「조룡대」 시와 함께 「조룡대기(釣龍臺記)」라는 산문도 남겼는데 시의 이해를 돕기 위하여 「조룡대기」의 관련 부분을 먼저 살펴본다.

옛날 내가 서울에서 노닐 때다. 어떤 사람의 집 벽에서 이 그림을 보았다. 황금 투구에 무쇠 갑옷을 입은 용맹스런 장수가 팔에는 무쇠로 된 끈 한 가닥을 감고 물 가운데 있는 바위 위에 서서 용을 낚으려고 하니, 용은 입을 크게 벌

---

48 「전서」 I -2, 31b「釣龍臺」.

린 채 하늘을 향하여 머리를 들고 발로는 돌을 버티어 위로 끌려 올라가지 않으려고 하여 그 장수와 용이 서로 안간힘을 쓰면서 혈전을 벌이는 것이었다. 이 그림을 보고 무슨 그림이냐고 물으니 "옛날 소정방이 백제를 칠 때 백마강에 이르니 신령스러운 용이 나타나 안개와 바람을 일으키므로 군사가 건널 수 없었다. 이에 소정방이 크게 노하여 백마를 미끼로 하여 용을 낚아 죽이니 안개가 걷히고 바람이 멎었는데 이것이 그 그림이다"라고 말하므로 이상히 여겼는데 금년 가을 내가 금정에 있을 때 부여현감 한원례(韓元禮)가 수차 편지를 보내어 백제 고적을 구경하기를 권하므로 드디어 9월 16일 고란사 밑에서 배를 타고 소위 조룡대라는 곳에 올라보았다. 아! 우리나라 사람들의 황당함을 좋아함이 이처럼 심한가! 조룡대는 백마강의 남쪽에 있어 소정방이 이 대에 올랐다면 그때는 이미 군사들이 강을 건넌 후였을 것이니 어찌 눈을 부릅뜨고 용을 낚았겠는가? 또 조룡대는 백제성 북쪽에 있어 소정방이 이 대에 올랐다면 성은 이미 함락된 후였을 것이다. 당나라 군함이 바다로 와서 백제성 남쪽에 상륙했을 터인데 무엇 때문에 강을 수십 리나 거슬러 올라가 이 조룡대 남쪽에 이르렀겠는가?"[49]

'조룡대'에서 소정방이 백마를 미끼로 용을 낚고 백마강을 건너 백제성을 함락시켰다는 전설은 너무나 유명하여 그 후 수많은 시인묵객(詩人墨客)들이 이를 주제로 시를 짓고 화가들이 그림을 그렸다. 다산은 그전에 괴짜 화가

49 「전서」 I -14, 7a「釣龍臺記」"昔余游京師 見人家壁上 畫一梟將 金盔鐵甲 臂纏鐵索一條 立水中巖石之上以釣龍 龍張口昂首 足據石不肯上 兩相奮力以血戰者 曰彼何狀也 曰昔蘇定方伐百濟 至白馬江 有神龍作大霧怪風 舟師不能渡 於是定方大怒 以白馬爲餌 釣其龍而殪之 然後霧卷風息 師得濟焉 此其圖也 余曰異哉 之言也 今年秋 余在金井時 韓元禮知扶餘縣 屢貽書勸余觀百濟古跡 遂以九月之望 汎舟皐蘭寺下 登所謂釣龍臺而觀焉 嗟乎 東人之好荒唐 何若是之甚也 臺在白馬江之南 苟定方得登此臺 則師已濟矣 又安用瞋目努力以釣龍哉 臺在百濟城之北 苟定方得登此臺 則城已陷矣 舟師入海口抵城南 卽當下陸 何爲㴑流窮源數十餘里 至此臺之下哉."

최북(崔北)이 그린 그림을 보고 그 황당한 전설을 믿지 않고 있었는데, 금정 찰방으로 있던 시절에 부여 현감 한원례의 초청을 받고 직접 조룡대를 방문 하고 나서 쓴 시이다. 원래 믿지 않았지만 그는 조룡대 주위의 지형을 세밀 하게 고증하여 합리적으로 이를 부정해 버렸다. 시 끝 부분의 '호해(壺孩)', '마란(馬卵)'은 병에서 나온 아기와 말의 알에서 나온 아기의 이야기로 신라 탈해왕(脫解王), 알지(閼智), 박혁거세(朴赫居世) 등의 탄생설화인데 조룡대 이 야기처럼 이들 설화도 믿을 수 없다는 것이다.

다산사상의 요체가 개혁사상임은 앞에서 언급한 바 있는데, 다산이 구상 한 개혁의 대상에는 의식의 개혁도 포함되어 있다. 다산은 비합리적이고 비 과학적인 속설(俗說)이나 미신 등을 철저히 배격했다. 그가 조룡대 설화를 주제로 장편시를 짓고 「조룡대기」라는 산문까지 쓴 것은 이러한 합리적 과 학정신의 소산이다. 그는 철저히 합리적 사고의 소유자였다.

그는 손목의 맥(脈)을 짚어 병을 진단하는 진맥법의 부정확성을 설파했 고,[50] 얼굴모양을 보고 운명을 점치는 관상법(觀相法)을 믿어서는 안 된다고 했다. 그는 관상법의 불합리한 점을 일일이 지적하고 나서 다음과 같이 강 조했다.

관리나 서민이 관상법을 믿으면 직업을 잃게 되고, 높은 벼슬아치가 관상 법을 믿으면 그 친구를 잃게 되고, 임금이 관상법을 믿으면 그 신하를 잃게 된다.[51]

뿐만 아니라 다산은 갑자(甲子)・을축(乙丑)을 따져 그것으로 택일(擇日)하

---

50 『전서』 Ⅰ-11, 12a 「脈論」.
51 『전서』 Ⅰ-11, 13b 「相論」 "士庶人信相 則失其業 卿大夫信相 則失其友 國君信相 則失其臣."

고 그것으로 사람의 사주를 보고 그것으로 길흉을 점치고 그것으로 수명을 예측하는 등의 행위도 단호히 배격했다.[52] 그는 또 풍수지리설도 맹렬히 비판했다.

세상에 송장을 묻어서 남에게 화(禍)를 주는 일은 있으나 송장을 묻어서 남에게 복을 주는 일도 있다는 말인가? 간사한 귀신과 요망스러운 무당이 이런 술법으로 사람을 속여 악한 데로 빠지게 할 뿐이다.[53]

지사(地師)의 아들이나 손자로서 홍문관 교리나 평안도 관찰사가 된 자를 몇 명이나 볼 수 있는가? …재상(宰相)으로서 풍수술에 빠져 여러 번 부모의 묘를 옮긴 사람도 자손이 없는 사람이 많고, 사서인(士庶人)으로서 풍수술에 빠져 여러 번 부모의 묘를 옮긴 사람도 괴이한 재앙을 당한 사람이 많다.[54]

그는 풍수설을 "꿈속의 꿈이고 속임수 중의 속임수"라 했다. 그는 죽기 전 아들에게 '내가 죽으면 집의 뒷동산에 매장하고 지사(地師)에게 묻지 말라'고 유언할 정도로 풍수설을 배척했다. 그는 또 민간에 나도는 여러 가지 괴이하고 신기한 이야기들도 일절 믿지 않았다. 다산의 개혁사상은 각종 제도의 개혁에 그치지 않고 전 국민을 대상으로 한 의식개혁까지 포괄하고 있는 것이다. 그리고 다산이 목적한 의식개혁의 범위는 상당히 넓다 그는 봉건시대 최고의 덕목으로 여겨졌던 충(忠)·효(孝)·열(烈)에 대해서도 의식의 전환을

---

52 『전서』 I-11, 28a 「甲乙論」.
53 『전서』 I-11, 30b 「風水論 1」 "世有薶骴以禍人者 其有薶骴以福人者乎 邪鬼妖巫 爲此術以罔人 使陷於惡已矣."
54 『전서』 I-11, 32a 「風水論 5」 "幾見地師之子若孫 爲弘文館校理平安道觀察使者乎 … 宰相惑於風水 累遷其父母之墓者 多無子姓 士庶人惑於風水 累遷其父母之墓者 多奇禍怪變."

요구했다.

아비가 병들어 죽었는데 자식이 따라 죽으면 효(孝)인가? 효가 아니다. 그 아
비가 불행히 호랑이나 도적에게 핍박당했을 때 그 자식이 아버지를 호위하
다가 죽었으면 효자다. 임금이 죽었는데 신하가 따라 죽으면 충(忠)인가? 충
이 아니다. 오직 그 임금이 불행하게 난리에서 역적에게 시해(弑害)당하게 되
었는데 신하가 호위하다가 죽거나, 혹은 자기가 불행하게 포로가 되어 오랑
캐 뜰에 끌려가서 강제로 절하도록 하나 굽히지 않고 죽으면 충신이다.[55]

이처럼 그는 효(孝)와 충(忠)에 대해서도 당시 사람들이 당연히 효자, 충신
으로 칭송할 만한 사람을 효자, 충신이 아니라고 했다. 마찬가지로 남편이
죽었을 때 아내가 따라 죽는다고 해서 그 여자를 열부라 할 수 없다고 했다.
다산은 충·효·열에 대한 맹목적이고 형식적인 관념의 변화를 촉구한 것이
다. 합리적으로 사고하여 과연 어떻게 하는 것이 진정한 충·효·열인가를
분별해야 한다는 것이 다산의 생각이다.
　이러한 다산의 합리적 사고는 자연에 대한 과학적 인식으로 연결된다. 그
는 밀물과 썰물이 천지의 호흡 때문에 일어난다는 종래의 견해를 반박하고
그 원인을 해와 달의 운동에서 찾았다.[56] 다산은 렌즈의 원리에 대해서도 상
당히 정교한 이론을 전개했다. 근시(近視)와 원시(遠視)에 대한 종래의 견해
는 '가까이 보지 못하는 것은 양(陽)의 부족 때문이다' 또는 '가까이 보지 못하
는 것은 수(水)의 부족 때문이다'라 하여 음양오행설로 설명하였다. 다산은

---

55 『전서』 I-11, 34a「烈婦論」"厥考病且死 子從而死之孝乎 曰匪孝也 唯厥考不幸爲虎狼盜賊所逼迫 厥子從而
衛之死焉則孝子也 君薨臣從而死之忠乎 曰匪忠也 唯厥君不幸爲亂逆所簒弑 臣從而衛之死 或己不幸而被虜
至虜庭强之拜 不屈而死則忠臣也."

56 『전서』 I-22, 20b「海潮對」참조.

이를 비판하여 '근시·원시는 다만 눈동자가 볼록한가 평평한가에 달려 있는 바, 평평하면 시선의 초점이 멀며 따라서 원시이고 볼록하면 시선의 초점이 가깝기 때문에 근시이다'라고 하여 사람이 늙으면 눈동자가 평평해져서 초점이 멀어지므로 원시(遠視)가 된다고 했다.[57]

이 밖에도 다산은 수원성(水原城)을 축조할 때 기중기를 창안하여 많은 경비를 절약하게 했고, 박제가(朴齊家)와 함께 우리나라 최초로 종두법(種痘法)을 연구하여 보급하기도 했다. 이러한 자연과학적 업적은 그의 합리적이고 과학적인 사고의 소산이다. 그리고 이 과학적 사고가 5백여 권에 달하는 방대한 저서를 집필하는 원동력이 되었을 것이다.

금정(金井) 시절에 다산은 300자에 달하는 장편 오언 고시 한 수를 남겼다. 시의 제목은 「맹화(孟華), 요신(堯臣)(즉 權, 吳 두 벗)이 공주 창곡의 폐정 때문에 백성들이 살 수 없다고 말하므로 그 말을 시험 삼아 기술하여 장편 30운을 짓다」로 되어 있다. 여기서 언급된 맹화는 오국진(吳國鎭)이고 요신은 권기(權夔)인데 이 중 권기는 다산이 봉곡사(鳳谷寺)에서 이삼환과 함께 『성호유고』를 교정할 때 참여했던 인물이다. 이들이 다산에게 공주 지방의 폐정을 토로했고 다산이 이들의 말을 종합해서 시로 만든 것이다. 긴 시이기 때문에 일부만 소개한다.

......

집 안에 남은 거란 송아지 한 마리요

쓸쓸한 귀뚜라미만 조문(弔問)을 하네

---

57 「전서」 VI-6, 29b 「近視論」 참조.

텅 빈 집 안엔 여우 토끼 뛰노는데
대감님 댁 문간에는 용 같은 말이 뛰네

백성들 뒤주에는 해 넘길 것 없는데
관가 창고는 겨울나기 수월하네

궁한 백성 부엌에는 바람 서리만 쌓이는데
대감님 밥상에는 고기 생선 갖춰 있네

산놀이 들놀이 어려운 일이고
바지허리 저고리 깃 누가 있어 꿰매주랴

물 안 긷는 우물엔 새벽 얼음 쌓여 있고
황폐한 밭에는 줄풀만 널려 있네[58]
······

－「공주 창곡의 폐정」

所餘唯短犢　相弔有寒蛩
白屋狐兼兎　朱門馬似龍
村粻無卒歲　官廩利經冬
窮竈風霜重　珍盤水陸供
樞楡難自詠　褸襗且誰縫
廢井堆晨凍　荒田被晚葑

---

58 『전서』Ⅰ-2, 33a「孟華堯臣(卽吳權二友)盛言 公州倉穀爲弊政 民不聊生 試述其言 爲長篇三十韻」.

당시 그 지방 탐관오리들의 수탈로 어려운 생활을 이어가고 있는 농민들과 농민들의 수탈 위에서 호의호식(好衣好食)하는 지방관들이 대조적으로 묘사되어 있다. 다산은 이 시기에 이미 자신의 학문적 방향을 설정한 것으로 보인다. 그리고 이런 경험이 후일 그가 『목민심서』를 집필할 수 있는 동기를 부여했을 것이다.

9. 금정(金井)의 우수 ―「의고(擬古)」

그는 금정에서 성호의 유고를 교정하고 「도산사숙록」을 집필하는 등 나름대로 바쁘고 의미 있는 나날을 보내고 있었지만, 정치적 소용돌이 속에서 이곳까지 쫓겨 온 자신의 처지를 되돌아보지 않을 수 없었다.

서해에는 반도(蟠桃) 있고
동해엔 화조(火棗) 있어

따먹으면 허물 벗듯 탈바꿈하여
영원토록 늙어지질 않는다 하니

사람들 흔연히 그걸 가지려
머나먼 길 바라고 문을 나서나

나만 홀로 가지 않고 내 집 지키니
처자식과 더불어 즐거웁도다

밭에는 조 심고

논엔 벼 심어

부지런히 김매고 가꿔주면은

가물든 비가 오든 내버려둬도

가을걷이 얼만큼 바랄 수 있을 테니

그걸로 내 성명(性命) 보전하리라

찬란한 비단옷에

종로길 말달리다

대궐 앞에 말을 내려

궁중을 걸어가면

그 어찌 통쾌한 일 아니리오만

혹시라도 후환이 따를지 몰라

잠깐 동안 물러나 수양하면서

어리석음 지킴만 못한 일이지

조용히 살면서 하는 일 없고

담박하게 기피할 일 없앤다면은

세상이 아무리 비좁다 해도

썩은 선비 하나야 용납하리라

그래도 서로를 용서하지 못한다면

운명이 그런 걸 즐길 수밖에[59]

-「의고」

西海有蟠桃　　東海有火棗

食之得蛻化　　永世不得老

衆人爭欣慕　　望望出遠道

我獨守我家　　且與妻子好

山田種黃粱　　水田種紅稻

勤力芸其苗　　不問燠與潦

庶幾望有秋　　使我性命保

燁然衣錦衣　　乘馬馳雲衢

下馬入君門　　冉冉庭中趨

豈不一快意　　或者有後虞

不如且暫退　　養拙守其愚

寧靜無所營　　澹泊無所須

世途雖局促　　庶容一腐儒

若復不相恕　　命也亦樂夫

---

59 「전서」 Ⅰ-2, 35b「擬古 二首」.

다산의 착잡한 심경이 나타나 있다. '반도(蟠桃)'는 신선이 사는 곳에 있다는 복숭아로 삼천 년 만에 한 번씩 열매를 맺는데 이것을 먹으면 불로장생한다는 과일이고, '화조(火棗)'는 역시 신선이 사는 곳에 있는 대추나무로 이것을 먹으면 수명이 천년 연장된다고 한다. 사람들은 반도와 화조를 구하려면 길을 떠나지만 자신은 그런 세속적 욕망을 버리고서 "조 심고 벼 심으며" 조용히 살겠다는 것이다. 그래야 "성명(性命)을 보전"할 수 있기 때문이다. 제2수에는 이러한 다산의 심경이 좀 더 구체적으로 드러난다. 대궐에서 벼슬살이 하는 것이 즐거운 일이긴 하지만 "혹시라도 후환이 따를지 몰라" 그냥 조용히 살겠다고 말한다. 마지막에는 "그래도 서로를 용서하지 못한다면 / 운명이 그런 걸 즐길 수밖에"라며 체념하고 만다. 그도 자신의 앞날을 예측하지 못하고 있다.

제 **4** 장

—

사환기(仕宦期) ②

1. 서울로 왔으나 —「양강의 어부」

아지랑이 끼어 있는 강 언덕 집에
백일홍 늦꽃이 짙게 짙게 피어 있네

전원(田園)은 아직도 눈에 익은 풍경이고
꽃과 나무 내 마음 즐겁게 하여주네

들보의 제비는 올해도 새끼 낳고
숲속의 꾀꼬리는 속절없이 고운 노래

제철 만난 만물이 부럽기만 하여서
지팡이 짚고 서서 슬피 읊조리노라[01]

－「옛집에 들러」

水閣煙光內　黃薇晚色深
田園猶慣眼　花木舊怡心
樑燕亦新乳　林鸎空好音
得時堪羨物　倚杖一悲吟

01　「전서」 I －2, 37b 「到舊廬述感」.

금정찰방으로 좌천된 지 근 5개월 만인 1795년 12월 20일, 다산은 용양위 부사직(龍驤衛副司直)으로 발령받아 다시 서울로 돌아왔지만 실권이 없는 한직이었다. 위의 시는 금정에서 돌아온 이듬해(1796년, 35세) 4월에 소내의 고향집을 방문하고 지은 작품이다. 4월의 고향마을은 화려한 봄옷을 입고 있다. 강엔 안개가 끼어 있고 집 뜰엔 백일홍이 붉게 피어 있다. 나무들은 신록을 자랑하고 꾀꼬리도 목청을 뽐낸다. 이렇게 화사한 봄날 다산은 오랜만에 찾은 고향집에서 "슬피 읊조린다"고 했다. 그만큼 그의 심사가 편치 않았음을 알 수 있다.

4월에는 또 울적한 마음을 달래기 위하여 충주의 부모님 묘소를 참배하고 귀로에 집안 어른 정범조(丁範祖)를 방문한 후 배를 타고 신륵사를 거쳐 돌아왔는데 돌아오는 배안에서 고기잡이하는 낚싯배를 보고 「양강의 어부」[02] 다섯 수를 지었다. 양강(楊江)은 지금의 경기도 양평의 남한강과 북한강이 갈라지는 곳이다.

영감 하나 동자 하나 소년이 하나
양근강(楊根江) 머리에 고깃배 한 척

배 길이 세 길이요 상앗대 두 길
수십 벌 그물에 낚싯바늘 삼천 개

소년은 노 저으며 배 끝에 앉아 있고
동자는 솥 옆에서 줄풀로 불 지피네

---

02 「전서」 Ⅰ-3, 2b 「楊江遇漁者」.

영감은 술에 취해 잠이 한창 무르녹아

뱃전에 다리 뻗고 푸른 하늘 올려 보네 (제1수)

一翁一童一少年　楊根江頭一釣船

船長三丈竿二丈　數罟數十鉤三千

少年搖櫓踞船尾　童子炊菰坐鐺邊

翁醉無爲睡方熟　兩脚挂舷仰靑天

인간 부귀 비싼 값에 살 것 못 되니

거짓 즐거움 누리려다 진짜 괴로움 산다네

아침에는 높은 벼슬 성현 모습 꾸미다가

저녁엔 기세등등 오랑캐로 대한다네

언제나 기 못 펴는 멍에 멘 망아지요

답답하고 처량하긴 덫에 빠진 호랑이라

갇힌 꿩은 고결하여 콩 그리지 않지만

홰 속 닭은 시끄럽게 화를 낸다네 (제4수)

人間富貴非善賈　盡將僞樂沽眞苦

朝將軒冕飾聖賢　暮設刀俎待夷虜

蹋躇常如荷轅駒　鬱悒眞同落圈虎

籠雉耿介不戀豆　塒雞喟唶生嫌怒

어찌하여 강 위의 고기잡이 늙은이는
바람 따라 물결 따라 정처 없이 떠다니나

유주(維洲)의 이해(利害)도 들리지 않고
동림(東林)의 승패(勝敗)도 아랑곳없이

갈대꽃 핀 물가를 농장 삼아서
갈대 이불 쑥대 집에 휘장 둘렀네

언젠간 두 아들과 소내로 들어가
이와 같은 동자 소년 되게 하리라 (제5수)

–「양강의 어부」

何如江上一漁翁　隨風逐水無西東
維州利害漠不聞　東林勝敗俱成聾
蘋洲蘆港作園圃　葦被蓬屋爲帡幪
會攜二兒入茗水　令當一少與一童

다산이 본 고깃배는 평화롭기 그지없다. 소년은 노를 젓고 동자는 불을
지피고 영감은 술에 취해 하늘을 보고 누워 깊은 잠에 빠져 있다. 다산은 차
라리 이들이 부럽다. 자신을 돌아보니 마치 "멍에 맨 망아지요" "덫에 빠진
호랑이" 같은데 이들에게는 "유주(維洲)의 이해도 들리지 않고 / 동림(東林)의
승패도 아랑곳없다." 유주는 중국 당나라 때 우당(牛黨)과 이당(李黨)이 치열
하게 싸우는 가운데 크게 문제된 적이 있는 곳이다. 동림은 명나라 말기에
고헌성(顧憲成)이 결성한 동림당(東林黨)으로 반대파와의 싸움으로 명나라가

망하는 원인의 하나가 되었다. 고깃배의 영감과 소년과 동자는 당시 남인과 노론, 시파와 벽파로 나뉘어 서로 헐뜯고 싸우는 정치판의 이해관계에 아랑곳없이 평화롭기만 하다. 이 평화로운 고깃배를 보고 다산은 "언젠간 두 아들과 소내로 들어가 / 이와 같은 동자 소년 되게 하리라"고 마음속으로 다짐한다. 살벌한 서울생활을 청산하고 고향으로 돌아가 두 아들과 함께 조용히 살고 싶었던 것이다. 다산은 금정에서 돌아온 직후 목재(木齋) 이삼환(李森煥)에게 다음과 같은 편지를 보냈다.

지금 명례방(明禮坊)에 있는 이 집을 팔고 소내[苕川]로 가서 작은 정자를 짓고 박전(薄田) 한 뙈기를 사서 처자를 데리고 그곳에 살면서 물과 달을 즐기고 경사(經史)를 연구하며 여생을 마칠까 생각하고 있지만 역시 두려워서 쉽게 결정하지 못하고 마음에 의심만 생기니, 곧 이렇게 결정을 내리지 못하고 시일만 끄는 사이에 다시 진망(塵網)에 떨어져 그 속에서 헤어나지 못한 채 끝내 평소에 품었던 뜻을 이루지 못할까 두렵습니다.[03]

이삼환은 성호(星湖)의 종손으로 다산이 금정에 있을 때 함께 성호유고를 정리하고 학문을 토론했던 분이다. 평소 존경하던 어른에게 자신의 진심을 토로한 것이다. 1796년 또 다른 사람에게 보낸 편지에서도

성대(聖代)에 태어나서 어린 나이에 학문에 뜻을 두고서도 계속 사우(師友)들을 따라다니며 즐거워하지 못하고 세상의 배척을 받아 죽음을 면하기에도

---

03 「전서」 I -19, 3b「上木齋書」 "今意實欲賣此明禮坊屋子 就苕川築小亭 買薄田一區 挈妻孥往依之 徜徉水月 咀嚼經史 以畢此餘光 而亦惶懼不敢遽決 此心狐疑 恐在茀之頃 復落塵網 遂不免沒頭沒尾 而終不克遂此初服耳."

거를이 없는데 또한 서로 동정하고 서로 아끼는 자끼리도 이처럼 막히고 어긋나니 생각하면 할수록 참으로 근심스럽고 슬프기만 합니다. 약용은 요즘 두문불출하고 있을 뿐입니다. 내년 봄에는 강변의 고향으로 호연히 돌아가려고 합니다. 고향집도 자못 그윽하고 툭 트인 곳이니 진실로 이처럼 고대하던 마음을 실행할 수만 있다면 헛되이 살다가 헛되게 죽어가는 인생이 되지는 않을 것입니다.[04]

라 말한 것으로 보아 극심한 심적 갈등 때문에 귀향할 결심을 굳혀가고 있음을 알 수 있다. 앞의 시 「양강의 어부」는 이런 상황에서 쓴 작품이다. 실제로 그는 다음해 모든 관직을 버리고 낙향하겠다는 소(疏)를 올린다. 이렇게 다산은 1796년(35세)을 실의와 좌절 속에서 보내고 있었다.

2. 이상(理想)의 날개를 접어야 하나 — 「통쾌한 일」「험한 길」

이 시기 다산의 답답한 심경을 잘 보여주는 시가 「통쾌한 일(不亦快哉行)」 20수이다.[05] 이 시에서는 꿈과 이상을 마음껏 펼칠 수 없는 답답한 심경을 달래기 위하여 20가지의 통쾌한 일을 설정하여 노래하고 있다.

산골짝 푸른 시내 흙과 돌이 가로막아
가득히 고인 물이 막혀서 돌아들 때

---

04 『전서』 I-18, 39b 「上弇園書」 "生逢聖代 幼年志學 顧不能源源洩洩於師友之樂 而爲世所擯 救死不贍 並於其相憐相愛者 而阻隔齟齬如此 思之誠怛怛耳 鑯近日惟杜門謝跡 來春欲遂浩歸江鄕 鄕廬亦頗幽敞 苟能遂此苦心 則庶不至浪生浪死也."

05 『전서』 I-3, 13a 「不亦快哉行二十首」.

긴 삽 들고 일어나서 모래주머니 터뜨리니
우레처럼 소리치며 쏜살같이 흘러간다

이 어찌 통쾌한 일 아니겠는가 (제2수)

疊石橫堤碧澗隈　盈盈潴水鬱盤迴
長鑱起作囊沙決　澎湃奔流勢若雷
不亦快哉

푸른 매 날개 묶어 오랫동안 굶주리며
숲속에서 날개 치다 돌아가기 지쳤는데

북풍이 불어와 처음으로 끈을 풀고
바다 같은 푸른 하늘 마음껏 날아가네

이 어찌 통쾌한 일 아니겠는가 (제3수)

－「통쾌한 일」

蒼鷹鎖翮困長饑　林末翩翾倦却歸
好就朔風初解繰　碧天如水盡情飛
不亦快哉

흐르는 물을 막아놓은 모래주머니를 터뜨려 "우레처럼 소리치며 쏜살같
이 흘러가는" 물을 보는 것이 통쾌하다고 했다. 또 묶여 있던 매가 끈을 풀고
"바다 같은 푸른 하늘을 마음껏 날아가는 것"이 통쾌하다고 했다. 이것은 막

혀 있는 물과 같고, 묶여 있는 매와 같이 무엇 하나 마음대로 할 수 없는 자신의 처지를 비유한 것이다. 모래주머니와 같은 장애물을 걷어치우고 거침없이 내달리고 싶으며, 끈 풀린 매와 같이 푸른 하늘을 마음껏 날아보고 싶다는 염원이다. 실제로 제11수에서는 "서울 땅 성안에서 움츠리고 지내는" 자신을 "병든 새가 조롱 속에 갇힌 것 같다"고 말하기도 했다.

　　맑은 밤 산골짜기 소리 없이 적막한데
　　산귀신도 잠이 들고 새 짐승 기척 없네

　　집채만한 큰 바위를 어깨에 메고
　　천 길 낭떠러지 우르렁 쾅쾅 굴린다면

　　이 어찌 통쾌한 일 아니겠는가 (제10수)

　　　　　　　　　　　　　　　　　　　　　　　　-「통쾌한 일」

　　淸宵巖壑寂無聲　山鬼安棲獸不驚
　　挑取石頭如屋大　斷崖千尺碾砰訇
　　不亦快哉

　　장기 바둑 승부를 내 일찍이 모르기에
　　바보같이 옆에 앉아 구경만 하다가

　　한 조각 여의철(如意鐵)[06]을 움켜잡고서

06　도사가 가지고 다닌다는 물건으로 이것을 흔들면 바라는 물건이 뜻대로 나온다고.한다.

단번에 판 위를 쓸어 없애버린다면

이 어찌 통쾌한 일 아니겠는가 (제13수)

-「통쾌한 일」

奕棋曾不解贏輸　局外旁觀坐似愚
好把一條如意鐵　𡘙然揮掃作虛無
不亦快哉

　　제10수와 제13수 모두 다산의 상상력이 만들어낸 일이다. 고요한 밤, 깊
은 산속에 들어가 집채만 한 바위를 굴리며 우레 같은 소리를 듣는 것이 통
쾌하다고 했는데 이것은 마치 '두더쥐 때리기'와 같은 일종의 스트레스 해소
책이라 볼 수 있다. 얼마나 울적했으면 이런 상상까지 했을까? 바둑판을 쓸
어버린다는 상상 역시 기발하다. 다산은 바둑을 둘 줄 모른다고 했다. 그래
서 자기에게 재미없는 바둑판을 쓸어버렸으면 시원하다고 여겼을 법도 하
다. 한편으로는 요모조모 이해득실을 따져 바둑알을 놓는 바둑판이 마치 치
밀한 이해관계에 따라 움직이는 정치판과 같다고 여겼을지도 모른다. 그 정
치판을 확 쓸어버린다면 분명히 통쾌한 일일 것이다.

　　가지 끝에 맴돌면서 어미 까치 급히 운다
　　비늘 달린 시꺼먼 놈 둥지에 기어드네

　　어디서 호령하며 목 긴 새 날아들어
　　범 울듯이 달려들어 머리통을 쪼았네

이 어찌 통쾌한 일 아니겠는가 (제18수)

-「통쾌한 일」

噍噍嗔鵲繞林梢　黑質修鱗正入巢
何處戞然長頸鳥　啄將珠腦勢如虓
不亦快哉

이 시는 여러 가지로 해석할 수 있다. 까치는 다산 자신을, '비늘 달린 시
꺼먼 놈', 즉 구렁이는 자신을 모함하는 반대파를, '목긴 새'는 정조 임금을
비유한다고 볼 수 있다. 노론 벽파에 의하여 끊임없이 위협을 당하고 있는
그를 정조가 구해준다면 얼마나 통쾌한 일이겠는가. 좀 더 넓게 해석해서
까치를 힘없는 백성에, 구렁이를 탐관오리에, 목긴 새를 정의의 심판관에 비
유한 시로 볼 수도 있다. 어느 경우이건 통쾌한 일임에 틀림없다.

아득한 천지는
우리가 사는 곳

높디높은 저 집은
어진 이들 모이는 곳

내 그대 따르려도
그 문을 얻지 못해

집 나가 노닐면서
천지 사방 누볐으나

승냥이 호랑이 이빨을 드러내고
뾰족한 가시나무 곳곳에 숨어 있네

무서워 빈 들판을 뒤돌아봐도
허허벌판 집 하나 보이지 않아

수레 돌려 되돌아가
오두막서 안식하니

책이랑 책상이랑
편안하기 그지없네

자고 일고 하는 사이
세월은 가기 마련

그리고 이웃 있어
들고 나며 서로 돕네

저기 저 사람들아
아직도 방황하나

돌아오라 돌아오라

여기서 편히 쉬게[07]

-「험한 길」

濛濛六合	成是倚盖
巍巍崇宮	衆賢攸稡
願言從子	不得其門
駕言出游	窮彼八垠
豺虎張牙	茨棘伏銛
怔營野顧	曠無閭閻
回車復路	爰息衡廬
圖書几案	罔不安舒
載寢載興	歲月其徂
爰有鄉隣	出入相扶
彼其之子	尙或徊逞
歸哉歸哉	於玆樂康

「통쾌한 일」과 비슷한 시기에 쓴 시인데 귀향과 은거 의지가 강하게 드러나 있다. 벼슬길에 나서서 경세제민(經世濟民)의 큰 뜻을 이루려고 고향을 떠나 "천지 사방을 누볐으나" "승냥이 호랑이 이빨을 드러내고 / 뾰족한 가시나무가 곳곳에 숨어 있다"고 했다. 문과에 급제하여 첫 벼슬길에 발을 내디딘 후 7년 동안 너무나 큰 시련이 그를 괴롭혔던 것이다. 서른다섯, 아직도 젊은 다산이건만 이제 그는 꿈과 이상의 날개를 접고 "수레 돌려 되돌아가 / 오두막서 안식"하려는 마음을 굳힌 듯 보인다.

07 『전서』 I -3, 14b 「詩四言」.

3. '자명소(自明疏)'를 올려 천주교와의 관계를 밝히다

이러는 가운데에도 정조의 은총은 더욱 깊어 1796년 10월에는 규영부(奎瀛府)의 교서로 임명되어 『사기영선(史記英選)』, 『규운옥편(奎韻玉篇)』 등의 편찬에 두루 참여하였고 12월에는 벼슬도 병조참지(兵曹參知), 우부승지(右副承旨)로 승진했다.

1797년(36세) 6월 22일 좌부승지(左副承旨)에 제수되었으나 곧 사직소(辭職疏)를 올렸다. 이것이 이른바 '자명소(自明疏)'라 불리는 「변방사동부승지소(辨謗辭同副承旨疏)」이다. 그가 이 사직소를 올린 것은 소장의 명칭에 나타나 있듯이 '비방을 변명'하기 위한 것이다. 그는 소장에서 "신이 불초함으로 인해서 10여 년 동안 얻은 비방의 내용은 음흉하고 간사하고 괴이하고 불경스럽다는 것이어서 반목과 갈등 속에 빠져 늘 논란의 대상이 되었습니다"라 말했는데, 소장의 내용을 보면 그에게 쏟아진 비방은 주로 천주교와 관련된 것이었다. 그래서 그는 이 기회에 자신과 천주교와의 관계를 소상히 밝혔다.

신은 이른바 서양의 사설(邪說)에 대하여 일찍이 그 책을 본 적이 있습니다. 그러나 책을 보았다는 것이 어찌 바로 죄가 되겠습니까? 말을 박절하게 할 수 없어 '책을 보았다'고 하는 것이지 참으로 책만 보는 데서 그쳤다면 어찌 바로 죄가 되겠습니까? 대개 일찍이 마음속으로 기뻐하여 사모했으며, 또 그 내용을 가지고 다른 사람에게 자랑한 적이 있었습니다. 본원(本源)의 마음자리가, 기름이 스며들고 물이 젖어들어 뿌리가 튼튼히 박히고 가지가 얼기설기 뻗어나가는 것 같아서 스스로 깨닫지 못했습니다.[08]

---

08 「전서」Ⅰ-9, 43a「辨謗辭同副承旨疏」"臣於所謂西洋邪說 嘗觀其書矣 然觀書豈遽罪哉 辭不迫切 謂之觀書 苟唯觀書而止 則豈遽罪哉 蓋嘗心欣然悅慕矣 蓋嘗擧而夸諸人矣 其於本源心術之地 蓋嘗如膏漬水染 根據

이렇게 처음엔 천주교에 깊이 빠졌음을 솔직하게 진술했다. 그리고 천주교와 함께 전래된 서양의 천문(天文), 농정(農政), 수리(水利), 측량(測量) 등의 과학기술에 더 많은 관심을 가졌다가 차츰 천주교를 "유문(儒門)의 별파(別派)"로 인식하고 별 거부감 없이 받아들였다고 말했다. 그러다가 성균관에 들어온 후로는 과문(科文)을 공부하느라 여념이 없었고 벼슬길에 나아간 후에는 더더욱 천주교에 관심을 둘 겨를이 없어 천주교를 마치 "막연히 지나간 먼지와 그림자처럼 느꼈다"고 술회했다. 그리고

근래에 불행히 신해년(辛亥年)의 변란이 일어났으니 신은 이 일이 있은 이래로 분개하고 마음이 몹시 상해 마음속에 맹세하여 미워하기를 원수같이 하고 성토하기를 흉악한 역적같이 하였습니다. 양심이 이미 회복되자 이치가 자명해졌으므로 전일에 일찍이 흠모한 것을 돌이켜 생각하니, 하나도 허황하고 괴이하고 망령되지 않은 것이 없었습니다.[09]

라 하여 천주교와 완전히 결별했음을 밝혔다. 그러면서 그는 "이 마음은 명백하여 신명(神明)께 맹세할 수 있습니다. 신이 어찌 감히 털끝만큼이라도 속이고 숨기겠습니까"[10]라 하여 자신의 말이 진심임을 임금에게 거듭 확인시키고 있다. '신해년의 변란'은 1791년의 이른바 '진산사건(珍山事件)'으로 권상연과 윤지충이 윤지충의 모상(母喪) 때 신주(神主)를 불사르고 천주교식의 장례를 지낸 사건을 말한다.

이 상소문으로 다산과 천주교와의 관계는 명백하게 정리되었다고 볼 수

枝榮而不自覺矣."
09 앞의 책, 같은 곳, 44a "辛亥之變 不幸近出 臣自玆以來 憤悲傷痛 誓心盟志 疾之如私仇 討之如兇逆 而良心旣復 見理自明 前日之所嘗欣慕者 反而思之 無一非荒虛怪妄."
10 앞의 책, 같은 곳, 44b "此心明白 可質神明 臣豈敢一毫欺隱哉."

있다. 그러나 천주교 관련설은 끝까지 그를 괴롭혔고 다산이 서거한 지 178년이 지난 지금도 '다산이 천주교 신자였는가 아닌가' 하는 논의는 계속 진행중이다.

소(疏)를 올린 다음 달 윤 6월 2일에 그는 황해도 곡산부사(谷山府使)에 제수되었다. 곡산으로 떠나기 위해 임금에게 하직인사를 하는 날 정조는 이렇게 말했다고 한다. "지난번 상소문은 문사(文詞)를 잘 구사했을 뿐만 아니라 심사(心事)도 빛나고 밝으니 참으로 우연한 일이 아니다. 바로 한 번 승진시켜 쓰려고 했는데 의론이 들끓으니 왜들 그러는지 모르겠다. 한두 해쯤 늦어진다고 해서 해로울 것은 없으니, 떠나거라. 장차 부르리니 너무 슬퍼할 필요는 없다. 먼젓번 원은 치적이 없었으니 잘 하도록 하라."[11] 곡산부사로 제수된 일에 대하여 다산은 「자찬묘지명」에서 "그때 세력을 잡은 자로 참소하고 질투하는 자가 많아 임금의 뜻은 내가 몇 년 외직에 있게 함으로써 불길을 식히려 함이었다"[12]라 적고 있다. 서울을 떠나 지방으로 좌천되어 참담한 심정이었을 터인데 그는 이렇게 애써 자신을 위로하고 있었다.

4. 곡산부사로 부임하며 이계심(李啓心)을 석방하다

곡산에 부임하던 날 유명한 일화가 있다. 다산의 애민사상을 잘 보여주는 너무나 유명한 일화이고 다산 자신도 인상 깊었던지 「자찬묘지명」에 이 일을 기록해 놓았다. 여기 「자찬묘지명」의 기록을 그대로 옮겨본다.

---

11   송재소 역주, 『다산의 한평생』(창비, 2014), 106면.
12   『전서』 Ⅰ-16, 8a 「自撰墓誌銘」 集中本 "時時貴讒嫉姤者多 上意欲令鑱居外數年 以涼之耳."

곡산에 이계심(李啓心)이란 자가 있었는데 백성의 괴로움을 말하기 좋아하였다. 먼젓번 부사 재직 시에 포수보(砲手保) 면포 1필을 돈 9백전으로 대신 징수하니 이계심이 백성 천여 명을 이끌고 관청에 들어와 다투었다. 부사가 그를 벌주려 하니 천여 명이 벌떼처럼 이계심을 옹호하고 계단을 올라가며 소리를 지르니 하늘을 진동시켰다. 이노(吏奴)들이 몽둥이를 휘두르며 내쫓으니 이계심은 달아나 버려 오영(五營)에서 수사하였으나 그를 잡지 못하였다. 내가 곡산 경내에 이르니 이계심이 백성의 괴로움 10여 조목을 써서 길가에 엎드려 자수하였다. 좌우에서 그를 체포하기를 청했으나 내가 "그러지 말라. 이미 자수하였으니 스스로 달아나지는 않을 것이다"라 말하고 그를 석방하면서 말하기를 "관장이 밝지 못하게 되는 까닭은 백성들이 자기 몸을 위한 계책만 잘 세우고 그 괴로움을 관장에게 항의하지 않기 때문이다. 너 같은 사람은 관에서 마땅히 천금을 주고 사야 할 것이다"라 하였다. 그런 후에 서울 군영에 상납하는 포목은 내가 친히 면전에서 재어보고 받았다.[13]

이 일화는 다산사상 전체를 일관하는 애민사상의 집약적 표현이며, 목민관으로서 곡산에서 펼칠 정사(政事)의 방향을 지시하고 있다. 그는 약 2년여 동안 곡산부사로 재직하면서 백성들의 어려움을 덜어주는 일을 최우선시하며 선정을 베풀었다. 그리고 곡산 시절에 겪은 일선 목민관으로서의 경험이 후일 『목민심서』를 집필하는 데에 커다란 자산이 되었다. 그러나 한편으로는 좌천되어 정계에서 소외된 자신의 신세가 달갑지만은 않았을 것이다.

13 『전서』 I −16, 8b 「自撰墓誌銘」 集中本 "谷山之民 有李啓心者 性喜談民瘼 前政時砲手保棉布一疋 代徵錢九百 心率小民千餘人 入府爭之 官欲刑之 千餘人蜂擁啓心 歷階級 呼聲動天 吏奴奮梃以逐之 啓心逸 五營譏之不可得 鏞至境 啓心疏民瘼十餘條 伏路左自首 左右請執之 鏞曰毋 旣首不自逃也 旣而釋之曰 官所以不明者 民工於謀身 不以瘼犯官也 如汝者官當以千金買之也 於是凡京營上納之布 鏞親於面前度而受之."

적기(赤驥) 원래 뛰어난 기골을 지녀
말갈기 휘날리며 날쌔게 달리는데

사방으로 닫고 싶은 그 뜻이 막혀
험준한 파촉(巴蜀) 땅에 갇히어 있네

산길은 바위 많아 괴로운데다
험한 바위 잇달아 수풀이 우거져서

슬피 울며 제 그림자 돌아보고는
먼 들판 긴 바람을 그리워하네

궁중의 마굿간엔 번(繁)·영(纓)도 많아
갈고 닦은 옥속(玉續)이 번쩍번쩍 빛나는데

통하고 막힘이 때 만남에 달렸으니
진실로 운명이 같지 않구나

소금수레 끄는 것이 그 직분 아니지만
애오라지 먹을 것이 없어서인데

도리어 조랑말이 그를 깔보고
동서로 날뛰며 깨물어대네

말아라 다시 또 말하지 말라
슬프게 푸른 하늘 올려다보네

달사(達士)가 그 마음 넓다고 해도
이 일을 생각하면 근심 걱정 쌓이네[14]

– 「적기(赤驥)」

赤驥負奇骨　駿邁颮風鬃
鬱鬱四極志　乃處巴㷍中
山蹊苦多石　犖确連箐叢
悲鳴顧其影　㳻宕懷長風
天廏多繁纓　鎏繢光磨礱
所遇有亨否　寔維命不同
鹽車雖匪職　聊爲篘豆空
却被果下驚　啼齕紛西東
已矣勿復道　悵然仰蒼穹
達士雖放達　念此憂心忡

곡산에 부임한 초기의 작품으로 보이는데 이 시를 준 '최생(崔生)'이 누구
인지는 알 수 없다. '적기(赤驥)'는 주(周)나라 목왕(穆王)이 탔다는 팔준마(八
駿馬)의 하나로 명마를 가리킨다. 이 적기가 자신의 기량을 발휘하지 못하고
험준한 파촉 땅에 갇혀 소금수레 끄는 신세가 되었다는 것이다. '번(繁)' '영
(纓)' '옥속(鎏繢)'은 모두 말의 장식물이다. 이 장신구로 치장을 하고 궁중에

14 『전서』 I -3, 25a 「赤驥行 示崔生」.

있어야 할 적기가 조랑말의 업신여김을 당하면서 소금수레를 끌고 있다는 비유를 통하여 최생(崔生)이란 뛰어난 인재가 초야에 묻혀 썩고 있음을 애달파 하고 있다. 그런데 이 적기의 신세가 다산 자신과 너무나 닮아 있다. 어쩌면 최생이란 가상의 인물을 내세워 자신의 이야기를 하고 있는지도 모르겠다. "먼 들판"에서 "긴 바람"을 맞고 "말갈기 휘날리며 날쌔게 달려야" 하는데, 그러지 못하고 온갖 비방과 모함을 받으며 이곳 곡산까지 밀려온 자신을 적기에 가탁한 작품이 아닌가 생각된다.

5. 괴짜 화가를 만나다 —「천용자가(天慵子歌)」

곡산 시절에 다산은 이 밖에도 많은 시를 썼다. 그중에서 주목할 만한 작품은 「천용자가(天慵子歌)」[15]이다. 천용자는 장천용(張天慵)이란 사람으로, 다산이 곡산에 부임한 이듬해(1797, 36세)에 만난 괴짜 화가이다. 다산은 이 화가에 비상한 관심을 가져 62구에 달하는 장편 고시를 썼을 뿐만 아니라 별도로 「장천용전」이란 전(傳)도 지었다. 시의 뒷부분에 나와 있지만 다산과 장천용이 처음 만난 장면부터 먼저 보기로 한다.

상산(象山)에 부임한 지 이 년이 지나
누 세우고 연못 파고 민물(民物)이 화합한데

천용자 찾아와서 고을 문 두드리며

---

15 「전서」 I −3, 28a「天慵子歌」.

사또 좀 만나자고 큰소리로 외치더니

돌계단 곧장 올라 중각(重閣)으로 드는데
버선 없는 붉은 다리 농부와 같네

읍(揖)도 절도 하지 않고 다리 뻗고 웃으며
거듭거듭 하는 말이 술 달라는 소리뿐

맑은 바람 사방에서 상쾌하게 부는지라
보통 사람 아닌 줄 첫눈에 알아보고

손잡고 가슴 헤쳐 큰 포부 얘기하며
비 오는 아침이나 달 뜨는 저녁이나
언제나 서로 만나 얼려 지냈네

我來象山越二歲　　建閣穿池民物雍
天慵子來叩閽　　　大聲叫我與官逢
直躡曾階入重閣　　赤脚不襪如野農
不拜不揖箕踞笑　　但道乞酒語重重
淸風洒然吹四座　　一見斂膝知非庸
握手開襟寫磈磊　　雨朝月夕常相從

상산(象山)은 곡산의 옛 이름이다. 장천용은 이 시에 묘사된 바와 같이 사
회규범에 따르지 않고 파격적인 행동을 하는 예술가인데 다산은 그가 보통

사람이 아닌 줄 첫눈에 알아보았다고 했다. 「장천용전」에는 이보다 더 파격적인 행동이 묘사되어 있다. 그는 평산부(平山府) 관청의 단청 일을 하다가 함께 일하는 사람 중 부친상을 당하여 상복을 입고 대지팡이를 짚고 있는 것을 보고는 그 대지팡이를 훔쳐 구멍을 뚫고 퉁소를 만들어 산 위에 올라가 밤새도록 불다가 돌아왔다고 한다. 그는 일반인의 행동규범을 벗어난 사람이다. 시의 첫머리에는 장천용의 평소의 행적이 그려져 있다.

천용자(天慵子), 자(字)는 천용(天慵)
뭇사람들 어리석다 손가락질 하네

평생에 갓 망건 써본 적 없어
마주하면 헝클어진 머리 걱정스럽고

술 마실 땐 입술에서 곧장 배로 집어넣고
달거나 시거나 싱겁거나 진하거나

쌀 술이건 보리술이건 가리지 않고
고양이 눈 같은 청주거나 고름 같은 탁주거나

가야금 어깨에 둘러메고서
왼손에 피리 하나 오른손엔 지팡이로

봄바람엔 묘향산 삼십육 동부(洞府)
가을 달엔 금강산 일만 이천 봉

가야금에 피리에 휘파람 불면서

구름 속 노닐다가 노을에 자고

그 발걸음 쉴 새 없이 그치지 않네

산길엔 숲을 뒤져 잠자는 범 찾아내고

물길엔 돌을 굴려 웅덩이 용 놀래키네

天慵子字天慵	千人競指爲癡憃
生來不用巾網首	對面蓬髮愁鬅鬆
酒不經脣直入肚	不省䑶酸與醲醴
稻沈麥仰斯無擇	淸如猫睛濁如膿
肩荷伽倻琴一尾	左手一笛右一節
春風妙香三十六洞府	秋月金剛一萬二千峰
彈絲吹竹劃長嘯	雲游霞宿無停蹤
山行朴朔搜林覓睡虎	水行砑匋碾石駭湫龍

그는 "뭇사람들이 어리석다고 손가락질을 해도" 아랑곳하지 않고 자유롭게 살아간다. "평생에 갓도 망건도 써본 적 없이" 기존의 예의범절을 무시한 채 제멋대로 살아가는 이 괴짜 예인(藝人)에게 다산은 무슨 매력을 느꼈을까? 다산이 장천용을 주제로 장편시를 짓고 또 전(傳)까지 남긴 이유가 무엇일까? 일반적으로 전(傳)은 충·효·열 등과 같이 후세에 전할 만한 미덕을 지닌 인물을 대상으로 입전(立傳)하는 것이 관례이다. 그러면 다산이 장천용에게서 발견한 미덕은 무엇이었던가? 첫째는 화가로서의 그의 재능일 것이다. 「장천용전」에는 그의 그림에 대하여 다음과 같이 말하고 있다.

비단 폭을 가져오게 하여 산수, 신선, 호승(胡僧), 괴조(怪鳥), 수등(壽藤), 고목 등 수십 폭을 그렸는데 먹물이 뒤엉켜 있긴 했으나 부자연스러운 데가 없어 모두가 굳세고 기괴하여 사람들의 상상을 벗어난 점이 있었다. 물태(物態)를 묘사함에 있어서는 털끝 하나까지 섬세하고 교묘하게 그 정신을 발휘하여 사람으로 하여금 깜짝 놀라 경탄해 마지않을 수 없게 하였다.[16]

이렇게 장천용의 재능을 높이 평가했을 뿐만 아니라 그의 작가정신 또한 다산의 눈길을 끌었다.

노래 끝엔 종이 찾아 묵화를 치는데
가파른 산봉우리 성난 바윗돌, 급한 여울목 늙은 소나무

뇌성벽력 천둥소리 음산한 풍경이요
눈 녹은 높은 산의 조촐한 모습이네

해묵은 등나무 괴이한 덩굴, 서로 얽힌 모습 그리다가
송골매 보라매가 싸우는 광경 그리기도

구름 쫓고 하늘 나는 신선도 그리는데
빽빽한 수염 눈썹 단정히 곧추설 듯

초라한 중 하나 오똑이 앉아

---

16 『전서』 I -17, 32b 「張天慵傳」 "令取絹本來 作山水神仙胡僧怪鳥壽藤古木 凡數十幅 水墨凌亂 不見痕迹 皆蒼勁鬼怪 出人意慮之表 至摹狀物態 毫毛纖巧 發其神精 令人駭愕叫呶而不自已."

가려운 듯 등 긁는 모습을 그리는데

상어 뺨에 원숭이 어깨, 비뚤어진 입에다가

속눈썹 눈을 덮은 궁상스런 몰골이네

용 귀신이 불 뿜으며 뱀과 싸우는 모습 그리다가

요사스런 두꺼비가 달을 파먹어

토끼 방아 침노하는 광경도 그리지만

부녀자 모란꽃 작약꽃 홍부용은

두 팔이 잘린대도 그리려 하지 않네

술빚 갚기 위하여 그림 팔기 좋아하나

하루 번 돈 하루 술값에 날려버리네

자기 이름 관가에 알려지길 꺼리어

혹시라도 관가에 고하려는 자 있으면

노기가 충천하여 서릿발 같다네

歌竟索紙蘸筆爲墨畫　　畫出峭峰怒石急泉與古松

震霆霹靂黑陰慘　　氷雪淞凘皎巃嵸

或畫壽藤怪蔓相斜縎　　或畫快鶻俊鷹相撞摠

或畫游仙躡空放雲氣　　須眉葩髟森欲衝

或畫窮僧兀坐搔背癢　　鯊腮玃肩喎脣盍睫酸態濃

或畫龍鬼噴火鬥蛇怪　　或畫妖蟇蝕月侵兎舂

斷捥不肯畫婦女　　與畫牧丹勺藥紅芙蓉
亦肯賣畫當酒債　　一日但酬一日傭
常恐姓名到官府　　有欲告者怒氣勃勃如劍鋒

　　장천용은 단지 재능만 뛰어난 화가가 아닌 것이다. 그의 그림은 규범적인 화가의 그림과 다르다. 양반 사대부의 문인산수화와도 다르고 도화서(圖畵署) 화원(畵員)들의 그림과도 다르다. 그는 자기가 그리고 싶은 것만을 그리는 화가이다. "부녀자 모란꽃 작약꽃 홍부용은 / 두 팔이 잘린대도 그리려 하지 않네"와 같은 표현에서 화가로서의 그의 고집을 읽을 수 있다. 만일 그가 부녀자나 모란꽃 등을 그렸다면 세인의 인정도 받을 수 있고 또 그처럼 가난하게 살지도 않았을 것이다. 그러나 그는 규격적인 그림을 그리려 하지 않는다. 자기 이름이 관가(官家)에 알려지기를 꺼려하는 것도 이와 관련이 있다. "혹시라도 관가에 고하려는 자 있으면 / 노기가 충천하여 서릿발 같다네"와 같은 표현에서 볼 수 있듯이 그가 극단적으로 관청을 기피한 이유는 다른 데에 있지 않다. 규격인 그림을 강요하는 곳이 관청이기 때문이다. 관청과 인연을 맺어 혹시라도 도화서의 화원이 되면 예술창작의 자유가 구속을 받고 자기 의사에 반하는 주문생산을 하지 않을 수 없는 것이다.
　　이렇게 볼 때 그는 자기만의 창조적 공간에서 절대 자유를 누리고 있는 예술가라 할 수 있다. 어느 면에서는 예술지상주의를 지향하는 화가인 듯도 하다. 이런 화가에게 따뜻한 눈길을 보내는 다산에게서 우리는 '또 다른 다산', '새로운 다산'을 만나게 된다. 널리 알려진 바와 같이 다산은 문학에 대하여 매우 엄격한 기준을 세우고 있었다. 유배지 강진에서 아들들에게 보낸 편지에서 그는 이렇게 말했다.

무릇 시(詩)의 근본은 부자(父子)·군신(君臣)·부부(夫婦)의 도리에 있으며, 더러는 그 즐거운 생각을 선양하기도 하고 더러는 원망과 사모의 정을 알려주기도 한다. 그다음에는 세상을 근심하고 백성을 긍휼히 여기며 언제나 힘없는 사람을 도와주고 가난한 사람을 구제하려는 마음을 가지고 방황하며 안타까워 차마 버리지 못하는 뜻을 지닌 후에라야 바야흐로 시가 되는 것이다. 자기 자신의 이해에만 매달리면 시라고 할 수 없다.[17]

임금을 사랑하고 나라를 근심하지 않는 것은 시가 아니다. 시대를 아파하고 세속을 통분해 하지 않는 것은 시가 아니다. 옳은 것을 찬미하고 잘못을 풍자하며 선을 권장하고 악을 징계하려는 뜻이 없으면 시가 아니다. 그러므로 뜻이 확립되지 못하고 배움이 순정치 못하고 대도(大道)를 듣지 못하고 임금을 바르게 인도하지 못하며 백성들에게 혜택을 베풀려는 마음이 없는 자는 시를 지을 수 없다.[18]

이런 문학관을 지닌 다산이, 철저히 자기만의 예술세계 속에 고립되어 국리민복과는 거리가 먼 비실용적인 그림만 그리는 이 화가에게 비상한 흥미를 가지고 「천용자가」라는 장편고시를 지었다는 사실에서 우리는 '새로운 다산'을 발견하게 되는 것이다. 그러나 다산의 사상적 경향이나 예술적 견해에 비추어볼 때 장천용의 예술지상주의적 성향 때문에 그를 높이 평가한 것은 아닐 것이다. 그보다는 공소(空疎)하고 형식적인 사회규범의 구속으로부터 벗어나 강요된 삶을 살지 않으며, 관(官)의 요구에 따라 규격화된 그림을 그리려 하지 않는 그의 자유분방한 예술정신에서 긍정적인 일면을 보았

---

17 『전서』Ⅰ-21, 18b, 「示兩兒」 "凡詩之本 在於父子君臣夫婦之倫 或宣揚其樂意 或導達其怨慕 其次憂世恤民 常有欲拯無力 欲賙無財 彷徨惻傷 不忍遽捨之意 然後方是詩也 若只管自己利害 便不是詩."
18 『진서』Ⅰ-21, 96, 「寄淵兒」 "不愛君憂國 非詩也 不傷時憤俗 非詩也 非有美刺勸懲之義 非詩也 故志不立學 不醇 不聞大道 不能有致君澤民之心者 不能作詩."

을 것이라 생각된다. 신분과 사회제도가 강요하는 기존의 인습을 떨쳐버림으로써 더 인간다운 진실에 접근할 수 있다고 다산은 생각한 것인지도 모른다. 두 아들에게 보낸 편지에서 피력한 문학관은, 꼭 그런 시를 써야 한다는 말이라기보다 적어도 그런 정신자세로 시작(詩作)에 임하라는 선언적(宣言的) 의미로 보아야 할 것이다. 실제로 다산은 아름다운 서정시와 서경시도 많이 창작했다. 가령 곡산 시절에 쓴

타향의 일기는 도무지 모를레라
처서(處暑) 날 차갑기가 백로(白露) 때 같네

새벽에 현문(縣門) 나서 몇 리를 가노라니
백일홍 붉은 꽃이 들 방죽에 가득하네

시골집은 박 덩굴로 온통 뒤덮여
늙은 고목 칡덩굴에 감긴 것 같고

영감 하나 할멈 하나 문간에 앉아
슬픈 일 기쁜 일 이 속에서 보내누나[19]

－「수안 가는 길」

異鄕天氣最難知　處暑剛如白露時
曉出縣門行數里　紫花紅穗滿郊陂

---

[19] 「전서」 I -3, 29b 「赴遂安途中作」.

野屋通身是瓠瓜　恰如枯柹被藤蘿
一翁一嫗當門坐　多少悲歡此裏過

와 같은 시만 해도 근엄한 경세가(經世家)로서의 다산이 느껴지지 않을 만큼
아름다운 서경시이다. 정치적 격랑이 소용돌이치는 서울이 아닌 시골에서
소박하게 살아가는 이 늙은 부부가 부러웠는지도 모르겠다.

6. 찢어진 언진산 — 「홀곡(笏谷)」

곡산부사 시절의 작품으로 주목해야 할 또 한 편의 시는 「홀곡」이다.

언진산(彦眞山)[20] 높은 곳에 홀곡(笏谷)은 깊어
골짝마다 온 산이 모두 다 황금이네

물 걸고 모래 이니 별같이 총총하게
오이씨 같은 사금(沙金)이 분분히 반짝이네

돈 나오는 구덩이 한번 파는데
천지가 그때마다 수척해지고
어지러운 도끼질에 산신령도 쪼개져

20　황해도 수안(遂安) 동쪽에 있는 산.

아래론 황천까지 위로는 하늘까지
골짝 구멍 번쩍번쩍 지맥(地脈)이 끊어지고

살과 힘줄 찢겨서 골짜기만 더 깊어
해골과 갈비뼈만 앙상하게 드러났네

산정(山精)은 울어대며 가지 끝에 앉아 있고
낮도깨비 나다니고 까마귀떼 울고 있네

살인자 도적들 구름처럼 모여드니
남몰래 끌어들여 숨겨주고 감춰주네

파헤친 구덩이가 팔구천에 이르러
벌 날듯 개미 모이듯 읍이 하나 생기니

노랫가락 피리소리 달밤에 어지럽고
꽃 핀 아침 잔칫상엔 술과 고기 향기롭다

노래하는 예쁜 기생 날마다 모여들어
서관(西關)²¹ 땅 형편은 말씀이 아니라네

농가 일손 모자라도 품 팔 사람 하나 없고

---

21 지금의 황해도.

하루에 백전 삯도 즐겨하지 않으니

마을은 피폐하고 밭두둑은 황폐하여
쑥대밭 자갈밭 폐허가 되고 마네

산과 못의 생산물은 마땅히 국가의 것
교활한 자 손아귀에 맡겨서야 되겠는가

신관 사또 처사를 백성들 기다리니
금구덩이 메우고 농사일 독촉하소[22]

彦眞山高笏谷深　山根谷隱皆黃金
淘沙盎水星釆現　瓜了麩粒紛昭森
利竇一鑿混沌瘠　快斧爭飛巨靈劈
下達黃泉上徹霄　洞穴晱晱絕地脈
筋膚齧蝕交谿谽　髑髏脊腏森杈枒
山精啾唧著樹杪　鬼魅晝騁多啼鵁
椎埋竊發蔚雲集　藏命匿姦潛引汲
穿窖鑿窨八九千　蜂屯螘聚成邃邑
歌管嘲轟弄淸宵　酒肉芬芳宴花朝
名娼妙妓日走萃　西關郡縣色蕭條
農家募雇無人應　日傭百錢猶不肯

22　『전서』 I-3, 26a「笏谷行呈遂安守」.

村閭破柝田疇蕪　蒿萊犖确成荒磝
山澤之利本宜權　豈令狡獪恣所專
太守新來民拭目　煩公夷坎塞丼催畊田

　곡산 근처의 수안금광(遂安金鑛)을 읊은 시로 수안 고을의 사또에게 준 시
이다. 이 시에 그려진 은진산은 처참하게 찢겨져 있다. 광부들의 도끼질에
아름다운 언진산은 살과 힘줄을 물어 뜯겨서 해골처럼 야위고 지렁이 같은
갈비뼈만 앙상하게 드러나 있다. 요란스런 금(金) 채굴로 인하여 산정(山精)
도 놀라 눈이 휘둥그레지고 대낮인데도 도깨비들이 영문 모르고 달아난다.
까마귀들도 덩달아 구슬피 울어댄다. 이렇게 이 시에는 금 채굴로 상처받은
언진산의 모습이 성공적인 비유를 통해 매우 효과적으로 그려져 있다.
　은진산의 파혜쳐진 모습을 다산이 이토록 가슴 아파한 것은 은진산의 아
름다운 자연이 파괴되었기 때문만이 아니었다. 다산은 사설금점(私設金店)이
몰래 금을 채굴하는 것을 반대했다. 다산의 상공업관에 대해서는 섣불리 결
론을 내릴 수 없지만『목민심서』「공전(工典)」,「응지론농정소(應旨論農政疏)」,
「전폐의(錢幣議)」등에 나타난 견해를 종합하면 대개 세 가지 이유에서 금 채
굴을 반대한 것으로 보인다. 첫째, 농사짓기보다 일당이 많은 금광으로 사람
들이 몰리기 때문에 농사에 막대한 지장을 준다는 것이고 둘째, 범죄자들이
금광으로 모여 풍기가 문란해지고 셋째, 사설금점에서 채굴된 금이 사치품
이고 소모품인 비단과 교역하기 위하여 중국으로 유출된다는 것이다. 이 문
제에 대한 다산의 구상은, 채광을 엄격한 국가 관리 하에 두어 잠채(潛採)를
금지하고 채굴 방법과 시기 등을 개선하여 농사에 지장을 주지 않게 하려는
것이다. 위의 시는 이러한 다산의 견해를 반영하고 있는 작품이다.
　곡산부사 시절에 이룬 또 하나의 업적은『마과회통(麻科會通)』의 저술이

다. 이 책은 홍역 치료를 위한 의학서이다. 다산 자신도 홍역을 앓은 바 있고 홍역으로 여러 자녀를 어릴 때 잃은 적이 있기 때문에, 중국과 우리나라의 홍역에 관한 서적을 두루 참조하여 저술한 것인데 중국과 조선에서 나온 홍역 관련 의학서 중 가장 방대하고 체계적인 책이라 평가된다. 특히 이 책에는 홍역 이외에도 「종두요지(種痘要旨)」에 천연두에 관한 사항도 있고, 「신증종두기법상실(新證種痘奇法詳悉)」에는 우리나라 최초로 E. 젠더의 '우두법'을 소개하고 있다.

7. 다시 서울로 왔으나 —「평구(平邱)에서」

다산은 1799년(38세) 4월에 병조참지(兵曹參知)에 제수되어 곡산을 떠난다. 서울로 오는 도중에 동부승지(同副承旨)에 제수되고 서울에 와서는 형조참의(刑曹參議)에 제수되는 등 임금의 보살핌이 극진했으나 6월에 신헌조(申獻朝), 민명혁(閔命爀) 등이 상소하여 그를 모함하자 민명혁이 상소한 바로 다음 날 형조참의를 사직하는 소를 올려 물러나기를 청했다. "엎드려 생각하건대 … 벼슬에 오른 지 11년 동안 일찍이 하루도 조정에서 편할 날이 없었습니다"로 시작되는 상소문에서 그는 다음과 같이 말했다.

신은 구차하게 모험을 해가면서까지 영화와 녹(祿)을 구하고자 하지 않으며, 또한 높고 멀리 피하여 관직에서 급히 벗어나고자 하는 자도 아닙니다. 대체로 한평생의 허물을 스스로 당세에 밝혀 일세의 공의(公議)에 따라 세상이 과연 용납을 하면 구차하게 떠나지 않고, 세상이 용납을 하지 않으면 구차하게 나아가려고 하지 않습니다. 지금 세상의 추세를 보니, 용납하지 않을 뿐이 아니요, 한 가문을 아울러 연루하려고 합니다. 지금 떠나지 않는다면 신은 단지 세상에 버림받은 사람이 될 뿐만이 아니요, 가문에 있어서도 패역한 동생이 될 것이니, 신이 어찌 차마 이런 짓을 할 수가 있겠습니까. 신이 이제 나아가도 의지할 곳이 없고, 물러나도 돌아갈 곳이 없습니다. 다만 신이 태어나서 자란 시골은 강과 호수, 새와 물고기 등 자연의 경관이 성정(性情)을 도야할 만하니, 천한 백성들과 함께 살면서 죽도록 전원에서 여생을 쉬며 보양(補養)하고 성스런 임금님의 은택을 노래한다면, 신에게는 남의 표적에 들 염려가 없고, 세상에는 눈의 가시를 뽑은 기쁨이 있으니 또한 좋은 일이 아니겠습니까.[23]

그리고 마지막에는 "성명(聖明)께서는 빨리 신의 직명을 삭제하도록 명하시고 선부(選部)에 영을 내려 사적(仕籍)에 실려 있는 모든 신의 이름을 아울러 없애버리게 하십시오"라 끝맺었다. 비장한 느낌이 드는 사직소이다. 문과에 급제한 이래 11년 동안의 관직생활을 청산하고 정계에서 영원히 은퇴하려는 결의가 엿보인다. 이 상소문을 보고 임금이 "소를 자세히 살펴보았으니 너는 아무쪼록 사양하지 말고 빨리 직책을 수행하라"는 비답(批答)을 내렸지만 결국 7월 26일 그의 사직이 허락되었다. 8월 2일에는 윤지눌(尹持訥)과 함께 배를 타고 가다가 양주(楊州) 근처의 평구(平邱)에서 하룻밤을 묵으면서 다음과 같은 시를 썼다.

---

23 『전서』 I-9, 47b 「辭刑曹參議疏」 "臣非欲苟且冒沒 力取榮祿者也 亦非欲高翔遠引 艇脫軒裳者也。蓋欲以一生尤悔 自暴於當世 以聽一世之公議 世果容之 則不苟去也 世不容之 則不苟進也 今觀世趣 不惟不容 竝其闔門而將欲延累 及今不去 則臣非徒爲世之棄人 亦將爲家之悖弟 臣何忍爲是哉 臣今進無所據 退無所歸 第臣生長之鄕 江湖魚鳥 亦足以陶寫性情 混跡氓隷 沒齒田園 息補餘生 歌詠聖澤 則在臣而無游覈之憂 在世而有拔釘之喜 不亦善乎."

최가 종, 너와 헤어진 십여 년 만에
오늘밤 찾아와 네 집에서 자는구나

너 이제 넓고 환한 집을 지어서
단지 그릇 물건들이 모두가 빛이 나네

밭에는 채소 심고 논엔 벼 심고
아내는 주막일 아들놈은 배를 타니

위로는 매질 없고 아래론 빚 없어
한평생 호탕하게 강변에서 사는구나

내 비록 벼슬하나 무슨 보탬 있으리오
나이 사십 오히려 번민만 더해가니

천 권 책 읽었어도 가난 면치 못하였고
고을살이 삼 년에 조그만 땅도 없네

흘겨보는 눈길[白眼][24]이 온 세상에 가득하여
젊은 몸이 초췌하여 문 항상 닫고 사네

아무리 재어보고 달아보아도

24 흘겨보는 눈길. 중국 진(晉)나라 완적(阮籍)이 청안(靑眼)과 백안(白眼)을 가졌는데, 좋은 사람을 볼 때는 청
    안으로 보고 싫은 사람을 볼 때는 백안으로 보았다고 한다.

일백 번 싸운대도 너 이기고 내가 지리

가을바람 불어오면 순로(蓴鱸)의 흥 빌려다가
너와 함께 욕을 씻고 분을 풀어보리라²⁵

-「평구(平邱)에서」

奴崔與汝別十年　今宵我來汝家眠
汝今築室乃弘敞　瓶罌桁卓皆華鮮
沙田種菜水種稻　敎妾當壚兒騎船
上無笞罵下無債　一生浩蕩江湖邊
我雖簪笏將何補　行年四十猶煩苦
讀書千卷不救飢　佩符三歲無寸土
白眼睢盱滿世間　朱顏憔悴常閉戶
度絜衡秤與汝爭　我眞百輸汝百贏
秋風會借蓴鱸興　雪恥酬憤與汝幷

다산이 투숙한 집의 주인은 최(崔)씨 성을 가진 사람으로 다산 집안에서
노복(奴僕)으로 있다가 면천(免賤)된 듯하다. 비록 한때는 종이었지만 이제는
처자식과 단란하게 살아가고 있는 이 최가 종을 오히려 부러워하는 신세가
되었다. 양반의 신분으로 벼슬길에 나아갔으나 가난도 면하지 못하고 온갖
비방과 모함을 받으며 고단한 처지에 있는 자신보다, 거친 세파(世波)에 시
달리지 않고 평화롭게 살아가는 최가 종의 생활이 차라리 더 좋겠다는 생각
이 든 것이다. 물론 다산의 이 말을 액면 그대로 받아들일 수는 없지만, "아

---

25 『전서』 I -3, 35b「宿平邱」.

무리 재어보고 달아보아도 / 일백 번 싸운대도 너 이기고 내가 지리”라는 탄식 속에는 당시 다산의 비통하고 참담한 심정이 짙게 배어 있다. 마지막 연의 ‘순로(蓴鱸)’는 장한(張翰)의 고사를 빌려온 것이다. 중국 진(晉)나라 사람 장한은 가을바람이 불자 문득 고향의 순채(蓴菜) 국과 농어[鱸] 회가 먹고 싶어서 홀연히 벼슬을 버리고 고향으로 돌아갔다고 한다. 다산 자신도 장한처럼 벼슬을 버리고 고향으로 돌아가 조용히 살고 싶은 간절한 염원을 표현한 것이다. 실제로 그는 이러한 염원을 실행에 옮겼다.

8. 11년간의 벼슬생활을 청산하다 ―「고향에 돌아와」

10월에 조화진(趙華鎭)과 이태영(李泰永)이 상소하여 다산이 서교(西敎)를 주창한다고 무고하는 등 그에 대한 공격이 더욱 심해지자 드디어 1800년(39세) 봄에는 신변의 위험을 감지하고 처자와 함께 소내로의 낙향을 결행했다. 그동안 품었던 모든 꿈과 희망을 내려놓는 순간이었다. 그는 서울을 떠나면서 쓴 시에서 “교활한 자 이미 다 득세했으니 / 정직한 자 발붙일 곳 그 어디메뇨”라 읊었다.[26] 그리고 같은 시에서 “방랑이 바람직한 일 아니긴 하나 / 더 이상 지체함은 진실로 무익하네”[27]라 말하여 더 이상 서울에 머무는 것이 아무런 의미가 없음을 토로하고 있다. 그래서 11년간의 사환생활을 스스로 청산하려는 것이었다.

꽃 아직 남았으니 봄날이건만

26　『전서』 I ―4, 2a 「古意」 “詖邪旣得志 正直安所宅.”
27　앞과 같은 시, “放浪非敢慕 濡滯諒無益.”

벼슬 버린 이 몸은 농부 신세 되었어라

우연히 집 밖을 나가봤더니
다행히 몇 사람 동행이 있네

강 언덕에 이삭은 이제 막 파릇하고
물가에 꽃들은 아직 붉지 않았는데

외로운 배, 강 하구로 가지 말아라
한강 어귀에는 서풍이 분다[28]

－「강언덕에 나와서」

花在猶春日　官休卽野農
偶從三徑出　幸與數人同
岸穗初抽綠　沙茸未展紅
孤舟莫下峽　洌口有西風

고향에 돌아와서 쓴 시인데 마지막 연의 "외로운 배, 강 하구로 가지 말아라 / 한강 어귀에는 서풍이 분다"라는 구절의 의미가 심상치 않다. "꽃 아직 남았으니 봄날이건만", "강 언덕에 이삭은 이제 막 파릇하고" 등의 구절로 보아 이 시의 시간적 배경은 분명히 봄이다. 그런데도 "한강 어귀에는 서풍(西風)이 분다"라고 했다. 그러므로 동풍(東風)이 불어야 할 봄날에 서풍이 분다고 했을 때의 서풍이 문자 그대로 서쪽에서 부는 바람이 아님을 알 수 있다.

---

28 『전서』Ⅰ-3, 39a 「晚出江皐」.

이 바람은 서인(西人)계의 노론(老論) 쪽에서 일으킨 정치적 바람으로 해석될
소지가 있다. 다산은 고향에 돌아와 숙부의 시에 차운(次韻)한 다음과 같은
시를 썼다.

> 타관살이 꿈길이 고향 산을 맴돌다가
> 비바람 치는 낡은 집에 처자 함께 왔습니다
>
> 벼슬 일찍 버린 것 애석할 것 없어요
> 내 재주 원래가 모자란 건데
> 한세상 건너기가 어려운 줄 알았어요
> 내 본성 원래가 옹졸한 탓에
>
> 마을에 벌인 잔치 백안(白眼)이 없고
> 고깃배에 술 취하여 모두가 붉은 얼굴
>
> 선인들 남긴 글 차례로 읽어가며
> 남은 생애 이 속에 의탁하려오[29]

─「고향에 돌아와」

> 羈夢棲棲繞碧山　敝廬風雨挈家還
> 才疎敢惜休官早　性拙深知涉世艱
> 鄕里開筵無白眼　釣船沽酒每朱顏
> 殘書點撿先人跡　已辦餘生付此間

---

29 『전서』 I-3, 39b 「奉和季父韻」.

다산은 자신의 처지를 "재주가 원래 모자라고" "본성이 본래 옹졸한 탓"으로 돌리며 애써 자기 위안을 하고 있다. 그리고 "선인들 남긴 글 차례로 읽어가며 / 남은 생애 이 속에 의탁하려오"라 하여 고향땅에서 조용히 살고 싶은 의지를 나타내었다. 10여 년 벼슬길에서 너무나 많은 풍파를 겪었기 때문에 서울을 떠나 조용히 살고 싶은 마음이 간절했을 것이다. 그해에 그는 고향집에 '與猶(여유)'라는 편액을 달고 기(記)를 지었다.

내 병을 내 스스로 잘 알고 있다. 용기만 있지 지모(智謀)는 없으며, 선(善)만 좋아하지 가릴 줄을 모르며, 마음 내키는 대로 즉시 행하기만 하고 의심하거나 두려워하지도 않는다. 그만둘 수 있는 일이지만 진실로 마음속으로 기쁘게 느껴지기만 하면 그만두지 못하고, 하고 싶지 않았지만 진실로 마음속에 꺼림직하여 불쾌한 일이 있으면 반드시 그만둘 수 없었다. 이러므로 어려서 혼몽할 때에는 일찍이 방외(方外)를 치달리면서도 의심이 없었고, 장성한 뒤에는 과거(科擧)에 빠져 돌아보지 않았으며, 30이 된 뒤에는 지나간 일에 대한 후회를 깊이 진술하면서도 두려워하지 않았다. 이러므로 선(善)을 끝없이 좋아하였으나 비방을 받는 것은 유독 많았다. 아! 이 또한 운명이로다. 이것은 나의 본성 때문이니, 내 또한 어찌 감히 운명을 말할까 보냐. 내가 『노자(老子)』의 말을 보니, "망설이면서[與] 겨울에 냇물을 건너는 것같이 하고, 주저하고 의심하면서[猶] 사방의 이웃을 두려워하듯 한다"라고 하였다. 아! 이 두 말이 내 병에 약이 되는 것이 아니겠는가. 저 겨울에 냇물을 건너는 것은 차갑다 못해 따끔따끔하며 뼈를 끊는 듯하니, 부득이하지 않으면 건너지 않는 것이다. 사방의 이웃을 두려워하는 것은 지켜보는 것이 몸에 가까우니 비록 매우 부득이하더라도 하지 않는 법이다. … 분명히 이와 같이 한다면 천하에 무슨 일이 있겠는가. 내가 이 뜻을 얻은 지 6, 7년이 되었는데, 이것을 가

지고 당(堂)에 편액으로 달려고 하다가 이윽고 생각해 보고는 번번이 그만두
었다. 소내[苕川]로 돌아온 뒤에 비로소 문미에다 써서 붙이고, 아울러 이름
붙인 이유를 적는다.[30]

9. 정조의 죽음과 다산의 운명

이렇게 지난 일을 되새기고 "망설이면서" "주저하고 의심하면서" 조심스
럽게 살아가려 다짐을 했지만 세상은 그를 조용히 살게 내버려 두지 않았
다. 그해(1800년, 39세) 6월 28일 정조 임금이 갑자기 승하한 것이다. 정조의
죽음과 함께 다산의 운명도 결정된 것이나 다름없었다. 다산에게 정조의 죽
음은 그야말로 하늘이 무너지는 것 같은 일이었다. 반대파의 집요한 공격에
도 그가 살아남을 수 있었던 것이 정조의 비호 때문이었음을 너무나 잘 알
고 있었기 때문이다. 정조가 승하하던 날의 비통한 심경을 『사암선생연보』
는 다산이 쓴 『균암만필(筠菴漫筆)』의 구절을 인용하여 이렇게 적고 있다.

이달 12일 한창 달 밝은 밤에 홀로 앉아 있었는데, 갑자기 문 두드리는 소리
가 나 맞아들이고 보니 바로 내각의 서리(胥吏)였다. 『한서선(漢書選)』 10질
을 가지고 와서 하교를 전하기를 "요즘에 책을 편찬하는 일이 있으니 응당 곧
불러들여야 할 것이나, 주자소(鑄字所)를 새로 개수하여 벽에 바른 흙이 아

---

30 『전서』Ⅰ-13, 39b 「與猶堂記」 "余病余自知之 勇而無謀 樂善而不知擇 任情直行 弗疑弗懼 事可以已 而苟於
心有欣動也 則不已之 無可欲而苟於心有疑滯不快也 則必不得已之 是故幼眇時 嘗馳騖方外而不疑也 旣
壯陷於科擧而不顧也 旣立深陳旣往之悔而不懼也 是故樂善無厭而負謗獨多 嗟呼 其亦命也 有性焉 余又何
敢言命哉 余觀老子之言曰 與兮若冬涉川 猶兮若畏四鄰 嗟乎 之二語 非所以藥吾病乎 夫冬涉川者 寒螫切骨
非甚不得已 弗爲也 畏四鄰者 候察逼身 雖甚不得已 弗爲也 … 審如是也 天下其有事哉 余之得斯義且六七
年 欲以顔其堂 旣而思之 且已之 及歸苕川 始爲書貼于楣 竝記其所以名."

직 덜 말라 정결하지 못하니 그믐께쯤이면 들어와 경연에 오를 수 있을 것이다"라 하였으니, 위로함이 매우 지극하였다. 또 이르기를 "이 책 5질은 남겨서 가전(家傳)의 물건을 삼도록 하고, 5질은 제목을 써서 도로 들여보내는 것이 좋겠다"라 하였다. 각리(閣吏)가 말하기를 "제가 친히 하교를 받들 때에 임금님의 안색과 말씀하시는 어조가 매우 온화하고 매우 그리워하는 듯하였습니다. 이 『한서선』에 제목을 쓰라는 것은 아마도 겉으로 하시는 말씀이고 실제로는 안부를 묻고 회유하시려는 성지가 아닌가 합니다"라 하였다. 서리가 문을 나간 뒤 눈물을 흘리며 감격해 하였으니 오히려 다시 무슨 말을 하리요. 다음날 임금의 옥체에 병환이 나서 이날에 이르러 끝내 붕어하셨다. 삼가 생각하건대, 이 12일 밤에 특별히 서리를 보내 글을 내려주시고 안부를 물으신 것이 바로 영결의 은전(恩典)이었다. 잊지 않고 생각해 주심은 12일에 이르러서도 아직 끝나지 않았으나, 군신의 의(誼)는 이날 저녁에 영원히 끝나 버렸다. 매양 생각이 이곳에 미치면 눈물이 펑펑 쏟아져 옷소매를 적시었다. 곧바로 따라 죽어 지하에서나마 천안(天顏)을 뵙고자 했으나 하지를 못했다. 나는 초야에 묻힌 한미한 족속으로 훈구(勳舊)·벌열(閥閱)의 은혜를 입은 바도 없었는데, 성균관에 들어간 이후로 18년간 훈도해 주신 공이 이와 같았다.[31]

정조가 승하한 후 노론 벽파(僻派)는 이른바 4흉(四凶), 8적(八賊)을 제거한다고 하여 남인 시파(時派)들에 대한 대대적인 숙청을 시작했다. 신유옥사(辛酉獄事)가 일어난 것이다. 이 신유년의 옥사로 이가환(李家煥)과 권철신(權哲身)은 옥사(獄死)했고 정약종(丁若鍾), 이승훈(李承薰)은 참형당했으며 정약전(丁若銓)은 전라도 신지도(薪智島)로, 이기양(李基讓)은 함경도 단천(端川)으

---

31 송재소 역주, 『다산의 한평생』(창비, 2014), 145면.

로, 오석충(吳錫忠)은 전라도 임자도(荏子島)로, 이학규(李學逵)는 전라도 능주
(綾州)로 각각 유배되었다. 이 밖에도 수많은 인사들이 피해를 당했다. 다산
도 모든 걸 버리고 고향에서 조심스럽게 살겠다는 의지에도 불구하고 1801
년(40세) 2월 27일 경상도 장기(長鬐)로 유배되었다.

제 **5** 장

—

유배기 ①

1. 장기(長鬐)로 유배되다 ―「석우촌의 이별」「하담의 이별」 「자신을 비웃다」

쓸쓸한 석우촌(石隅村)
앞에는 세 갈래 길

두 말 서로 희롱하며
저 갈 곳 모르는 듯

한 말은 남으로 가고
또 한 말은 동으로 가려는데

숙부님들 머리엔 백발이 성성하고
큰형님 두 뺨엔 눈물이 줄을 잇네

젊은이는 다시 만날 기약이나 한다지만
노인들 앞일을 누가 알리오

조금만 조금만 하는 사이에
해는 이미 서산에 기울어졌네

앞만 보고 가야지 뒤돌아보지 말고
앞으로 다시 만날 기약이나 새기면서[01]

-「석우촌의 이별」

蕭颯石隅村　前作三叉歧
二馬鳴相戲　似不知所之
一馬且南征　一馬將東馳
諸父皓須髮　大兄涕交頤
壯者且相待　耆耄誰得知
斯須復斯須　白日已西欹
行矣勿復顧　黽勉留前期

유배지 장기로 떠나는 길에 한강을 건너기 전 석우촌에서 숙부님, 형님과 마지막 작별을 고하면서 쓴 시이다. "앞만 보고 가야지 뒤돌아보지 말고 / 앞으로 다시 만날 기약이나 새기면서"라는 말에서 다산의 심경을 읽을 수 있다. 아내와 자식들은 다산과 함께 한강을 건너 사평촌(沙坪村)에서 작별했다. 그리고 충주(忠州) 부근의 하담(荷潭)을 지나면서는 다음과 같은 시를 썼다.

아버지 아시나요 모르시나요
어머니 아시나요 모르시나요

우리 가문 갑자기 뒤집어져서
죽고 사는 문제가 이 지경이 되었네요

<hr>

01　『전서』 I-4, 4b「石隅別」.

목숨만은 겨우겨우 부지했지만
이 몸은 슬프게도 무너졌어요

자식 낳아 부모님 기뻐하시며
잡아주고 끌어주고 애써서 길렀는데

부모 은혜 갚으리라 응당 말했지
이같이 꺾이리라 생각인들 했겠어요

이 세상 사람들께 바라는 바는
다시는 자식 낳았다 기뻐 말기를[02]

-「하담의 이별」

父兮知不知　母兮知不知
家門歘傾覆　死生今如斯
殘喘雖得保　大質嗟已虧
兒生父母悅　育鞠勤攜持
謂當報天顯　豈意招芰夷
幾令世間人　不復賀生兒

　하담은 다산의 선영(先塋)이 있는 곳이다. 귀양 가는 길에 부모의 묘소를 참배하는 다산의 마음은 말할 수 없이 착잡했을 것이다. 그래서 세상의 부모들에게 "다시는 자식 낳았다 기뻐하지 말라"고 당부한다. 이것은 부모에

02　「전서」 I-4, 4b「荷潭別」.

게 막심한 불효를 저지른 자신의 죄책감에서 나온 말일 것이다.

드디어 3월 9일 장기 현에 도착하여 마산리(馬山里) 노교(老校) 성선봉(成善封)의 집에 거처를 마련했다. 장기 현에서 기약 없는 귀양살이를 하는 동안 그는 많은 시를 썼다. 척박하기 짝이 없는 바닷가 마을에서 시를 짓는 일 말고는 딱히 할 일도 없었을 것이다. 그는 장기에 도착한 직후, 유배될 수밖에 없었던 지난날 자신의 처신을 되돌아보며 회한에 잠긴다.

의로(義路), 인거(仁居) 어디인지 헤매이면서
젊은 시절 그 길 찾아 방황했었지

주제넘게 천하일을 모두 알고파
이 세상 책들을 다 읽자 생각했네

맑은 세상 괴롭게 활에 다친 새 신세요
남은 목숨 이제는 그물 걸린 고기라네

천년 후에 나를 알 자 있으려는지
마음먹음 잘못 아닌 재주 적은 탓이렸다[03]

　　　　　　　　　　　　　　　　　－「자신을 비웃다」

迷茫義路與仁居　求道彷徨弱冠初
妄要盡知天下事　遂思窮覽域中書
淸時苦作傷弓鳥　殘命仍成掛網魚

---

03 「전서」 I-4, 7b 「自笑」 제3수.

千載有人知我否　立心非枉是才踈

　　7언 율시 10수로 이루어진 「자신을 비웃다」란 시의 제3수인데, "주제넘게
천하일을 모두 알고파 / 이 세상 책들을 다 읽자 생각했네"라 하여 당시의
정세를 판단하지 못하고 너무나 큰 포부를 가졌던 탓으로 화를 자초했음을
암시하고 있다. "의로(義路)"와 "인거(仁居)"는 『맹자』〈이루(離婁) 상〉의 "仁
人之安宅也 義人之正路也(인은 사람이 편안히 거처할 집이요, 의는 사람이 걸어갈 바
른 길이다)"에서 나온 말이다. 편안히 거처할 집인 인(仁)과, 걸어가야 할 바른
길인 의(義)를 추구하기 위하여 노력했지만 모두 부질없는 일이 되고 말았다
는 자조(自嘲) 섞인 한탄이다. 또 제1수에서도

　　취한 듯 깬 듯이 반평생을 보내면서
　　간 곳마다 이 몸의 이름만 남았다네

　　온 땅이 진창인데 갈기 늦게 흔들었고
　　하늘 가득 그물인데 경솔하게 날개 폈네

　　如醉如醒度半生　到頭贏得此身名
　　泥沙滿地掉鬐晚　網罟彌天舒翼輕

라 술회하고 있다. 그는 자신을 진흙탕의 물고기에, 그물 가득한 하늘을 나
는 새에 비유하면서 혼탁한 정치판에서 일찍 빠져나오지 못했던 것을 후회
했다. 젊은 시절에 그는 과거시험을 포기하고 전원으로 돌아가 처자식과 농
사지으며 살려는 생각을 여러 번 했었고 벼슬길에 나아가서도 그러한 생각

을 버리지 않았지만 그러한 생각을 실행에 옮기지 못한 자신을 스스로 원망하고 있는 것이다. 그는 이런저런 생각 끝에 좌절감에 젖었다가 이내 체념하며 자신을 달래보기도 한다.

뭐라 해도 오늘 당장 술 마심이 제일이니
내일 일 생각함은 바보짓이지 (제6수)

萬事不如今日飮　思明日事是癡顚

눈앞의 기구한 생각 하지를 말자
구름 가듯 물 흐르듯 살아가면 그만이지 (제7수)

眼前莫造崎嶇想　隨意雲行又水流

와 같은 구절에는 체념의 정서가 짙게 배어 있다.

늘그막의 탕목읍(湯木邑)이 장기 현이요
온갖 풍상 다 겪은 머리 빠진 영감일세

밥상 가득 고기 새우, 박한 녹봉 아니고
뜰을 두른 송죽(松竹)엔 맑은 바람 일어난다 (제9수)

晩年湯沐長鬐縣　小劫滄桑短髮翁
滿案魚蝦非薄祿　匝園松竹也淸風

"탕목읍"은 임금이 공주, 왕자나 신하에게 특별히 하사한 땅으로 이들은 그 땅의 수조권(受租權)을 가진다. 임금이 그에게 장기 현을 탕목읍으로 하사했다는 말 속에는, 유배지에서 절망과 사투(死鬪)를 벌이고 있는 다산의 고독한 내면이 엿보인다. 바닷가 마을이라 밥상에 고기와 새우도 올라오니 녹봉이 박한 것도 아니고, 뜰의 소나무와 대나무에서 일어나는 맑은 바람까지 덤으로 즐길 수 있다고 말함으로써 분노와 절망과 고독을 진정시키려는 다산의 모습을 읽을 수 있다. 이 시 「자신을 비웃다」는

궁한 길에 마음이 좁아질까 두려워
바다 쪽 사립문에서 한참을 서 있네 (제10수)

窮途只怕胸懷窄　臨海柴門竚立遲

라는 구절로 끝나는데 여기에는 곤궁과 절망 속에 주저앉지 않고 그걸 이겨내려는 다산의 의지가 숨어 있다. 무너지려는 마음을 다잡기 위하여, "좁아지려는" 마음을 다잡기 위하여 '넓은' 바다 쪽을 바라고 서 있다는 것이다. 제8수에서도 "불행하게 온 곤궁을 쫓지를 말자 / 곤궁을 견디는 게 진정한 호걸이지(不幸窮來莫送窮 固窮眞正是豪雄)"라 하여 주어진 환경에서나마 최선을 다하려는 의지를 보이고 있다.

2. 자신을 돌아보다 ─「고시 27수」

장기 시절 초기에 쓴 것으로 보이는 「고시 27수」[04]는 여러 가지 면에서 중요한 작품이다. 다산은 시의 길이에도 구애받지 않고 형식도 비교적 자유로운 고체시(古體詩)를 구사하여 자신의 생각을 거침없이 표현했다.

동편 영마루에 흰 구름 일어
처음엔 모란꽃 형상이다가

점차로 산봉우리 모양 되더니
우뚝 솟아 천둥을 속에 감췄네

질펀히 푸른 하늘 가득 채우며
신기한 그 빛이 사방을 비추면

그 모습 한없이 아름답지만
바람이 불어대니 어이할거나

별과 달은 제각기 궤도가 있고
초목은 저마다 뿌리가 있는데

안주할 자리 없는 너 생각하면

04 「전서」 I -4, 9b 「古詩二十七首」.

기나긴 한숨이 절로 나오네 (제5수)

白雲出東嶺　初如牧丹花
轉作峰巒勢　硨砆藏雷車
溶溶滿碧虛　奇光照邐迤
豈不美可愛　風吹當奈何
星曜有躔絡　草木有根芽
念汝不能住　使我長咨嗟

　동쪽 영마루에서 피어나는 흰 구름이 모란꽃처럼 어여쁘고 사방에 비추는 구름 빛이 한없이 아름답다고 했다. 그러나 이 아름다움은 오래 가지 않는다. 바람이 구름을 불어 날리기 때문이다. 일정한 궤도가 있는 별이나 달과 달리, 뿌리가 있는 초목과도 달리 구름은 바람이라는 외부세력에 의해 흔들리는 존재다. 이 구름을 보고 다산이 '아름다운 것은 영원하지 않다'는 일반적 사실을 말하려고 했다기보다는 자신의 고단한 처지를 구름에 투영했다고 보는 편이 옳을 것이다. 아름다운 이상과 덕성(德性)을 지녔음에도 그것을 펼쳐보지 못하고 저 구름처럼 날려 바닷가 궁벽한 마을로 쫓겨 온 자신의 처지를 슬퍼한 것이다. 그래서 마지막 연에서 "안주할 자리 없는 너 생각하면 / 기나긴 한숨이 절로 나온다"고 탄식한 것이다. 또 이 구름은 아름다울 뿐만 아니라 그 속에 "천둥"을 감추고 있다고 했다. 그러나 구름이 천둥과 같은 파괴력을 감추고 있어도 바람이 불어 날리면 아무 소용이 없다. 마찬가지로 다산 자신도 악(惡)의 무리를 응징할 수 있는 천둥의 능력을 지녔지만, 구름이 바람에 날리듯 외풍(外風)에 의하여 이곳까지 밀려왔다는 것이다.

팔딱팔딱 연못 속 물고기 하나
물속을 마음대로 돌아다니다

연꽃 사이 들락날락 헤엄치면서
쪼아 먹고 뛰노는 게 제 적성인데

주제넘게 멀리 한 번 가보고 싶어
물길 따라 흘러서 넓은 바다 들어갔네

망망한 바다에서 길 잃고 헤매다가
큰 파도에 놀라기가 몇 번이던가

간신히 악어 밥은 면했건마는
끝내는 큰 고래 만나고 말았네

고래 숨 들이쉬자 죽은 몸 되었다가
내뿜을 때 다행히 살아나서는

옛날 놀던 연못이 못내 그리워
괴로운 맘 근심에 싸여 있는데

신룡(神龍)이 이 고기 불쌍히 여겼던지
때마침 천둥 치고 비가 내리네 (제6수)

撥剌池中魚　撥剌池中行
游戲蓮葉間　呷喋常適情
矯然思遠游　隨流入滄瀛
望洋迷所向　蕩潏魂屢驚
崎嶇避蛟鰐　至竟値長鯨
倏鯨吸而死　忽鯨歠而生
耿耿思故池　囷囷憂心縈
神龍哀此魚　雷雨會有聲

　장기 시절에 대량으로 창작한 우화시(寓話詩)의 하나인데, 여기서 다산은 자신을 연못 속의 작은 물고기에 비유하고 있다. 연못 속에서 평화롭게 살면 될 것을 "주제넘게 멀리 한 번 가보고 싶어" 넓은 바다로 들어갔다가 몇 번이나 죽을 고비를 넘기고 간신히 목숨을 부지해 살면서 "옛날 놀던 연못을 못내 그리워하는" 물고기를 빌려 자신의 인생역정을 돌이켜 보고 있다. "옛날 놀던 연못"은 고향땅을, "넓은 바다"는 서울의 정계(政界)를 가리키고, 물고기는 자신을, "큰 파도"는 정치적 격랑(激浪)을, "악어"와 "고래"는 자신을 모함하는 정적(政敵)들을 상징한다고 볼 수 있다. 서정적 가락 속에 최소한의 서사적 구조를 유지하면서 자신의 회한(悔恨)의 정서를 형상화한 성공적인 우화시라 할 수 있다.

　제비 한 마리 처음 날아와
　지지배배 그 소리 그치지 않네

　말하는 뜻 분명히 알 수 없지만

집 없는 서러움을 호소하는 듯

"느릅나무 홰나무 묵어 구멍 많은데
어찌하여 그곳에 깃들지 않니?"

제비 다시 지저귀며
사람에게 말하는 듯

"느릅나무 구멍은 황새가 쪼고
홰나무 구멍은 뱀이 와서 뒤진다오." (제8수)

鷰子初來時　喃喃語不休
語意雖未明　似訴無家愁
楡槐老多穴　何不此淹留
燕子復喃喃　似與人語酬
楡穴鸛來啄　槐穴蛇來搜

　　시인으로서의 다산의 상상력이 얼마나 놀라운가를 잘 보여주는 작품이
다. 그가 장기에 도착한 날이 음력 3월 9일이니 제비들이 돌아와 집짓기에
한창 바쁠 때이다. 해마다 찾아오는 제비를 보고 '작년에 왔던 제비가 올해
도 또 돌아왔구나'라든가 '흥부의 박씨를 물고 왔는가?'라는 등의 상투적인
표현을 하는 것이 일반적인데 다산은 놀랍게도 제비와 대화를 하고 있다.
쉴 새 없이 지저귀는 제비 소리를 '집이 없어요, 집이 없어요'라는 소리로 상
정하고 대화를 나누며 제비의 처지를 슬퍼한 것이다.

다산이 제비와 이런 대화를 나누게 된 발상의 동기는 자신의 처지를 제비에 가탁(假託)하기 위함이었다. 그가 험한 정치판을 떠나 고향에서 조용히 살려고 했는데도 반대 세력은 그를 제집에 살도록 내버려 두지 않고 이곳까지 내몰았다. 마치 "느릅나무 구멍은 황새가 쪼고 / 홰나무 구멍은 뱀이 와서 뒤지듯" 그를 제집에 안주하지 못하게 했다. 자신의 이런 처지를 제비를 빌려 노래한 것이다.

다산은 장기 시절을 계기로 우화시를 대량으로 창작했다. 다산의 우화시는 대체로 자연계에서의 강자와 약자, 먹는 자와 먹히는 자, 지배하는 자와 지배받는 자와의 대립을 그린 작품이 많다. 자연계에서의 양자의 대립관계에도 관심이 있었겠지만 다산의 우화시는 그보다도 일반 농민과 봉건관료와의 대립을 말하기 위한 알레고리의 성격이 더 짙다. 그러므로 동물이나 식물이 등장하는 우화시에서 그가 항상 약자의 편에 서는 것은 봉건관료보다 농민의 편에 서 있다는 것을 의미한다. 앞의 시에서도 제비는 약자이고 황새나 뱀은 자연계의 강자이다. 그리고 다산은 강자인 황새나 뱀보다 약자인 제비에 동정적인 시선을 보낸다. 이렇게 볼 때 그가 제비를 보고 느낀 슬픔은 일차적으로는 그 개인의 슬픔으로부터 촉발된 것이었겠지만, 다산사상 전체의 맥락에서 보면 개인적 슬픔과 당시 농민 전체의 슬픔이 한 덩어리가 되어 촉발된 슬픔이라 할 수 있다. 이것이 다산 시가 위대한 이유 중의 하나이다. 시의 속성은 기본적으로 개인의 정서를 개성적으로 노래하는 것이지만, '매우 재능 있는 뛰어난 시인'에 머물지 않고 '위대한 시인'이 되기 위해서는, 개인의 정서 속에 개인을 넘어선 더 큰 집단적 정서가 녹아 있어야 한다. 개인과 집단, 개인과 사회, 개인과 국가, 나아가 개인과 세계를 독립된 별개로 보지 않고 서로 관련되어 영향을 미치는 유기체로 인식해야만 '위대한 시인'이 될 수 있기 때문이다.

온갖 풀이 모두 다 뿌리 있으나
부평초 홀로이 꼭지가 없어

물 위를 두둥실 떠도는 신세
언제나 바람에 불려다니네

살려는 의지가 없으리오만
붙인 목숨 진실로 작고 가늘어

연(蓮)잎이 너무도 업신여기고
마름은 줄기로 칭칭 감아 덮고 있네

한 연못 속에서 같이 살아가면서도
왜 이다지 몹시도 어긋나는가 (제7수)

百草皆有根　浮萍獨無蒂
汎汎水上行　常爲風所曳
生意雖不泯　寄命良瑣細
蓮葉太凌藉　荇帶亦交蔽
同生一池中　何乃苦相戾

　　식물을 등장시킨 우화시이다. 식물세계에도 강자와 약자가 있어서, 이 연
못 안의 강자는 연(蓮)과 마름이고 약자는 부평초이다. 연은 그 넓은 잎으로
부평초를 "업신여기고" 마름은 줄기로 부평초를 "칭칭 감아 덮고 있다." 주

돈이(周敦頤)가 「애련설(愛蓮說)」을 쓴 이래 연꽃은 고결한 선비의 상징처럼 여겨지던 식물이다. 그 연꽃이 연약한 부평초를 못살게 구는 강자로 그려져 있다. 무심히 보아 넘기기 쉬운 연못 속 식물들의 생태를 이처럼 강자와 약자의 대립관계로 파악한 것은, 정조의 죽음 이후 득세한 노론 벽파와 그들에 의하여 핍박받고 있는 자신을 연잎과 부평초에 비유하기 위한 의도로 보인다. 나아가서 이 시 역시 기층 민중과 봉건관료와의 대립을 암시한다고 확대 해석할 수 있다.

3. 뛰어난 상상력이 낳은 우화시 — 「솔피」「오징어」

장기 시절에 쓴 다산 우화시의 압권은 「솔피(海狼行)」[05]이다.

솔피란 놈 이리 몸에 수달의 가죽
가는 곳엔 수백 마리 떼 지어 다니는데

물속 동작 날쌔기가 나는 것 같아
갑자기 덮쳐 오면 고기들도 알지 못해

큰 고래 한입에 천석 고기 삼키니
한번 스쳐간 곳 고기 씨가 말라버려

---

05 「전서」 I -4, 13b.

솔피 차지 없어지자 고래를 원망하고
고래를 죽이기로 계책을 짜내어

한 떼는 달려들어 고래 머리 들이받고
한 떼는 뒤로 가서 고래 꼬리 에워싸고

한 떼는 고래의 왼쪽을 엿보고
한 떼는 고래의 오른쪽 공격하고

한 떼는 물속에서 배때기를 올려 치고
한 떼는 뛰어올라 고래 등에 올라타서

상하사방 일제히 고함지르며
난폭하게 깨물고 잔인하게 할퀴니

고래 소리 우레같고 물을 내뿜어
바닷물 들끓고 갠 날에 무지개라

무지개 사라지고 파도 점점 가라앉자
아! 슬프도다 고래 죽고 말았구나

혼자서 많은 힘 당하지 못해
작은 꾀가 드디어 큰 미련 해치웠네

어찌하여 너희 혈전(血戰) 여기까지 이르렀나

원래는 기껏해야 먹이다툼 아니었나

호호탕탕 끝없이 넓은 바다에

지느러미 흔들고 꼬리 치면서

서로 함께 사이 좋게 놀지 못하고

-「솔피」

海狼狼身而獺皮　行處十百群相隨

水中打圍捷如飛　歘忽揜襲魚不知

長鯨一吸魚千石　長鯨一過魚無跡

狼不逢魚恨長鯨　擬殺長鯨發謀策

一羣衝鯨首　　　一群繞鯨後

一群伺鯨左　　　一群犯鯨右

一群沈水仰鯨腹　一群騰躍令鯨負

上下四方齊發號　抓膚齧肌何殘暴

鯨吼如雷口噴水　海波鼎沸晴虹起

虹光漸微波漸平　嗚呼哀哉鯨已死

獨夫不遑敵衆力　小黠乃能殲巨慝

汝輩血戰胡至此　本意不過爭飮食

瀛海漭洋浩無岸　汝輩何不揚鬐掉尾相休息

고래 때문에 고기 차지가 적어진 데에 원한을 품은 솔피들이 치밀한 작전 계획과 집요한 공격 끝에 고래를 죽이고 만다는 이야기인데, 이 시는 선(善) 이 악(惡)을 이긴다는 권선징악적인 이야기도 아니고 선한 자가 악한 자에게 무참히 희생되는 비극적인 이야기도 아니다. 이 점은 솔피를 '소힐(小黠)'로, 고래를 '거특(巨慝)'으로 묘사한 데에서 분명해진다. 힐(黠)이나 특(慝)이나 정도의 차이가 있을 뿐이지 그 속성은 마찬가지로 악한 것이다.

　고래와 솔피는 바다의 강자이고 작은 물고기를 먹이로 하는 지배세력이다. 이렇게 볼 때 고래와 솔피는 봉건적 특권을 누리고 있는 집권관료층을 가리키고, 물고기는 이들에게 시달리는 일반백성을 지시한다고 볼 수 있다. 이권을 놓고 다투는 지배계층 내부의 정치적 권력투쟁이 이 시의 주제가 된다. 지배계층 내부의 권력투쟁이란 곧 당쟁을 의미한다. 이조 사회의 고질적 병폐인 당쟁은 실제로 이 시에서처럼 상대방끼리 죽고 죽이는 싸움으로 일관해 왔다. 그리고 당파싸움의 원인 또한 이 시에 그려진 것처럼 '먹이다툼' 때문이었다. "어찌하여 너희들 혈전이 여기까지 이르렀나 / 원래는 기껏해야 먹이다툼 아니었나"라는 구절이 이를 말해준다. 당쟁의 원인에 대하여 다산은 일찍이 이렇게 말한 바 있다.

　신이 일찍이 붕당의 화를 음식 다툼에 비교한 바 있습니다. 왜냐하면 만약 연회가 있어 열 사람이 한 상(床)에 모였을 때, 양보하는 예의가 없이 서로 많이 먹기만을 경쟁하면 반드시 다툼이 생기게 됩니다. 다툴 때 "네가 나보다 많이 먹고 네가 나보다 자주 마셨다"라 말하지 않고, 반드시 "장유(長幼)를 따지지 않으니 너는 어찌 그리 무례하며, 크게 떠서 먹고 흘리며 마시니, 너는 어찌 그리 불경(不敬)한가"라고 말할 것이니, 이 꾸며대는 말이 근거가 없지 않으나 그 원인을 따지면 다 마시고 먹는 것일 뿐입니다. 붕당 역시 그러합니다. 그 다툼에 있어 "네 벼슬이 나보다 높고 네 녹(祿)이 나보다 많다"라 말하지 않고 반드시 "임금을 저버리고 나라를 그르치니 너는 어찌 그리 불충(不忠)하며, 역당에게 붙고 사사로이 처리하니 너는 어찌 그리 불순한가"라고 말할 것이니, 이 꾸며대는 말이 근거가 없지 않으나 그 원인을 따지면 다 벼슬과 녹봉일 뿐이기 때문입니다. 아, 다툼의 승패는 힘에 있습니다. 힘이 부족하면 후원이 따르고 후원이 따르면 붕당이 되므로 당을 아끼는 마음은 후원을 바라는 데서 생기고 후원을 바라는 마음은 힘을 합하려는 마음에서 나오고 힘을 합하려는 마음은 먹을 것을 다투는 데서 나옵니다. 이를 미루어보면 붕당이 발생된 그 원인은 참으로 추(醜)한 것입니다.[06]

이와 같이 다산은 당쟁의 원인이 '음식 다툼'에 있다는 것을 예리하게 간파했다. 앞의 시는 고래와 솔피와 물고기를 등장시켜 이를 매우 성공적으로 형상화한 작품이다. 특히 솔피들이 고래를 공격하는 장면의 묘사가 매우 구체적이고 사실적이어서, 치밀한 계획을 세워 상대방을 모함하고 공격하는 당파 싸움의 실상을 연상시킨다.

이 시를 좀 다른 각도에서 해석할 여지도 있다. 고래가 단수이고 솔피가 복수라는 점에서 보면, 또 고래와 솔피가 다 같이 바다의 강자이지만 고래는 솔피에 비교할 수 없을 정도의 강력한 힘을 가진 범상치 않은 강자임을 감안한다면 고래는 왕을, 솔피는 봉건관료를 가리킨다고 볼 수도 있다. 역사적으로 볼 때 봉건사회에서 왕과 봉건귀족들이 끊임없는 대립관계에 있었던 것이 사실이었고, 봉건귀족들에 의하여 왕권이 약화되어 유명무실해진 적도 있었으며 때로는 왕이 제거되기도 했던 사실을 감안한다면 이 시를 왕권과 봉건귀족 세력 간의 암투로 볼 수도 있다.

---

06 『전서』 I-8, 42a「人才策」"臣嘗以朋黨之禍 比之飮食之訟 何者 今有宴集於此 十人共一盤 不以禮讓 惟以貪爭 則必有訟焉 其訟也 必不曰爾食多於我 爾飮數於我也 必將曰長幼不齒 爾胡無禮 放飯流歠 爾胡不敬 卽其修飾之談 不爲無據 而考其緣故 蓋唯飮食焉而已 朋黨亦然 其訟也 必不曰爾爵尊於我 爾祿豐於我也 必將曰負君誤國 爾胡不忠 黨逆循私 爾胡不順 卽其修飾之談 不爲無據 而考其緣故 蓋惟爵祿焉而已 噫爭之判 力也 力之不足 援至焉 援之至黨也 故愛黨之心 出於望援 望援之心 出於合力 合力之心 出於爭食 由是觀之 朋黨之所由發 亦孔之醜也."

오징어 한 마리 물가에서 노닐다가
갑자기 백로와 부딪쳤는데

희기는 한 조각 눈결이요
맑고 고요하기 잔물결 같아

머리 들고 백로에 이르는 말이
"그대 뜻은 도대체 알 수 없구나

기왕에 고기 잡아먹으려면서
청절(淸節)은 지켜서 무얼 하려나?

내 뱃속엔 언제나 검은 먹물 들어 있어
한번 뿜어 먼 데까지 시꺼멓게 할 수 있네

고기들 눈이 흐려 지척 분간 못하고
꼬리 치며 가려 해도 남북을 잃어버려

내 입 벌려 삼켜도 알지 못하니
나는 늘 배 불리고 고긴 늘 속고 있지

자네 날개 너무 희고 털은 또 유별나서
아래위로 흰옷이니 누가 의심 안 하겠나

간 곳마다 네 얼굴 물에 먼저 비쳐서
고기들 먼 데서도 너를 보고 피해 가니

하루종일 서 있은들 장차 무얼 기대하리
다리만 아프고 배는 항상 주릴 뿐

오귀(烏鬼)[07]를 찾아가 그 날개 빌려다
적당히 검게 해서 편하게 살아보게

그래야 많은 고기 잡아가지고
암놈도 먹이고 새끼들도 먹일 걸세"

백로가 오징어에 답해 가로되
"자네 말도 일리가 없지 않으나

하늘이 나에게 결백함을 내리셨고
스스로 살펴봐도 더러운 곳 없으니

내 어찌 조그마한 이 배를 채우려고
모양까지 바꾸면서 그같이 하겠는가

고기 오면 잡아먹고 달아나면 쫓지 않고

---

07 바다 가마우지, 몸이 검은 새.

꼿꼿이 서 있다가 천명(天命)을 기다릴 뿐"

오징어 화를 내고 먹물을 뿜으면서
"어리석다 백로여, 굶어 죽어 마땅하리"[08]

-「오징어」

烏鰂水邊行	忽逢白鷺影
皎然一片雪	炯與水同靜
擧頭謂白鷺	子志吾不省
旣欲得魚噉	云何淸節秉
我腹常貯一囊墨	一吐能令數丈黑
魚目昏昏咫尺迷	掉尾欲往忘南北
我開口吞魚不覺	我腹常飽魚常惑
子羽太潔毛太奇	縞衣素裳誰不疑
行處玉貌先照水	魚皆遠望謹避之
子終日立將何待	子脛但酸腸常飢
子見烏鬼乞其羽	和光合汚從便宜
然後得魚如陵皐	唅子之雌與子兒
白鷺謂烏鰂	汝言亦有理
天旣賦予以潔白	予亦自視無塵滓
豈爲充玆一寸嗉	變易形貌乃如是
魚來則食去不追	我惟直立天命俟
烏鰂含墨嘆且嗔	愚哉汝鷺當餓死

---

08 『전서』 I-4, 17b 「烏鰂魚行」.

유배지 장기에서 쓴 또 한 편의 우화시인데 이 시에 등장하는 오징어와 백로는 추상적인 교훈을 전달하기 위한 단순한 가면(假面)이 아니다. 교훈적 우화시에서는 동물이나 식물이 전적으로 교훈을 전달하기 위한 수단으로만 이용되기 때문에 동물 개개의 특징이나 심리적 묘사가 결여되는 경우가 많다. 다시 말하면 등장인물은 동물이나 식물의 이름을 가진 미덕(美德)이나 악덕(惡德)에 불과하기 때문에 동물의 외관이나 개성이 극히 추상화되어 생동하는 동물이 아니고 화석화된 이용물로 그려지는 경우가 많다. 이 시에서 오징어와 백로는 그것대로 살아 움직이는 개성을 가진 동물로 그려져 있다. 오징어와 백로의 속성이나 생활습관이 상세하게 묘사되어 있고 특히 오징어가 백로를 유혹하는 장면은 매우 인상적이다.

이 시에서는 가난하더라도 부정한 방법으로 살아가지 않겠다고 다짐하며 꼿꼿하게 처신하는 백로와, 이익을 위해서는 수단 방법을 가리지 않는 오징어를 대조시켜 당시 세태를 풍자하고 있다. 다산은 이후에도 지속적으로 많은 양의 우화시를 창작했다.

4. 민중의 힘을 발견하다 ―「장기농가」「보리타작」

다산은 장기에서 그곳의 농민, 어민들과 가까이 생활하면서 민중의 힘을 발견한다.

나라 다스리는 방책을 알려거든

마땅히 농부들께 물어야 할 일[09]

欲識治安策　端宜問野農

평화롭게 일하는 저 들판의 백성들
그 동작 진실로 호일(豪逸)하구나[10]

熙熙田野氓　動作何豪逸

와 같은 표현에서 다산이 농민 곁으로 한 걸음 다가선 것을 알 수 있다. 금정
찰방 시절에(1795년) 쓴 한 시에서도 "아내는 참깨 털고 남편은 타작하는 / 이
세상 호걸이 바로 이 농민이라"[11]고 한 바 있다. 이렇게 농민을 '호걸'이라 표
현하고 일하는 농민의 모습을 '호일하다'고 묘사한 것은 그가 농민을 바라보
는 시선이 변화했음을 의미한다. 「적성촌에서」나 「굶주리는 백성들」 등의
초기 작품에서는 농민을 동정이나 연민의 대상으로 그저 바라보는 입장이
었다면 여기서는 농민 속에 잠재한 힘을 발견한 것이다. 그러기에 "나라 다
스리는 방책을 알려거든 / 마땅히 농부들께 물어야 할 일"이라 말하고 있다.

어저귀 먼저 베고 삼밭에 호미질
늙은 할멈 쑥대머리 밤에야 빗질하고

09　『전서』 I-4, 7a 「楡林晚步二首」 중 제2수.
10　『전서』 I-4, 9b 「古詩二十七首」 중 제3수.
11　『전서』 I-2, 30b 「行次靑陽縣」 "妻打胡麻郞穫稻 世間豪傑是農民."

일찍 자는 첨지 영감 발로 차 일으키며

풍로에 불붙이고 물레도 고치라네[12]

饞麻初剪牡麻鋤　公姥蓬頭夜始梳

蹴起僉知休早臥·風爐吹火改繅車

상추 잎에 보리밥 싸서

파 고추장 섞어 먹세

금년엔 넙치마저 구하기 어렵구나

잡는 족족 말려서 관청에 바쳤으니[13]

－「장기농가」

萵葉團包麥飯呑　合同椒醬與葱根

今年比目猶難得　盡作乾鱐入縣門

　장기 지방 농민들의 애환을 노래한 「장기농가」 중의 두 수인데, 아무런 가식 없이 농민들의 생활상을 담담하게 그리고 있다. 우리는 이들 시에 녹아있는 다산의 정서가 농민들의 정서에 상당한 정도로 접근해 있음을 볼 수있다. 그렇기 때문에 다음과 같은 시가 나올 수 있었을 것이다.

　새로 거른 막걸리 젖빛처럼 뿌옇고

　큰 사발에 보리밥 높기가 한 자로세

<hr>

12　『전서』, I -4, 17b 「長鬐農歌十章」 중 제6장.

13　앞의 책, 같은 곳, 같은 시, 제7장.

밥 먹자 도리깨 잡고 마당에 나서니

검게 탄 두 어깨 햇볕 받아 번쩍이네

옹헤야 소리 내며 발맞추어 두드리니

삽시간에 보리낟알 온 사방에 가득하네

주고받는 노랫가락 점점 높아지는데

보이느니 지붕까지 날으는 보리티끌

그 기색 살펴보니 즐겁기 짝이 없어

마음이 몸의 노예 되지 않았네

낙원이 먼 곳에 있는 게 아닌데

무엇하러 고향 떠나 벼슬길에 헤매리오[14]

-「보리타작」

新篘濁酒如渾白　大碗麥飯高一尺
飯罷取耞登場立　雙肩漆澤飜日赤
呼邪作聲擧趾齊　須臾麥穗都狼藉
雜歌互答聲轉高　但見屋角紛飛麥
觀其氣色樂莫樂　了不以心爲形役
樂園樂郊不遠有　何苦去作風塵客

---

14 『전서』 I-4, 20b「打麥行」.

보리밥 한 사발에 막걸리 한 잔을 걸치고 도리깨 잡고 마당에 나가 보리 타작하는 농민들의 모습을 따뜻한 시선으로 노래하고 있다. 다산은 아마 장기의 어느 농가에서 타작하는 광경을 유심히 바라보았을 것이다. 그리고 도리깨질 하는 농민의 기색이 "즐겁기 짝이 없다"고 했다. 건강한 노동의 현장이다. 이 광경을 보고 그는 "낙원이 먼 곳에 있는 게 아니라"고 했다. 이곳이 바로 낙원이라는 말이다.

"마음이 몸의 노예 되지 않았다"는 말은, 도연명(陶淵明)의 「귀거래사(歸去來辭)」에 있는 "이미 스스로 마음이 몸의 노예가 되었다(旣自以心爲形役)"는 구절에서 따온 것이다. 도연명은 벼슬살이 한 것을 마음이 몸의 노예가 되었기 때문이라 생각했다. 몸의 노예가 되었다는 것은 작위(爵位)와 녹봉(祿俸)에 의해서 마음이 구속을 당한다는 뜻이다. 그래서 더 이상 마음을 몸의 노예로 만들지 않기 위하여 과감하게 벼슬을 버리고 고향으로 돌아갔다. 다산은 농민들이야말로 마음을 몸의 노예로 삼지 않는 존재라 말함으로써 이들에게 무한한 신뢰를 보낸다. 그리고 자신도 아직은 조금 남아 있을지도 모를 벼슬에 대한 미련을 훌훌 떨쳐버린다.

5. '조선시'를 구상하다 ― 「장기농가」

장기 유배 시절에 쓴 시편에서 또 하나 주목할 만한 것은 시어(詩語)의 구사이다. 다산은 장기에서 쓴 「장기농가」에서부터 자신이 만든 한국식 한자 어휘를 사용하기 시작한다.

보릿고개 험하기가 태항산(太行山) 같아

단오절 지나서야 보리 익기 시작하네

어느 누가 풋 보리죽 한 사발 떠서
주사(籌司) 대감 맛보라고 바쳐볼 건가[15]

麥嶺崎嶇似太行　天中過後始登場
誰將一椀熬靑麨　分與籌司大監嘗

넘실대는 논물 위에 모내기 노래 애절한데
저 아가는 유난히도 저렇게 수줍은고

흰 모시 새 적삼에 노란 모시 긴 치마
장롱 속에 겹겹이 싸 추석날만 기다리네[16]

秧歌哀婉水如油　嗔怪兒哥別樣羞
白苧新襦黃苧帔　籠中十襲待中秋

첫 번째 시에서 '보릿고개'를 '麥嶺'으로 표기했다. '麥嶺'은 중국어 어휘에
없는 말로 다산의 조어(造語)이다. 그래서 그는 "4월에 민간의 식생활이 어
려운 때를 세속에서 맥령이라 한다(四月民間艱食 俗謂之麥嶺)"라는 자주(自註)
를 달아 놓았다. 또 '大監'이란 어휘를 사용했는데 이 말도 중국어에 없는 한
국 한자어이다. 두 번째 시에 쓰인 '兒哥'도 다산의 조어이다. 여기에도 각각

15　「전서」 I -4, 17b 「長鬐農歌十章」 중 제1장.
16　같은 책, 같은 곳, 제2장.

"방언에 재상을 대감이라고 한다(方言 宰相曰大監)", "방언에 신부를 아가라고 한다(方言 新婦曰兒哥)"라는 자주가 붙어 있다.

일반적으로 조선의 선비들이 한시를 쓸 때는 중국 시인들이 흔히 쓰던 어휘나 표현방식을 모방하고 답습하는 것이 관례였다. 그런데도 다산이 이런 관례를 따르지 않고 생경한 한국식 한자어를 시어로 사용한 이유가 무엇일까? 그 이유를 두 가지로 생각해 볼 수 있다.

첫째는, 그가 한국식 한자어를 집중적으로 사용한 시들, 예컨대 「장기농가」, 「탐진촌요(耽津村謠)」, 「탐진어가(耽津漁歌)」, 「탐진농가(耽津農歌)」 등이 죽지사(竹枝詞) 계열의 작품이라는 점이다. 죽지사는 특정 지역의 풍토, 인정, 산천경물, 남녀애정 등의 내용을 담은 민요풍의 시이다. 그러므로 그 지역의 특성을 나타내기 위하여 그 지방에서만 사용하는 방언을 시어로 활용할 수 있는 것이다. 그렇게 함으로써 현장감을 살리는 시적 효과도 거둘 수 있다. 그렇다고 하더라도 문제가 남는다. 다산은 죽지사가 아닌 시에서도 한국식 한자어를 쓰고 있다. 예컨대 당시 신지도(薪智島)에 유배가 있는 형 약전(若銓)을 그리워하며 쓴

신지(薪支) 섬 아스라이 멀고멀지만
분명히 이 세상에 있는 섬이라[17]

眇眇薪支苫　分明在世間

와 같은 시에서 '薪支島(신지도)'를 '薪支苫(신지섬)'으로 표기했다.[18] '苫'의 한

17　『전서』 I-4, 23b 「秋日憶舍兄」 중 제5수.
18　신지도의 지금 한자 표기는 '薪智島'인데, '智'를 '支'로 표기한 것은, 다산의 誤記인지 다산 당시의 표기가

자음은 '섬'이다. 그는 '섬'이라는 뜻의 한자인 '島'를 쓰지 않고 우리말 음에 따라 '苫'이라 쓴 것이다. 다산은 '苫'자를 쓴 근거를 밝히기 위하여 "서긍(徐兢)이 고려에 사신 와서 島를 苫으로 기록했다(徐兢使高麗 錄島曰苫)"라는 주를 달아 놓았다. 이 기록은 중국 송나라 때 서긍이 고려에 사신으로 왔다가 돌아가서 쓴 『선화봉사고려도경(宣和奉使高麗圖經)』을 말하는데 그 내용을 보면 다산의 주와는 약간의 차이가 있다. 『고려도경』의 관련부분을 살펴본다.

사람이 살 수 있는 바다 한가운데 땅을 주(洲)라 한다. 십주(十洲)와 같은 것이 그것이다. 주(洲)보다 작지만 역시 거처할 수 있는 곳을 도(島)라 한다. 삼도(三島)와 같은 것이 그것이다. 도(島)보다 작은 것을 서(嶼)라 한다. 서(嶼)보다 작지만 초목이 있는 것을 섬(苫)이라 한다. 섬과 서와 같으나 돌로만 이루어져 있으면 초(焦)라 한다.[19]

서긍은 『고려도경』에서 크기에 따라 섬의 명칭을 주(洲), 도(島), 서(嶼), 섬(苫)으로 구분했다. 그리고 『고려도경』에는 이 구분을 비교적 잘 지켜서 섬의 명칭을 기록하고 있다. 그런데 洲, 島, 嶼는 '섬'의 뜻을 가진 한자이지만 '苫'에는 '섬'의 뜻이 없다. 그렇기 때문에 서긍이 '苫'자를 사용한 것은 달리 표기할 글자가 없어 우리말의 음에 따라 음차(音借)한 것이라 생각된다. 또 다산도 서긍의 크기에 의한 구분에 정확히 맞추어서 '薪支島'를 '薪支苫'이라 표기한 것으로 보기 어렵다. 즉 '薪支島'로 표기하는 것이 서긍이 구분한 기준에 어긋나기 때문에 '薪支苫'으로 표기한 것이 아니라는 말이다. 앞에서

그랬는지 알 수 없다.

19 조동원 외 역, 『고려도경』(황소자리, 2005), 408면, 권34, 「海島 1」 "如海中之地 可以合聚落者 則曰洲 十洲之類是也 小於洲而亦可居者 則曰島 三島之類是也 小於島則曰嶼 小於嶼而有草木 則曰苫 如苫嶼而其質純石 則曰焦."

본 다산의 주에 서긍이 "島를 苫으로 기록했다"는 말이나, 다산이 쓴 『아언 각비(雅言覺非)』에서 "방언에 島를 역시 苫이라 한다"[20]는 말을 보더라도 다산은 그냥 일반적인 섬을 통칭해서 '苫'으로 표기한 것으로 보인다. 유배에서 풀려나 고향에서 지내던 만년에 쓴 시에서도 "남이섬(南怡苫)"이란 표현이 나오는데 이 시의 자주(自註)에도 "방언에 도서(島嶼)를 섬(苫)이라 하는데, 『대명일통지』에 보인다(方言島嶼曰苫 見大明一統志)"라고 했다.[21] 도(島)와 서(嶼)의 구별 없이 모두 섬(苫)이라 한 것이다.

그렇다면 다산은 죽지사류의 작품이 아닌 시에서까지 '島'로 표기해도 될 것을 왜 굳이 '苫'으로 표기했을까? 여기에 대한 답이, 다산이 한국식 한자어를 사용한 두 번째 이유가 될 것이다. 다산은 시에서뿐만 아니라 산문에서도 한국식 한자어나 우리말을 음차(音借)한 한자어를 종종 사용했다. 그는 「제가장화첩(題家藏畫帖)」에서 "변상벽(卞相璧)은 특히 고양이 그림으로 이름이 나서 세상에서는 그를 변고양(卞古羊)이라 부른다"라 쓰고 있다.[22] 그리고 "방언에 猫를 古羊이라 한다(方言猫曰古羊)"는 주를 달았다. 변상벽의 별명을 '卞猫'라 하지 않고 '卞古羊'으로 표기한 것이다. 또 『목민심서』에 이런 구절이 있다.

또 어느 한 마을의 백성이 갓난아이를 안고 관청에 들어와서 하소연하기를 "아기(兒只)의 이름이 지금 주첩(朱帖)에 올랐는데, 우리집 아기(兒只)는 오직 이 아이 하나뿐입니다. …"[23]

---

20 『전서』 I-24, 33b 『雅言覺非』 "方言島亦曰苫."
21 『전서』 I-7, 39b 『穿牛紀行』 제19수.
22 『전서』 I-14, 45b 『題家藏畫帖』 "卞相璧 特以畫猫稱 世謂之卞古羊."
23 『전서』 V-23, 18a 『牧民心書』 권8, 「簽丁」 "又一村氓 抱一孩兒 庭而愬之曰 兒只之名 今出朱帖 我家兒只 唯此一兒."

여기에도 "우리나라 풍속에 어린애를 兒只라고 한다(東俗孩兒曰兒只)"라는 주가 달려 있다. 다산은 왜 일일이 번거로운 주(註)를 달면서까지 '島'라고 하면 될 것을 굳이 '苫'으로 표기하고, '卞猫'라고 하면 될 것을 굳이 '卞古羊'으로 표기했으며, '孩兒'로 표기해도 아무런 하자가 없는데도 굳이 '兒只'로 표기한 것일까? 이것을 다산의 개인적인 글쓰기 취향으로 돌려버릴 수도 있겠지만 그러기에는 약간의 아쉬움이 남는다. 그래서 다산의 '조선시(朝鮮詩)' 정신과 관련시켜 이 문제를 검토해 보기로 한다. 다산은 1832년(71세)으로 추정되는 해에 다음과 같은 시를 남겼다.

늙은 사람 한 가지 유쾌한 일은
붓 가는 대로 마음껏 써버리는 일

구태여 경병(競病)[24]에 구속될 필요 없고
고치고 다듬느라 더딜 것 없어

흥이 나면 당장에 뜻을 싣고
뜻이 되면 당장에 글로 옮긴다

나는야 조선사람
조선시(朝鮮詩) 즐겨 쓰리

그대들은 그대들 법 따르면 되지

---

24 어려운 운자(韻字) 즉 험운(險韻)으로 시를 짓는 것.

오활하다 그 누가 비난하리오

구구한 그 격(格)과 율(律)을
먼 곳 사람 어떻게 알 수 있으랴

......

배와 귤은 그 맛이 각각 다른 것
입맛 따라 저 좋은 것 고르면 되지²⁵

-「노인의 즐거움」

老人一快事　縱筆寫狂詞
競病不必拘　推敲不必遲
興到卽運意　意到卽寫之
我是朝鮮人　甘作朝鮮詩
卿當用卿法　迂哉議者誰
區區格與律　遠人何得知
......
梨橘各殊味　嗜好唯其宜

6수로 된 연작시 「노인의 즐거움」 중의 제5수인데 다소 희작적(戱作的)인 성격을 띠고 있으면서도 다산의 진심이 담겨 있는 작품이다. 이 시에서 다산이 말한 '조선시'는 중국시의 "구구한 격(格)과 율(律)"에 구속받지 않고 쓰

25　『전서』 I -6, 33a「老人一快事六首 效香山體」 중 제5수.

는 시를 뜻한다. 그러므로 "나는야 조선 사람 / 조선시 즐겨 쓰리"라 한 것은, 여러 가지 이유에서 한자를 빌려서 시를 쓰긴 하지만 구태여 중국시의 까다로운 기준에 맞추어서 시를 쓸 필요가 없다는 말이다. 사실상 절구(絶句), 율시(律詩) 등 중국의 근체시(近體詩)에는 매우 까다로운 형식적 제약이 있다. 특히 근체시는 성률(聲律)을 중시하여, 평두(平頭), 상미(上尾), 봉요(蜂腰), 학슬(鶴膝), 대운(大韻), 소운(小韻), 방뉴(旁紐), 정뉴(正紐) 등 8가지를 시를 지을 때 성률상 응당 기피해야 할 '팔병(八病)'으로 규정하고 있다. 중국어 음률에 익숙하지 않은 우리나라 선비들이 이렇게 까다로운 규칙을 지켜서 시를 쓰기가 여간 어려운 일이 아니었음은 능히 짐작할 수 있는 일이다. 이런 중국어 성률의 구속으로부터 벗어나 자유롭게 시상을 전개하여 시를 지어보자는 생각이 '조선시'로 나타난 것이다. 중국어 성률의 구속으로부터 벗어나고 싶은 생각은 다산뿐만 아니라 한자로 시를 쓰는 사람이라면 누구나 느끼는 생각이었을 터이지만 그러한 생각을 다산이 먼저 과감하게 공포(公布)한 것이다.

'조선시'를 쓰겠다는 발언을 담은 앞의 시가 다산 만년의 작품이긴 하지만 그가 젊은 시절부터 이러한 생각을 가졌을 것으로 보인다. 그리고 다산의 '조선시'를 성률(聲律) 문제에만 국한시키지 말고 좀 더 넓게 해석할 필요가 있다고 생각한다. '조선시'에는 문자 그대로 '중국시'와는 구별된다는 어떤 개념이 전제되어 있다. 그 구별이 일차적으로는 중국적 성률의 구속으로부터 벗어난다는 데에 있지만, 좀 더 확대해서 '조선 사람이 조선 땅에서 조선 사람의 정서를 조선식으로 표현한 시'까지를 '조선시'의 개념에 포함시키는 것이 타당하다고 본다. 말하자면 다산은 '조선민족의 시'를 쓰고 싶었던 것이 아닐까? 조선민족의 시를 쓰려면 조선민족에 대한 자긍심을 전제로 한 민족의식을 가져야 한다. 민족의식 없이 민족적 색채를 띤 시를 쓸 생각을 가질 수 없기 때문이다. 민족의식이란 무엇인가? '다른 인간 집단과 구별되는 공통의 문화, 공통의 언어, 공통의 종족적 특징 등에 대한 자기의식'이라 정의할 수 있을 것이다. 우리나라는 오랫동안 중국의 영향을 받으면서 중화문화권에 거의 흡수된 채 살아왔기 때문에 민족의식을 갖기 어려웠다. 그러나 이씨조선 후기에 이르러 이러한 의식에 변화가 온다. 그 변화의 가장 두드러진 예가 중국적 사고의 부정이다. 다산은 '중국(中國)'이란 어휘의 개념부터 재검토하고 있다. 그는 이렇게 말한다.

장성(長城)의 남쪽, 오령(五嶺)의 북쪽에 나라를 세운 것을 '중국'이라 하고, 요하(遼河)의 동쪽에 나라를 세운 것을 '동국(東國)'이라 한다. 동국 사람으로서 중국을 유람하는 것을 감탄하고 자랑하고 부러워하지 않는 사람이 없다. 나의 소견으로 살펴보면, 그 이른바 '중국'이란 것이 나는 그것이 '중앙(中)'이 되는 까닭을 모르겠으며, 이른바 '동국'이란 것도 나는 그것이 '동쪽'이 되는 까닭을 모르겠다.

대체로, 해가 정수리 위에 있는 것을 '정오(正午)'라 한다. 그러나 정오로부터 해가 뜨는 시간과 해가 지는 시간과의 사이가 같으면 곧 내가 서 있는 여기가 동·서의 중앙이라는 것을 알 수 있다. 북극(北極)은 지면에서 약간 도(度)가 높고, 남극(南極)은 지면에서 약간 도가 낮은데 오직 전체 도수의 절반만 된다면 내가 서 있는 여기가 남·북의 중앙이라는 것을 알 수 있다. 이미 동서남북의 중앙을 얻었으면 어디를 가도 중국 아님이 없으니, 어찌 '동국'이라고 한단 말인가. 그리고 이미 어디를 가도 중국 아님이 없으면 어찌 별도로 '중국'이라고 한단 말인가.[26]

26 『전서』 I -13, 13a 「送韓校理致應使燕序」 "國於長城之南五嶺之北 謂之中國 而國於遼河之東謂之東國 東國之人而游乎中國者 人莫不歎詫歆豔 以余觀之 其所謂中國者 吾不知其爲中 而所謂東國者 吾不知其爲東也

그가 이렇게 중국이 세계의 중심이라는 것을 자연과학적 논리로 부정한 것은 중화주의(中華主義)로부터 조심스럽게 벗어나려는 의식에서 나온 것이다. 따라서 다산은 전통적인 화이론(華夷論)을 그대로 받아들이지 않는다. 그는

> 성인의 법은 중국이면서 오랑캐의 짓을 하면 오랑캐로 대우하고, 오랑캐이
> 면서도 중국의 짓을 하면 중국으로 대우하나니, 중국과 오랑캐는 그 도(道)와
> 정치(政治)에 있는 것이지 강토(疆土)에 있는 것이 아니다.[27]

라 말하여 지역에 따라 화(華), 이(夷)를 구분하던 종래의 견해를 부정했다. 그가 이와 같이 화, 이의 개념을 새롭게 규정한 것은 동이(東夷)에 속해 있는 우리나라의 독자성을 내세우려는 민족의식에서 나온 것이다. 그는 또 다른 글에서도 "『사기(史記)』에 '동이(東夷)는 어질고 선하다'고 했는데 참으로 그럴 만한 이유가 있다"[28]라 했다. 이는 조선이 나름의 전통과 문화를 가진 민족국가라는 의식의 발로이다. 앞서 살펴본 한치응(韓致應)에게 써준 송서(送序)는 중국에 간다는 사실로 해서 다소 우쭐해하는 그에게 경계하는 뜻으로 쓴 것인데, 같은 글에서 다산은 덧붙여 말하기를, 중국이 중국이 된 이유는 요, 순, 우, 탕의 정치와 공자, 맹자, 안연, 자사의 학문이 있기 때문인데 우리나라는 이미 이들 성인의 정치와 학문을 받아들여 우리의 것으로 만들어 놓

夫以日在頂上爲午 而午之距日出入 其時刻同焉 則知吾所立 得東西之中矣 北極出地高若干度 而南極入地
低若干度 唯得全之半焉 則知吾所立 得南北之中矣 夫旣得東西南北之中 則無所往而非中國 烏覩所謂東國
哉 夫旣無所往而非中國 烏覩所謂中國哉."

27 『전서』 Ⅰ-12, 7a「拓跋魏論」"聖人之法 以中國而夷狄 則夷狄之 以夷狄而中國 則中國之 中國與夷狄 在其
道與政 不在乎疆域也."

28 『전서』 Ⅰ-12, 8a「東胡論」.

았으므로 구태여 중국까지 가서 배울 필요가 없다고 했다.[29] 이와 같이 다산은 중국문화에 대하여 열등의식을 느끼지 않고 오히려 우리나라의 문화를 자랑으로 여겼다.

다산이 조선시를 쓰겠다고 한 것은 이러한 사상적 배경 하에서 나왔기 때문에 그의 '조선시' 개념 속에는, 중국어 성률의 구속으로부터 벗어나려는 의식과 함께 '조선민족의 시'를 쓰겠다는 의식도 포함되어 있다고 보아야 할 것이다. 조선민족의 시에는 자연스럽게 조선의 민족적 색채가 담길 것이고 그 과정에서 '麥嶺' '大監' 등과 같은 조선식 한자어도 자연스럽게 사용될 수 있었을 것이다. 조선민족의 시를 쓰겠다는 의식은 그의 용사론(用事論)에도 드러난다. 그는 강진에서 두 아들에게 보낸 편지에서 우리나라의 고전을 읽을 것을 강조하고 있다.

수십 년래에 한 가지 괴이한 논의가 있으니 동방문학(東方文學)을 아주 배척하는 것이다. 선현들의 문집에는 눈도 주지 않으려 하니 이것은 큰 병통이다. 사대부 자제들이 우리나라의 고사(故事)를 알지 못하고 선배들의 의논을 보지 않는다면 그 학문이 고금을 꿰뚫는다 해도 저절로 거칠고 조잡해진다. 시집들은 서둘러 읽을 필요가 없지만 소(疏)·차(箚)·묘문(墓文)·서독(書牘) 등으로 모름지기 안목을 넓히고 또 『아주잡록(鵝洲雜錄)』·『반지만록(盤池漫錄)』·『청야만집(靑野謾輯)』 등의 서적들도 널리 구하여 많이 읽어야 한다.[30]

우리나라 사람이 중국의 고전만 중시하고 우리나라의 고전을 읽지 않는

---

29 『전서』 I -13, 13a「送韓校理致應使燕序」참조.
30 『전서』 I -21, 4b,「寄二兒」"數十年來 怪有一種議論 盛斥東方文學 凡先獻文集 至不欲寓目 此大病痛 士大夫子弟 不識國朝故事 不見先輩議論 雖其學貫穿今古 自是鹵莽 但詩集 不須急看 而疏箚墓文書牘之屬 須廣其眼目 又如鵝洲雜錄 盤池漫錄 靑野謾輯等書 不可不廣搜博觀也."

풍조를 개탄하며 우리 고전을 읽으라고 아들들에게 당부한 편지이다. 뿐만 아니라 그는 아들들에게 『제경(弟經)』·『거가사본(居家四本)』 등의 책을 저술하라고 권유하면서 반드시 『퇴계언행록(退溪言行錄)』·『율곡집(栗谷集)』·『해동명신록(海東名臣錄)』·『조야수언(朝野粹言)』 등에서 중요한 부분을 뽑아 수록할 것을 당부하기도 했다.[31] 우리나라 사람이 우리나라 고전을 읽는 것이 당연한 일이라면 시를 쓸 때에도 우리나라의 고사를 사용하는 것 또한 당연한 일이다.

비록 그렇지만 우리나라 사람들은 걸핏하면 중국의 일을 인용하고 있으니 이 역시 볼품없는 일이다. 반드시 『삼국사기(三國史記)』·『국조보감(國朝寶鑑)』·『여지승람(輿地勝覽)』·『징비록(懲毖錄)』·『연려실기술(燃藜室記述)』 및 기타 우리나라의 문자에서 사실들을 뽑아내고 지방을 고찰하여 시에 인용한 후에라야 세상에 이름이 나고 후세까지 전해질 수 있을 것이다. 유혜풍(柳惠風)의 『십육국 회고시(十六國懷古詩)』를 중국인이 출판한 바 있는 것을 보면 이를 증명할 수 있다.[32]

이로 보면 다산이 '조선시'를 쓰겠다고 했을 때의 '조선시'의 개념 속에는 성률(聲律)뿐만 아니라 시어(詩語), 용사(用事) 등에서도 중국시와는 구별되는 조선민족의 시를 쓰겠다는 의지가 담겨 있다고 할 수 있다.

---

31 앞의 책, 같은 곳, 15b, 「寄兩兒」, 16a, 「寄兩兒」 참조.
32 앞의 책, 같은 곳, 9b~10a, 「寄淵兒」 "雖然我邦之人 動用中國之事 亦是陋品 須取三國史高麗史國朝寶鑑輿地勝覽懲毖錄燃藜述 及他東方文字 探其事實 考其地方 入於詩用 然後 方可以名世而傳後 柳惠風 十六國懷古詩 爲中國人所刻 此可驗也."

6. 피어나는 고향생각 — 「가동이 돌아가고」

다산은 장기에서 모처럼 시간적 여유가 생겨, 지나온 자신의 행적을 성찰하기도 하고 농민과 어민의 생활상을 직접 관찰하기도 하고 몇 편의 글을 집필하기도 했다. 그러나 유배생활을 하면서 가장 그리운 것은 고향에 두고 온 가족일 것이다. 가족과 헤어진 지 58일 만에 집안 하인이 편지를 가지고 왔다. 하인이 돌아가고 난 후 시 두 수를 지었다.

편지 오니 서로 만나 얘기하듯 했는데
아이놈 가버려 다시 또 적막하네

무료하게 하늘은 아득하기만
길은 옛날같이 멀기도 멀구나

문경새재 산길은 일천 굽잇길
탄금대(彈琴臺) 감아 도는 두 갈래 물줄기

한 쌍의 제비만 남아 있어서
하루 종일 정답게 지저귀누나

집에서 편지 와 기쁘겠다 이르지만
만 가지 수심이 또다시 일어나네

아내는 긴긴 날을 울고 있겠지
어린 자식 어느 때나 다시 보려나

박한 인심 진실로 한스럽구나
뜬소문 아직도 가라앉지 않았다니

슬프다, 이 역시 달갑게 받아야지
한세상 건너기가 본래부터 어려운 걸[33]

-「가동(家僮)이 돌아가고」

書到如談笑　人歸復寂寥
無聊天漠漠　依舊路迢迢
鳥嶺山千曲　琴臺水二條
唯留雙燕子　終日語音嬌

謂得家書好　新愁又萬端
拙妻長日淚　稚子幾時看
薄俗眞堪惜　浮言尙未安
嗟哉亦順受　度世本艱難

　　하인이 가지고 온 편지와 물건을 받고 기쁨에 잠긴 것도 잠시, 하인이 다시 돌아간 후에 찾아오는 고독감은 기쁨보다 더 크게 다가온다. 하늘을 올려다보니 "문경새재" "탄금대" 지나 고향 가는 길은 아득히 멀기만 하다. 그

---

33 「전서」 I -4, 15a 「家僮歸」.

리고 처마 밑엔 "한 쌍의 제비"가 "정답게 지저귀고 있다" 정답게 지저귀는 한 쌍의 제비를 보니 문득 아내가 더욱 그리워진다. 아마도 그 "아내는 긴긴 날을 울고 있겠지." 게다가 자신에 대한 "뜬소문이 아직도 가라앉지 않았다"고 하니 마음이 편할 리 없다. 그러나 곧 "이 역시 달갑게 받아야지 / 한세상 건너기가 본래부터 어려운 걸"이라 하여 마음을 고쳐 먹는다.

어린 딸 단옷날에
새 단장하고

붉은 모시 말라서 치마 해 입고
머리엔 푸른 창포 꽂고 있었지

절하는 법 익히며 단정함 보였고
술잔을 올리면서 기쁜 표정 지었는데

오늘 같은 현애석(懸艾夕)엔 그 누가 있어
손안의 구슬을 어루만져 줄 건가[34]

-「어린 딸이 그리워」

幼女端陽日　新粧洗玉膚
裙裁紅苧布　髻揷綠菖蒲
習拜徵端妙　傳觴示悅愉
如今懸艾夕　誰弄掌中珠

---

[34] 『전서』 I-4, 16a 「憶幼女」.

유배지에서 단옷날을 맞아 딸을 그리는 부정(父情)이 절절하게 드러나 있다. "현애석(懸艾夕)"은 단옷날 저녁으로, 이날은 그해의 액(厄)을 물리치기 위하여 쑥[艾]으로 호랑이 모양을 만들어 거꾸로 매달아 놓는 풍속이 있었다고 한다.

제 6 장

—

유배기 ②

1. 강진으로 이배(移配)되다 —「율정의 이별」

1801년(40세) 2월 27일 장기로 유배되었던 다산은 황사영백서(黃嗣永帛書) 사건이 일어나자 서울로 압송되어 다시 심문을 받았다. 그때 홍낙안(洪樂安), 이기경(李基慶) 등 반대파들은 "천 사람을 죽여도 정약용 한 사람을 죽이지 못하면 아무도 죽이지 않는 것만 같지 못하다"고 말하며 다산을 공격하는 데에 혈안이 되었으나, 조사 결과 혐의를 발견할 수 없어 당시 수렴청정 하던 정순왕후(貞純王后)의 배려로 그해 11월 다산은 강진으로, 형 약전은 흑산도로 이배(移配)되었다. 두 형제는 함께 서울을 출발하여 유배지로 향했다. 과천(果川)에 이르러 다산은 시 한 수를 지었다.

동작나루 서편에 갈고리 같은 초승달
기러기 한 쌍이 모래톱을 건너가네

오늘 밤은 갈대숲 눈 속에서 같이 자나
내일은 머리 돌려 제각기 날아가리[01]

—「놀란 기러기」

銅雀津西月似鉤　一雙驚雁度沙洲
今宵共宿蘆中雪　明日分飛各轉頭

---

01 『전서』 Ⅰ-4, 25a 「驚雁」.

과천에서 멀리 바라보니 동작나루 서쪽에 초승달이 떠 있고 기러기 한 쌍이 모래톱 위를 날아간다. 그 기러기를 보고 다산은 문득 자기 형제의 운명을 연상한다. 기러기가 날아가는 것을 흔히 형제에 비유한다. 저 기러기가 "오늘 밤은 갈대숲 눈 속에서 같이 자지만 / 내일은 머리 돌려 제각기 날아가리라" 상상한다. 다산 형제도 저 기러기처럼 지금은 비록 같이 가지만 곧 각자의 유배지로 가기 위해서 헤어질 것을 암시하는 시이다.

형제는 나주(羅州)의 율정점(栗亭店)에 이르러 같이 하룻밤을 자고 11월 22일 마지막 작별을 고했다. 이곳은 서울에서 내려와 목포 쪽과 영암 쪽으로 길이 나뉘는 장소이기 때문이다. 이별에 즈음하여 다산은 이런 시를 썼다.

초가 주막 새벽 등불 꺼지려는데
일어나 샛별 보니, 슬프다 이제는 이별이로고

두 눈만 말똥말똥 두 사람 말을 잃어
애써 목청 다듬지만 울음이 터지네

머나먼 흑산도, 하늘 바다 연했는데
그대는 어찌하여 그 속으로 드시나요?

고래는 이빨이 산과도 같아
배를 삼켰다가 다시 뿜어내고요

지네는 크기가 쥐엄나무만 하고
독사가 등나무 덩굴처럼 엉켰다네

이 몸이 장기 현에 있을 때에는
밤낮으로 강진 땅 바라보면서

두 날개 활짝 펴고 푸른 바다 가로질러
바다 가운데서 그 사람 보렸는데

나는 지금 교목(喬木)에 드높이 올랐으나
진주(珍珠) 없는 빈 상자만 사버린 격이요

마치도 바보 같은 아이 하나가
멍청하게 무지개를 잡으려는데

서쪽 언덕 바로 앞에
아침 무지개 분명히 보고서

아이가 쫓아가면 무지개 더욱 멀어져
다시 또 서쪽 언덕 언제나 서쪽인 양[02]

–「율정의 이별」

茅店曉燈靑欲滅　起視明星慘將別
脈脈嘿嘿兩無言　強欲轉喉成嗚咽
黑山超超海連空　君胡爲乎入此中
鯨鯢齒如山　　　吞舟還復噗

---

02 「전서」 I-4, 25a 「栗亭別」.

蜈蚣之大如皁莢　蝮蛇之斜如藤蔓
憶我在鬐邑　　　日夜望康津
思張六翮截靑海　于水中央見伊人
今我高遷就喬木　如脫明珠買空櫝
又如癡獃兒　　　妄欲捉虹蜺
西陂一弓地　　　分明見朝隮
兒來逐虹虹益遠　又在西陂西復西

　　다산은 형제들 중에서도 둘째 형 약전과 가장 가까웠고 또 평소에 형을
'선생'이라 호칭할 만큼 그를 존경했다. 두 형제는 강진과 흑산도에서 귀양
살이 할 때에도 인편으로 편지를 주고받으며 각자의 저술에 대하여 학문적
토론을 나누었다. 다산은 해배 후 지은 「선중씨묘지명(先仲氏墓誌銘)」[03]에서
그를, 큰 덕망을 갖춘 큰 그릇이라 했으며 또한 심오한 학문과 정밀한 지식
을 가진 학자라 서술했다. 이렇게 평소 자기를 가장 잘 알아주는 '지기(知己)'
로 여겼던 형과 이별하는 마당에서 다산의 감회가 남다를 수밖에 없었을
것이다. 시의 첫 부분에는 헤어지는 날 새벽, 언제 다시 만날지 모르는 이
별을 앞두고 두 형제가 느끼는 애절한 장면이 묘사되어 있다. 이어서 형이
귀양살이 할 흑산도의 열악한 환경을 상상하며 자신의 고통보다 형의 고생
스러울 생활을 더 걱정하고 있다. 마지막 단락에서는 자신을 무지개를 좇
는 아이에 비유하고 있다. 형을 아름다운 무지개에 비유하고 자신은 그 무
지개를 좇는 아이에 비유하고 있는데, 잡을 수 없는 무지개처럼 형을 영원
히 만날 수 없으리라는 예감이라도 했던 듯하다. 실제로 이로부터 16년 후

03　「전서」 I -15, 38b 「先仲氏墓誌銘」.

인 1816년 59세를 일기로 형이 유배지에서 세상을 뜰 때까지 형제는 서로 만나지 못한다.

2. 동문 밖 매반가(賣飯家)에 정착하다 ─「객지에서 회포를 쓰다」「고향편지」

강진에 도착한 다산은 한동안 거처를 정하지 못해 고생하다가 동문 밖 어느 '매반가(賣飯家)', 즉 주막집에 가까스로 정착했다. 그때의 사정을 다산은 후일 다음과 같이 기술했다.

신유년(1801년, 40세) 겨울, 내가 영남에서 체포되어 서울에 올라왔다가 다시 강진으로 귀양 가게 되었다. 강진은 옛날 백제의 남쪽 변방으로 지역이 비루하고 풍속이 색다르다. 당시에 그곳 백성들은 유배 온 사람 보기를 마치 큰 해독처럼 여겨 가는 곳마다 모두 문을 부수고 담장을 무너뜨리면서 달아나 버렸다. 그런데 한 노파가 나를 불쌍히 여기고 자기 집에서 살도록 해주었다. 이윽고 나는 창문을 닫아걸고 밤낮으로 혼자 있게 되었다. 누구와도 함께 이야기할 사람이 없었다.[04]

이렇게 어렵사리 마련한 거처에 그는 훗날 사의재(四宜齋)란 이름을 달았다. '사의(四宜)'란 마땅히 해야 할 네 가지 일을 말하는 것으로, 사의담(思宜澹-생각은 맑아야 하고), 모의장(貌宜莊-외모는 장엄해야 하고), 언의인(言宜訒-말은

---

04 「전서」 III-1, 1b「喪禮四箋序」,"嘉慶辛酉冬 自嶺南被逮 至京師 又轉而適康津 康津故百濟南徼地 卑陋俗殊 當是時 民之眠流人如大毒 所至皆破門壞牆而走 有一嫗憐而舍之 旣而塞其牖 晝夜願獨處 無與立談者."

적어야 하고), 동의중(動宜重-행동은 무거워야 한다)을 의미한다.[05] 이것은 앞으로 이 네 가지의 생활지침에 따라 살아가겠다는 다산의 의지를 드러낸 것이다. 그는 이곳에서 4년을 살았다.

북풍에 흰 눈처럼 불어 날리어
남으로 강진 땅 주막집에 이르렀네

작은 산이 바다를 가려줘서 다행이고
빽빽한 대나무를 꽃으로 삼으려네

장기(瘴氣)[06] 있는 땅이라 겨울옷 벗어내고
근심이 많으니 밤술 더욱더 마시네

나그네 수심을 그나마 녹이는 건
설 전에 붉게 핀 동백꽃이라[07]

–「객지에서 회포를 쓰다」

北風吹我如飛雪　南抵康津賣飯家
幸有殘山遮海色　好將叢竹作年華
衣緣地瘴冬還減　酒爲愁多夜更加
一事纔能消客慮　山茶已吐臘前花

05 「전서」 I –13, 42a 「四宜齋記」 참조.
06 주로 습기가 많고 따뜻한 지바에 많은 악기(惡氣)로 여러 가지 풍토병을 유발한다.
07 「전서」 I-4, 25b 「客中書懷」.

강진에 도착해서 동문 밖 주막집에 거처를 정한 후 처음 쓴 시이다. 추운 겨울날 그야말로 "북풍에 흰 눈처럼 불어 날리어" 낯선 땅에 이르렀으니 몸도 마음도 스산했을 것이다. 그나마 다행인 것은 남쪽 땅이라 서울보다 덜 춥고, 또 대나무와 동백꽃이 있어 잠시라도 위안이 된다고 했다. 이듬해 (1802년, 41세) 봄에 고향으로부터 첫 편지가 왔다. 그 편지를 읽고 시 두 수를 썼다.

해가 가고 봄이 와도 모르고 있었다가
새소리 날로 변해 웬일인가 하였다네

봄비 오니 고향생각 등나무 덩굴 같고
겨울 지난 야윈 몸은 대나무 가지 같네

세상일 보기 싫어 늦게야 방문 열고
찾는 손님 없으니 이불 개기 늦어지네

고향집 아이가 소한법(銷閑法)[08]을 알았는지
의서(醫書)를 가려 뽑아 한 자루 보내왔네

천릿길 하인 놈이 편지를 전해
주막집 등잔 아래 홀로 앉아 탄식하네

08 무료한 시간을 메우는 것.

어린놈 채소 가꿔 애비 징계할 만하고
병든 아내 지은 옷, 아직 나를 사랑하네

내 식성 알아서 멀리 찰밥 보내면서
굶주림 면하려고 철투호(鐵投壺)를 팔았다니

그 자리서 쓰는 답장, 달리 할 말 없어서
산뽕나무 수백 그루 심으라고 당부했네[09]

－「고향 편지」

歲去春來漫不知　鳥聲日變此堪疑
鄉愁值雨如藤蔓　瘦骨經寒似竹枝
厭與世看開戶晚　知無客到捲衾遲
兒曹也識銷閒法　鈔取醫書付一鷗

千里傳書一小奴　短檠茅店獨長吁
稚兒學圃能懲父　病婦縫衣尙愛夫
憶嗜遠投紅糯飯　救飢新賣鐵投壺
旋裁答札無他語　飭種壓桑數百株

　해가 바뀌고 봄이 왔는데도 모르고 있었고 몸은 대나무 가지같이 야위어
힘들게 나날을 이어가고 있는 중에 고향으로부터 편지가 왔다. 편지와 함께
몇 가지 물품도 보내왔다. 무료한 시간에 읽으라고 의서(醫書)를 초(抄)해서

09　『전서』 I -4, 25b「新年得家書」.

부쳤는데 아마 아버지의 건강을 염려한 아들의 배려일 것이다. 그가 평소 좋아했던 찰밥도 보내고 아내가 옷도 새로 지어 보냈다. 그러나 살림살이가 어려워 철투호(鐵投壺)를 팔았다는 소식엔 가슴이 미어졌다.

그해 겨울에는 다산 아버지의 친구인 윤광택(尹光宅)이 자기 조카 시유(詩有)를 시켜서 자주 물품을 보내주며 안부를 물어와서 적막한 유배생활에 위로가 되었다. 윤광택은 당시 그 고을의 큰 부자였고 그 아들 서유(書有)는 일찍이 다산 형제들과 교유가 있었던 터였다. 당시의 정황을 다산은 윤서유 묘지명에서 이렇게 적고 있다.

그 다음 해인 임술년(1802년) 겨울 공(윤서유-필자)이 아버지(윤광택-필자)의 명을 받아 그의 사촌동생 시유(詩有)를 보내어 몰래 읍으로 숨어 들어와 만나 보도록 했는데 술과 고기를 주면서 위로하기를 "큰아버지(윤광택-필자)께서 옛일을 생각하서 친구의 아들이 곤궁하게 되어 우리 고을로 귀양 왔는데 당신이 비록 숙식을 시켜줄 수는 없다 하더라도 두려워하고 삼간다는 이유만으로 끝내 안부를 묻고 물건을 보내는 일조차 폐할 수 있겠는가"라 하였다. 이로부터 혹 밤이면 와서 좋아 지내던 정을 계속했다.[10]

윤서유는 1791년에 일어난 진산사건(珍山事件)에 연루되어 조사를 받고 무혐의로 풀려난 바 있다. 비록 풀려나긴 했으나 아직도 다산을 만날 엄두를 내지 못하고 있었던 것이다. 그리고 훗날(1812) 다산은 윤서유의 아들 창모(昌模)를 사위로 맞는다. 또 윤창모의 아들이자 다산의 외손자인 윤정기

---

10 『전서』 Ⅰ-16, 31a 「司諫院正言翁山尹公墓誌銘」 "厥明年壬戌冬 公以親命遣其從父弟詩有 潛入邑以相見 遺酒肉以慰之日 伯父感念昔年 以爲故人之子 窮困投吾鄕 吾雖不能館穀 獨以畏約之故 遂闕問遺哉 自玆或 夜來以續情好."

(尹廷琦)는 다산이 해배될 때 5세였는데 이후 그는 다산이 별세할 때까지 그 밑에서 학문을 익혀 다산학을 계승하는 데 일익을 담당하였다. 그가 저술한 『시경강의속집(詩經講義續集)』은 다산의 『시경강의』와 『시경강의보유』의 속편의 성격을 띠고, 우리나라 8도 주현(州縣)의 역사, 지리, 방언, 악부 등을 다룬 종합 역사지리서인 『동환록(東寰錄)』은 다산의 역사지리 고증과 지방지의 체제를 계승한 저술이다.

3. 강진의 풍속과 문물을 노래하다 — 「탐진촌요」 「탐진농가」 「탐진어가」

이해(1802년, 41세)에 거처도 정해졌고 고향집으로부터 편지도 받고 해서 약간은 마음이 안정된 다산은 강진의 풍속을 살피고 그곳에 사는 농민과 어민들의 생활에 한 걸음 다가가서 농어민들의 애환을 노래한 죽지사(竹枝詞) 류의 민요풍 시를 대량으로 창작했다. 「탐진촌요(耽津村謠)」, 「탐진농가(耽津農歌)」, 「탐진어가(耽津漁歌)」 등의 작품이 이해에 쓰여졌다. 이들 시편에서도 「장기농가」에서와 마찬가지로 높새바람을 '高鳥風'으로, 마파람을 '馬兒風'으로, 까치파도를 '鵲渡'로, 낙지를 '絡蹄'로 표기하는 등 조선식 한자어를 만들어 사용하고 있다. 이렇게 하는 것은 앞에서 살펴본 바와 같이 그의 '조선시' 정신의 일환이라 볼 수 있다. 그러나 '조선시' 정신만으로 다산의 시의식 (詩意識)을 모두 해명할 수는 없다.

집집마다 모 품팔이 아낙네들 정신없어
보리 베는 반상(盤床) 일도 도울 생각 않는다네

이 씨 약속 어기고 장 씨에게 가는 것은

원래부터 돈모[錢秧]가 밥모[飯秧]보다 낫기 때문[11]

秧雇家家婦女狂　不曾刈麥助盤床

輕違李約趁張召　自是錢秧勝飯秧

여기 쓰인 '盤床', '錢秧', '飯秧'은 모두 전라도 지방의 토속어이다. 그래서 각각 "이 지방 사람들은 남편을 반상이라 부른다(土人謂夫曰盤床)", "순전히 돈으로 품삯을 주는 것을 돈모라 하고 식사를 제공하여 품삯을 감하는 것을 밥모라 한다(純以錢防雇者 謂之錢秧 與之飯而減雇曰飯秧)"라는 주(註)를 달아 놓았다. 이 시에는 시골 아낙네들이 모내기철에 품팔이 다니는 광경이 눈에 보이는 것처럼 묘사되어 있다. '반상', '돈모', '밥모' 등의 어휘는 그 지방 사람들이 항용 쓰는 말일 터인데, 이런 어휘가 시에 사용되지 않으면 품팔이 다니는 아낙네들의 애환이 생생하게 전달될 수 없을 것이다. 그러므로 고난에 찬 농민들이 살아가는 현장의 모습을 생동감 있게 묘사하기 위한 시적(詩的) 장치의 일환으로 볼 수 있다.

이들 시에서 다산은 강진의 풍속, 문물, 생활상 등을 민요조의 7언 절구로 다양하게 노래하고 있는데 특히 이곳 농민과 어민들의 일상을 묘사한 시가 인상적이다.

납일(臘日)[12]에 훈풍 불어 눈이 맑게 개었는데

울 밖엔 이랴 쯔쯔 쟁기 끄는 소리로다

11　『전서』 I-4, 27b 「耽津農歌」 제5수.

12　동지(冬至) 후 세 번째 술일(戌日).

주인영감 막대로 게으른 머슴 호통치네
"금년에는 어쩌자고 두벌갈이 이제 하노"[13]

藊日風薰雪正晴　籬邊札札曳犁聲
主翁擲杖嗔傭懶　今歲纔翻第二畊

계랑(桂浪) 봄 바다에 뱀장어도 많을시고
푸른 물결 헤치며 활선[弓舶][14]이 떠나간다

높새바람 드높을 때 일제히 출항해서
마파람 급히 불 때 가득 싣고 돌아오네[15]

桂浪春水足鰻鱺　樿取弓船漾碧漪
高鳥風高齊出港　馬兒風緊足歸時

아녀자들 옹기종기 물가에 모여 있네
오늘은 어미가 헤엄 연습 시키는 날

그중에도 물오리 같은 저 아가씨는
남포의 새신랑이 혼숫감 보낸다네[16]

---

13 『전서』 I-4, 27b 「耽津農歌」 중 제1수.
14 "배 위에 그물을 편 배를 활선이라 한다(船上張罟者 方言謂之弓船)"라는 자주(自註)가 달려 있다.
15 『전서』 I-4, 28a 「耽津漁歌十章」 중 제1장.
16 앞의 시 제5장.

兒女皖皖簇水頭　阿孃今日試新泅
就中那箇花髟沒　南浦新郞納綵紬

이들 시편에서 농민과 어민을 바라보는 다산의 시선은 한없이 따뜻하다. 이 따뜻한 시선은, 가난하지만 소박한 이들의 삶에서 건강성을 발견했기 때문일 것이다. 야인으로 돌아온 다산은 이제 농민과 어민들의 삶 속으로 조금씩 다가서고 있다. 따라서 이들의 소박한 삶을 훼손하려는 관(官)에 대해서는 적대적인 눈길을 보낸다.

넓고 넓은 연못 속에 물고기도 안 기르고
아이들도 연꽃일랑 안 심는 게 좋다 하네

연밥 열면 관가에 바쳐야 할 것이고
관인(官人)들 일 없는 날 낚시할까 두려웁네[17]

陂澤漫漫不養魚　兒童愼莫種芙蕖
豈惟蓮子輸官裡　兼怕官人暇日漁

다산은 강진 농민들의 일상을 예리하게 관찰하고 있었다. 그곳 농민들이 연못에 물고기도 기르지 않고 연꽃도 심지 않는다는 사실을 다산이 상상 속에서 꾸며낸 것이라 보기는 어렵다. 농민들의 생활에 적극적인 관심을 가지고 구석구석 관찰한 결과일 것이다. 백성을 인도하고 보호해야 할 관리들

17 『전서』 I-4, 27b 「耽津農歌」 중 제8수.

이 백성을 얼마나 괴롭히는가를 고발한 작품이다. 이런 경험들이 쌓여 훗날 『목민심서』를 집필하기에 이른다. 『목민심서』에서 그는 이때의 관찰을 토대로, 연못이나 늪에서 생산되는 물고기, 자라, 연(蓮), 마름, 부들 등속을 잘 관리하여 백성의 생활에 보탬이 되도록 하라고 당부한다.

수령 중에서 비루한 자는 매양 말하기를 "나의 통발을 거두지 말아라. 내가 떠난 뒤까지 걱정할 겨를은 없다"고 하고, 못을 말려서 고기를 잡아 한 번 포식에 이바지하여 마침내 물고기 알조차 멸종시키고 연밥, 연뿌리, 왕골, 부들 따위도 함부로 채취하여 역시 엄금하지 않는다. 그러므로 나라 안의 못과 늪은 모두 비어 있을 뿐이니 어찌 수령의 수치가 아니겠는가.[18]

이렇게 강진에서 그가 직접 관찰한 농민과 어민들의 생활상이 『목민심서』를 집필하는 데에 큰 밑거름이 되었다.

완주(莞洲)산 황옻칠은 빛나기가 유리 같아
이 나무 진기하다 천하에 소문났네

지난해 임금께서 공납 액수 감해주자
베어낸 밑둥치에 새싹 나고 가지 뻗네[19]

莞洲黃漆瀅琉璃　天下皆聞此樹奇

---

18 『전서』 V-26, 42a 『牧民心書』 권11, 「工典六條, 川澤」 "牧之陋者 每云毋發我笱 遑恤我後 竭澤以漁 以供一飽 遂使鯤鮞絶種 而蓮子蓮根菅蒲之屬 取之無節 亦不廬禁 故國中陂池 皆空澤而已 豈非民牧之羞哉."
19 『전서』 I-4, 26a 「耽津村謠」 중 제8수.

聖旨前年蠲貢額　春風髠枿又生枝

이 시 역시 공납(貢納)을 둘러싸고 자행되는 관리들의 횡포를 묘사한 작품인데 다산이 그 이듬해(1803년)에 쓴 다음 시와 함께 읽을 필요가 있다.

그대 아니 보았더냐, 궁복산(弓福山) 가득한 황(黃)
금빛 액 맑고 고와 반짝반짝 빛이 나네

껍질 벗겨 즙을 받기 옻칠 받듯 하는데
아름드리 나무에서 겨우 한 잔 넘칠 정도

상자에 칠을 하면 붉고 푸른 색을 뺏어
잘 익은 치자물감 어찌 이와 견줄쏘냐

서예가의 경황지(硬黃紙)[20] 이로 하여 더 좋으니
납지(蠟紙)[21] 양각(羊角)[22] 모두 다 무색해서 물러나네

이 나무 명성이 천하에 자자해서
박물지(博物誌)에 왕왕 그 이름 올라 있네

공납으로 해마다 공장(工匠)에게 옮기는데

---

20 당지(唐紙)의 일종으로 노란 물감을 먹인 종이.
21 밀이나 백랍(白蠟)을 먹인 종이.
22 양각등(羊角燈)으로, 염소 뿔을 고아 얇고 투명한 껍질을 만들어서 씌운 등.

징수하는 아전 농간 막을 길 없어

지방민이 이 나무 악목(惡木)이라 여기고서
밤마다 도끼 들고 몰래 와서 찍었다네

지난봄 임금님이 공납 면제해 준 후로
영릉복유(零陵復乳) 되었다니 참으로 상서로세

바람 불어 비가 오니 죽은 등걸 싹이 나고
나뭇가지 무성하여 푸른 하늘에 어울리네[23]

–「황옻칠」

君不見
弓福山中滿山黃　　金泥瀅潔生藜光
割皮取汁如取漆　　拱把槥殘纔濫觴
靧箱潤色奪桼碧　　厄子腐腸那得方
書家硬黃尤絶妙　　蠟紙羊角皆退藏
此樹名聲達天下　　博物往往收遺芳
貢苞年年輪匠作　　胥吏徵求奸莫防
土人指樹爲惡木　　每夜村斧潛來牂
聖旨前春許蠲免　　零陵復乳眞奇祥
風吹雨潤長髣蘗　　杈椏擢秀交靑蒼

---

23 「전서」 I –4, 30a「黃漆」.

당시에 지방의 특산물을 조정에 바치는 공납(貢納) 제도가 있었는데, 수송에 따른 여러 가지 현실적인 어려움과 중간 관리들의 농간으로 그 폐단이 심해서 숙종 연간에 이 제도를 폐지하고 미곡(米穀)으로 대신 납부하도록 하는 대동법(大同法)이 전면적으로 실시되었다. 대동법이 실시된 이후에도 특수 물품은 전과 같이 공물(貢物)로 바쳐야 했으므로 해당 물품이 생산되는 지역의 주민들은 여전히 고통을 당하고 있었다. 이 시에 묘사된 바와 같이 황칠도 매우 진귀한 특산물이어서 계속 공납의 대상이 되었던 듯하다. 이 공납을 둘러싼 관리들의 수탈을 견디다 못해 지방민들이 황칠나무를 몰래 도끼로 베어버렸다는 것이다. 그런데 조정에서 황칠의 공납을 면제해주자 "죽은 등걸에 싹이 나서" 다시 무성하게 자랐다는 내용이다.

"영릉복유(零陵復乳)"란 유종원(柳宗元)의 「영릉복유혈기(零陵復乳穴記)」에 나오는 이야기로, 영릉에 석종유(石鐘乳)라는 진귀한 특산물이 나서 공물로 바쳐왔는데 그 채취가 힘들 뿐 아니라 정당한 보상도 해주지 않아서 그 지방 사람들이 석종유가 다 없어져버렸다고 거짓으로 보고했다. 그런 지 5년 만에 최간(崔簡)이 자사(刺史)로 와서 어진 정사를 베풀자 백성들이 석종유가 다시 되살아났다고 아뢰었다는 내용이다.

공납을 둘러싼 지방관들의 행패가 너무 심해서 유자, 귤 등 특산물이 생산되는 남쪽 지방의 백성들이 유자나무, 귤나무에 구멍을 뚫고 호초(胡椒)를 집어넣어 말라 죽게 하기도 하고 밤중에 몰래 나무를 도끼로 베어버리기도 했다는 기록이 『목민심서』에도 나와 있다.[24] 이런 일이 그치지 않는다면 몇십 년 가지 않아서 우리나라에 귤과 유자가 없어질 것이라고 다산은 말했다.

다산은 「탐진촌요」, 「탐진농가」, 「탐진어가」 제하(題下)의 총 35수의 시에

---

24 『전서』 V-26, 23a, 『牧民心書』 권11 〈工典六條 山林〉 참조.

서 강진의 문물, 강진 지방 농어민들의 풍속 그리고 관리들에게 시달리는 그들의 생활상 등을 다양하게 노래했다.

4. 이용후생학(利用厚生學)에 대한 관심 ―「탐진농가」

다산은 이에 그치지 않고 농민들의 농기구도 세심하게 관찰했다.

한강변에 쓰는 가래 두 길이 넘어
장정이 힘 다해도 허리 아픈데

남쪽에선 아이들도 한 손에 짧은 가래
논 갈고 물 대기 수월히 하네[25]

洌水之間丈二鍫　健夫齊力苦酸腰
南童隻手持短鍤　容易治畦引灌遙

다산은 그의 고향마을에서 사용하는 가래보다 이곳의 가래가 훨씬 편리해서 힘이 덜 든다는 것을 발견한다. 직접 농사일을 해보지 않고 글만 읽은 선비가 이런 사실을 발견한다는 것은 놀라운 일이 아닐 수 없다. 이는 그가 평소 농업과 농민문제에 깊은 관심을 가진 결과일 것이다. 농민을 위한 그의 관심은 주로 토지제도를 비롯한 각종 제도의 개혁으로 나타났지만 그는

25　『전서』 I −4, 27b 「耽津農歌」 중 제3수.

농업생산성을 높일 수 있는 농기구의 개량과 영농법 등에 관해서도 적극적인 관심을 가졌다. 농기구의 개량이라든가 영농법의 개선은 결국 농업기술에 관한 문제이다. 그는 불합리한 제도를 개혁함으로써 농민의 삶을 보장해주려는 노력을 하는 한편으로 농업기술의 발전을 통하여 생산성을 높임으로써 농민의 이익을 도모하고자 했다.

다산은 『목민심서』에서도 "농기(農器)와 직기(織器)를 만들어 백성들의 용구를 능률적이게 하고 백성들의 생활을 넉넉하게 하는 것 또한 백성의 수령된 자의 힘쓸 바이다"[26]라 하고, 서광계(徐光啓)의 『농정전서(農政全書)』에 있는 「농기도보(農器圖譜)」와 「직기도보(織器圖譜)」를 잘 살펴서 우리 실정에 맞는 기구를 만들어 백성들이 쓰도록 해야 한다고 말했다. 여기서 다산이 "용구를 능률적이게 하고[利用] 생활을 넉넉하게 한다[厚生]"는 말에 주목할 필요가 있다. 이것은 다산이 '이용후생학'에도 일정한 정도로 관심이 있었다는 것을 말해준다. 일찍이 이우성(李佑成) 교수는 실학을 3개의 유파로 대별한 바 있다.

(1) 성호 이익을 대종으로 하는 경세치용파(經世致用派) – 토지제도 및 행정기구 기타 제도상의 개혁에 치중하는 유파.
(2) 연암 박지원을 중심으로 하는 이용후생파(利用厚生派) – 상공업의 유통 및 생산기구 일반 기술면의 혁신을 지표로 하는 유파.
(3) 완당 김정희에 이르러 일가를 이룩하게 된 실사구시파(實事求是派) – 경서(經書) 및 금석(金石), 전고(典故)의 고증을 위주로 하는 유파.[27]

---

26 『전서』 V-22, 8a 『牧民心書』 권7, 「戶典六條, 勸農」 "作爲農器織器 以利民用 以厚民生 亦民牧之攸務也."
27 李佑成, 「實學研究序說」(『韓國의 歷史像』, 創作과 批評社, 1982, 14면).

다산은 학맥과 인맥으로 보아 경세치용파를 대표하는 학자이지만 위에서 살펴본 바와 같이 이용후생파의 이론도 폭넓게 수용하고 있으며 실사구시파와도 맥이 닿아 있다. 다산을 '실학의 집대성자'라 부르는 이유가 여기 있다. 다산은 중국으로 사신으로 가는 이기양(李基讓)에 준 송서(送序)에서도

> 연경(燕京)이 한양(漢陽)에서 3천여 리나 떨어져 있는데, 사신의 왕래가 길에 끊이지 않고 잇따랐건만, 이용후생(利用厚生)이 되는 물건은 일찍이 한 가지 물건도 얻어 와서 전한 이가 없으니, 사람들이 태연하게 사물에 혜택을 베풀 뜻이 없음이 어찌 이처럼 극심하단 말인가.[28]

라 개탄하고, 중국에 가서 그곳의 농사짓는 기구를 살피며 물산의 풍요로움을 보고 그 산출하는 방법을 찾아보는 일을 해야 한다고 말했다. 그는 공조(工曹)에 이용감(利用監)을 설치하여 각종 농기구, 건축자재, 병기, 선박, 천문관측기구 등을 중국으로부터 배워온 후 우리나라 실정에 알맞게 제작해서 사용할 것을 제안하기도 했다.[29] 다산은 『목민심서』에서 이용후생학의 대표적 저술인 박지원(朴趾源)의 『열하일기(熱河日記)』와 박제가(朴齊家)의 『북학의(北學議)』의 내용을 인용하고 있는데, 민생을 위한 일이면 당색(黨色)에 구애받지 않는 개방적인 자세를 볼 수 있다.

이해(1802년, 41세) 겨울에는 넷째 아들 농장(農牂)이 죽었다는 소식이 왔다. 농장은 1799년 12월 2일에 태어나서 1802년 11월 30일, 3년도 채 살지 못하고 마마로 죽었다. 그는 3년 전 강진으로 유배가면서 과천에서 처자식

28 『전서』 I-13, 13a 「送李參判基讓使燕京序」 "燕之距漢陽三千餘里 而冠蓋之往復徠去者 繹繹乎織於路矣 而所以利用厚生之物 曾未有得其一而歸傳之者 何人之恝然無澤物之志 若是其極哉."

29 『전서』 V-2, 28a 『經世遺表』 「冬官工曹」 참조.

과 마지막 작별을 할 때 어머니 품에 안겨 있던 아들의 모습을 떠올리며 말할 수 없는 슬픔에 잠겼다. 이에 다산은 죽은 아들을 위하여 「농아광지(農兒壙志)」[30]를 지어 보내면서 큰아들에게 무덤에서 읽어주게 했다. 「광지」의 끝에서 다산은 "모두 6남 3녀를 낳아 살아남은 애는 2남 1녀뿐으로 죽은 애들이 4남 2녀나 되어 죽은 애들이 살아남은 애들의 두 배나 된다. 오호라! 내가 하늘에서 죄를 얻어 이처럼 잔혹스러우니 어찐 일인고"[31]라 했다. 그리고 두 아들에게 편지를 보내어 어머니를 위로하게 했다.

우리 농장이 죽었다고 하니 슬프고 슬픈 일이다. … 내가 이 멀고 궁벽한 곳에 와 있어 이별한 지 오래인데 그 녀석을 잃어버렸으니, 특별히 다른 사람보다 가일층 슬퍼지는구나. 또한 나는 죽고 사는 이치에 대해서 대강 알고 있는데도 비통함이 오히려 이와 같은데, 하물며 네 어머니는 품속에서 내어 흙구덩이 속에다 넣었으니, 그가 살아 있었을 때의 한마디 말이나 한 가지 행동의 기특하고 사랑스런 것들이 귀에 쟁쟁하고 눈에 선할 것이요, 또한 하물며 부인은 인정만 있지 이치는 모르는 것임에랴.[32]

5. 경학(經學) 연구를 시작하다

1803년(42세)부터 다산은 본격적인 저술 작업에 들어갔다. 먼저 예학(禮

---

30 「전서」 I -17, 4b.
31 "凡産六男三女 生者二男一女 死者四男二女 死倍於生也 嗚呼 吾獲戾于天 殘酷如此 爲之奈何."
32 「전서」 I -21, 10b 「答兩兒」 "吾農云逝 慘怛慘怛 … 吾坐此涯角 別之旣久而失之 其別有層次 且吾能粗識死生哀樂之理 猶尚如此 況汝慈出之懷抱之中 而納于土凼之中 其生時一言一爲之可奇可愛者 又琤於耳而森於目 又況婦人之任情而不任理哉."

學) 연구를 시작하여 이해 봄에 「단궁잠오(檀弓箴誤)」가 이루어졌고 여름에는 「조전고(弔奠考)」를 탈고했으며 겨울에는 「예전상의광(禮箋喪儀匡)」을 완성했다. 이후에도 다산은 꾸준히 예학을 연구하여 그 결과물을 『상례사전(喪禮四箋)』과 『상례외편(喪禮外編)』으로 묶었다. 그가 예학 연구에 먼저 착수한 것은 일차적으로 유학에서 차지하는 예(禮)의 중요성 때문이다. 그는

> 예(禮)는 천지의 정(情)이니 하늘에 근본을 두고 땅을 본받아 예가 그 사이에서 행하여지는 것이다. 예는 천지의 정(情)인데 성인이 그것을 꾸미고 다듬었을 뿐이다.[33]

라 했고, "예학이 밝아진 뒤에야 인륜에 처함에 있어 비로소 본분을 다할 수 있다"[34]고 말하여 예학의 중요성을 강조했다. 예론 중에서도 다산은 특히 상례(喪禮)를 중시했다. 이렇게 그가 강진에 와서 예학연구에 몰두한 것은 예학의 중요성 때문이기도 하지만, 그의 처지와도 무관하지 않았을 것으로 보인다. 당시 천주교에서는 우리나라의 전통적인 상례, 제례 등을 금하고 있었는데 자신이 천주교 신자라는 혐의로부터 벗어나기 위해서도 천주교에서 금하는 예학에 관심을 가질 필요가 있었을 것이라 생각된다. 또 한편으로는 '전통 의례를 천주교에서는 왜 금하는가?'라는 문제와 관련해서 예학의 본질을 근본적으로 탐구해보려는 지적(知的) 호기심도 작용했을 것이다.

33　『전서』 I -12, 35b 「喪禮四箋序」 "禮者 天地之情 本於天殽於地 而禮行於其間 禮者 天地之情 聖人特於是爲之節文焉已."
34　『전서』 I -17, 40b 「爲盤山丁修七贈言」 "禮學明而後處人倫 方得盡分."

6. 더욱 깊어진 비판의식 —「애절양」

그는 예학과 관련된 일련의 저술을 진행하면서 여러 편의 시도 남겼다. 그중 중요한 시가 「애절양(哀絶陽)」이다.

갈밭마을 젊은 여인 울음도 서러워라
현문(縣門) 향해 울부짖다 하늘 보고 호소하네

군인 남편 못 돌아옴은 있을 법도 한 일이나
예부터 남절양(男絶陽)[35]은 들어보지 못했노라

시아버지 죽어서 이미 상복 입었고
갓난아인 배냇물도 안 말랐는데
삼대(三代)의 이름이 군적에 실리다니

달려가서 호소하나 동헌 문엔 호랑이요
이정(里正)이 호통하여 단벌 소만 끌려갔네

칼을 갈아 방에 들자 자리에 피가 가득
스스로 한탄하네, 아이 낳아 닥친 곤액

잠실음형(蠶室淫刑)[36] 그 어찌 죄가 있어서리오

35 남자가 자기의 양근(陽根)을 자르는 것.
36 남성을 거세하는 형벌인 궁형(宮刑)을 집행하는 방에는 불을 계속 지펴 높은 온도를 유지하여 마치 누에치

민(閩) 땅 자식 거세함도 가엾은 일이거늘[37]

자식 낳고 사는 건 하늘이 정한 이치
건도(乾道)는 아들 되고 곤도(坤道)는 딸 되는 법

말 돼지 거세함도 가엾다 이르는데
하물며 대를 잇는 사람에 있어서랴

부자들은 한평생 풍악이나 즐기면서
한알 쌀, 한치 베도 바치는 일 없으니

다 같은 백성인데 이다지 불공한고
객창에서 거듭거듭 시구편(鳲鳩篇)[38]을 읊노라[39]

–「애절양」

蘆田少婦哭聲長　哭向縣門號穹蒼
夫征不復尙可有　自古未聞男絶陽
舅喪已縞兒未澡　三代名簽在軍保
薄言往愬虎守閽　里正咆哮牛去皁
磨刀入房血滿席　自恨生兒遭窘厄
蠶室淫刑豈有辜　閩囝去勢良亦慽

는 방[蠶室]과 같았다고 한다. '잠실음형'은 잠실과 같은 방에서 궁형에 처하는 것이 지나친 형벌[淫刑]이란 뜻이다.

37　고대 중국의 민(閩) 지역 사람들은 자식을 건(囝)이라 불렀는데 이 지방에서는 자식을 낳으면 거세하여 조정에 환관으로 바쳤다고 한다.

38　통치자가 백성을 고루 사랑해야 한다는 것을 뻐꾸기에 비유해서 읊은 『시경』의 편명.

39　『전서』 I-4, 29b「哀絶陽」.

生生之理天所予　乾道成男坤道女
驕馬贙豕猶云悲　況乃生民思繼序
豪家終歲奏管弦　粒米寸帛無所捐
均吾赤子何厚薄　客窓重誦鳲鳩篇

조선 후기의 병폐를 집약적으로 나타낸 이른바 '삼정(三政)의 문란' 중에
서 군정의 문란상을 고발한 작품이다. 군정의 문란은 주로 군포(軍布)의 수
납을 둘러싸고 일어났다. 군포란, 현역에 복무하지 않는 16세 이상 60세 이
하의 성인 남자가 부담하는 일종의 병역세(兵役稅)로 일 년에 포(布) 2필을
납부하는 제도이다. 이 제도가 조선 후기에 이르면 각종 부정과 부패의 온
상이 되어, 황구첨정(黃口簽丁 - 갓난 아이를 군적에 올려 군포를 부과하는 것), 백골
징포(白骨徵布 - 죽은 자를 군적에서 빼지 않고 군포를 부과하는 것)와 같은 협잡이
다 여기서 나왔다. 그래서 다산은 『목민심서』에서 "그 폐단이 크고 넓어 백
성들의 뼈를 깎는 병으로 되었다. 이 법이 고쳐지지 않으면 백성들은 모두
죽어갈 것이다"라 말했다.[40] 다산은 이 시를 쓰게 된 배경을 이렇게 말하고
있다.

이 시는 가경(嘉慶) 계해년(癸亥年: 1803) 가을에 내가 강진에 있으면서 지은
것이다. 그때 갈밭에 사는 백성이 아이를 낳은 지 사흘 만에 군보(軍保)에 편
입되고 이정(里正)이 못 바친 군포 대신 소를 빼앗아 가니 그 백성이 칼을 뽑
아 자기 양경(陽莖)을 스스로 베면서 "내가 이 물건 때문에 이러한 곤액을 받
는다" 하였다. 그 아내가 양경을 가지고 관청에 나아가니 피가 아직 뚝뚝 떨

40　『전서』Ⅴ-23, 12a『牧民心書』권8, 「兵典六條, 簽丁」, "流波浩漫 爲民生切骨之病 此法不改 而民盡劉矣."

어지는데, 울며 하소연했으나 문지기가 막아 버렸다. 내가 듣고 이 시를 지었다.[41]

자기의 생식기를 자르는 일이 물론 당시의 보편적인 현상은 아니었을 것이다. 다산도 "때때로 악에 바친 백성이 이러한 변고를 일으키는 일이 있다"라 말했다. 그러나 다음과 같은 기록은 당시 군정의 폐해가 얼마나 심각했는지를 잘 보여준다.

요즈음 피폐한 마을의 가난한 집에서는 아기를 낳기가 무섭게 홍첩(紅帖)이 이미 와 있다. 음양의 이치는 하늘이 품부한 것이니 정교(情交)하지 않을 수 없고, 정교하면 낳게 되어 있는데 낳기만 하면 반드시 병적에 올려서 이 땅의 부모 된 자로 하여금 천지(天地)가 만물을 낳는 이치를 원망하게 하여 집집마다 탄식하고 울부짖게 하니, 나라의 무법함이 어찌 여기까지 이를 수 있겠는가. 심한 경우에는 배가 불룩한 것만 보고도 이름을 지으며 여자를 남자로 바꾸기도 하고, 그보다 더 심한 경우에는 강아지 이름을 혹 군안(軍案)에 올리기도 하는데 이는 사람의 이름이 아니라 지정한 대상이 진짜 개이며, 절굿공이의 이름이 관첩(官帖)에 나오기도 하는데 이도 사람의 이름이 아니라 지정한 대상이 진짜 절굿공이다.[42]

---

41 『전서』 V-23, 14b~15a, 「牧民心書」 권8, 「兵典六條, 簽丁」, "此嘉慶癸亥秋 余在康津作也 時蘆田民 有兒生三日 入於軍保 里正奪牛 民扰刀自割其陽莖 曰我以此物之故 受此困厄 其妻持其莖 詣官門 血猶淋淋 且哭且訴 閽者拒之 余聞而作此詩."

42 『전서』 V-23, 13b~14a, 「牧民心書」 권8, 「兵典六條, 簽丁」, "今殘村下戶 嬰孩落地 呱聲一發 紅帖已到 陰陽之理 天之所賦 不能無交 交則有生 生則必簽 使域中之爲父母者 怨天地生生之理 家嗷而戶嗟 國之無法 一何至此 甚則指腹而造名 換女而爲男 又其甚者 狗兒之名 或載軍案 非是人名 所指者眞狗也 杵臼之名 或出官帖 非是人名 所指者眞杵也."

이렇게 강아지나 절굿공이까지 병적에 올려서 군포를 받아내는 당시의 상황에 비추어 볼 때, 「애절양」 시가 현실의 지나친 과장으로 보기 어렵다. 오히려 군정의 문란을 상징적으로 나타낸 황구첨정, 백골징포의 실상을, 갈밭에 사는 한 농민의 비극적인 삶을 통하여 훌륭히 형상화한 시로 보아야 할 것이다.

그대 아니 보았더냐, 천관산(天冠山) 가득 찬 솔
천 그루 만 그루 봉마다 뒤덮었네

푸르고 울창한 노송뿐만 아니라
어여쁜 어린 솔도 총총히 돋았는데

하룻밤 새 모진 벌레 천지를 가득 메워
뭇 주둥이 솔잎 갉기 떡 먹듯 하는구나

어릴 때도 살빛 검어 추하고 밉더니
노란 털 붉은 반점 자랄수록 흉하도다

바늘 같은 잎을 갉아 진액을 말리더니
살갗까지 썹어서 부스럼 상처 냈네

소나무 날로 마르나 까딱도 하지 않고
곧추서서 죽는 모습 엄전하기 짝이 없네

연주창(連珠瘡)에 문둥병에 가지 줄기 처량하니
상쾌한 바람 울창한 숲 어디 가서 찾으리오

하늘이 솔을 낼 때 깊은 생각 있었기에
일년 사철 곱게 키워 한겨울도 몰랐었지

사랑받고 은혜 입어 나무 중에 뛰어나니
복사꽃 오얏꽃과 화려함을 다툴손가

대궐 명당 낡아서 무너질 때엔
들보 되고 기둥 되어 조정에 들어왔고

왜놈과 유구가 덮쳐올 때엔
큰 배를 만들어 적의 예봉 꺾었지

너 이제 욕심 부려 솔 모두 죽여
말하려니 내 기가 받쳐 오르네

어찌하면 뇌공(雷公)의 벼락도끼 얻어내어
네놈의 족속들을 모조리 잡아다가
이글대는 화독 속에 넣어 버릴고[43]

─「송충이」

---

43 「전서」Ⅰ-4, 30a「蟲食松」.

君不見

天冠山中滿山松	千樹萬樹被衆峯
豈惟老大鬱蒼勁	每憐稚小羅丰茸
一夜沴蟲塞天地	衆喙食松如饕餮
初生醜惡肌肉黑	漸出金毛赤斑滋頑兇
始呻葉針竭津液	轉齧膚革成瘡癰
松日枯槁不敢一枝動	直立而死何其恭
瘰柯癩幹悽相向	爽籟茂樾嗟何從
天之生松深心在	四時護育無大冬
寵光隆渥出衆木	況與桃李爭華穠
太室明堂若傾圮	與作脩梁矗棟來朝宗
漆齒流求若隳突	與作艨艟巨艦摧前鋒
汝今私慾恣殄瘁	我欲言之氣上衝
安得雷公霹靂斧	盡將汝族秉畀炎火洪鑪鎔

이 시 역시 1803년(42세)에 쓴 작품인데, 단순히 소나무를 갉아먹는 송충이에 대한 증오심을 나타낸 것으로 해석해도 좋고, 우의적(寓意的)으로 해석할 수도 있다. 후자의 입장을 취한다면 송충이는 소나무같이 점잖은 군자를 괴롭히는 소인배를 가리킨다고 볼 수 있다. 또한 대궐의 기둥도 되고 왜적의 침입을 물리치는 선박도 될 수 있는 소나무같이 훌륭한 인재를 헐뜯고 모함하는 간신들에 비유될 수도 있다. 좀 더 확대 해석한다면 송충이는 선량한 백성들에게 기생(寄生)하여 백성들의 피를 빨아먹는 지방관들을 상징한다고 볼 수도 있다. 어쨌든 이 시에서도 소나무 본래의 의연한 기상, 송충이의 침입을 받은 후의 소나무의 처참한 모습, 그리고 집요하고 악랄한 송충

이의 속성 등이 치밀하게 묘사되어 있다.

7. 형님에게 개고기를 권하다 —「형님을 걱정하며」

이해(1803년, 42세)에 다산은 흑산도에 있는 형 약전으로부터 편지 한 통을 받고 가슴이 몹시 아팠다. 그 편지에는, 육식을 못한 지가 일 년이 넘어 이제 몸을 지탱하지 못할 정도로 야위었다는 사연이 있었기 때문이었다. 편지를 받고 시 한 수를 썼다.

물고기로 젓을 담아 고기[肉]라 말하고
보리 삶아 밥 지으니 진짜로 죽이로세

삼 년 동안 이걸 먹어 몸이 점점 야위고
살갗이 축 처져 박쥐 날개 같았다네

하물며 형께선 바다로 들어가
이웃엔 모두가 야만스런 사람들
귀신 믿고 살생 금하는 거친 풍속임에랴

참기름 한 방울은 옥(玉)같이 귀하고
마른 육포 한 점은 그게 바로 주옥이며

복어는 독이 있고 조개는 가시 돋혀

젓가락도 대기 전에 소름 끼친다지요

……

어지러운 까마귀 떼는 먹이 얻어 요란한데

오척(五尺) 장신 황곡(黃鵠)은 탄식을 하네[44]

－「형님을 걱정하며」

淹魚作鮓僭稱肉　　煮麥爲飯眞成粥
三年喫此體漸羸　　會生肉翅如蝙蝠
況子入海鄰百蠻　　信鬼戒殺尤荒俗
香油點滴比瓊漿　　脯腒一饙皆珠玉
海鰌有毒蛤有刺　　未及下筯肌先粟

……

亂鴉紛紛得食喧　　身高五尺嗟黃鵠

이 시의 원제목은 「동파의 '자유(子由)가 수척하다는 소식을 듣고'라는 시에 화운하다」이다. 자유(子由)는 소식(蘇軾)의 동생 소철(蘇轍)의 자(字)이다. 동생을 걱정하는 소동파의 시에 화운하여 다산은 거꾸로 형을 걱정하는 시를 쓴 것이다.

첫 구절에는 "방언으로는 어(魚)와 육(肉)을 다르게 부르지 않는다"란 주(註)가 달려 있다. 즉 생선과 육류를 모두 '고기'라 부른다는 말이다. 흑산도는 척박한 섬이다. 그곳에서 일 년 넘도록 고기 한 점 먹어보지 못하고 야위어 살갗이 마치 박쥐 날개처럼 축 늘어져 있을 형을 생각하니 가슴이 무너진다. 마지막 연에서는 까마귀와 황곡(黃鵠)을 대비시켜 놓았다. 황곡은 현

---

44 「전서」 Ⅰ-4, 30b 「和東坡聞子由瘦」.

인군자(賢人君子)에 비유되는 새인데 다산의 형을 가리킨다. 까마귀와 같이 하찮은 새들도 먹잇감을 얻어 시끄럽게 떠드는데 점잖은 황곡은 잘 먹지 못하여 탄식한다는 뜻이다. 다산 형제간의 우애는 이렇게 남달랐다. 그 후에도 흑산도에 있는 형의 건강이 염려되었던지 다산은 드디어 다음과 같은 편지를 써 보냈다.

> 보내주신 편지에서 짐승의 고기는 도무지 먹지 못하고 있다고 하셨는데 이것이 어찌 생명을 연장할 수 있는 도(道)라 하겠습니까. 섬 안에 들개가 천 마리 백 마리뿐이 아닐 텐데, 제가 거기에 있다면 5일에 한 마리씩 삶는 것을 결코 빠뜨리지 않겠습니다. 도중에 활이나 화살, 총이나 탄환이 없다고 해도 그물이나 덫을 설치할 수야 없겠습니까.[45]

같은 편지에서 다산은 들개를 잡는 방법과 삶는 방법, 요리법까지 소상하게 적어 보냈다. 그리고 인편에 들깨 한 말을 보낸다고 말하고, 5일마다 개한 마리씩 먹으면 일 년에 52마리를 먹을 수 있을 것이니 부디 그렇게 해서 기운을 차리라고 당부하고 있다. 요리법은 박제가(朴齊家)의 개고기 요리법이라는 말을 덧붙였다.

8. 울분을 술로 달래다 ―「여름날 술을 마시며」

1804년(43세)에는 다산의 대표작이라 할 만한 장편고시 「여름날 술을 마시

---

45 『전서』 I ―20, 24a 「上仲氏」 "來敎云禽獸之肉 都不入口 此豈可長之道耶 本島山犬不啻千百 使我當之 五日
    一烹 必無缺矣 島中無弓矢銃丸 獨不得設爲罝獲乎."

며(夏日對酒)」가 창작되었다. 이 시는 1,060자에 달하는 거작(巨作)으로, 이조 후기의 가장 첨예한 사회적 모순이라 할 수 있는 전정(田政), 군정(軍政), 환곡 (還穀), 과거제도, 신분제도의 불합리함을 다룬 다섯 부분으로 구성되어 있다. 이 중 군정, 과거제도, 신분제도에 관해서는 앞에서 살펴보았기 때문에 여기서는 전정과 환곡에 대한 부분을 읽어보기로 한다.

나라의 임금이 토지를 소유함은
비유컨대 부잣집 영감마님 같은 것

영감마님 가진 땅 일백 경(頃)이고
열 아들이 제각기 분가하여 산다면

한 집이 열 경씩 나누어 가져
먹고 사는 형편을 같게 해야 마땅한데

약은 놈이 팔구십 경 삼켜버리니
못난 놈 곳간은 언제나 비어 있네

약은 놈 비단옷 찬란히 빛나는데
못난 놈은 가난을 괴로워하네

영감마님 눈을 들어 이 지경 보자 하니
슬프고 괴로워 속마음이 쓰리지만

그대로 맡기고 정리를 하지 않아

동서로 뿔뿔이 굴러다니네

부모 밑에 뼈와 살, 받은 바는 꼭 같은데

부모의 자애가 왜 이다지 불공한고

커다란 강령이 이미 무너졌으니

만사가 막혀서 통하지 않네

한밤중에 책상 치고 벌떡 일어나

탄식하며 하늘을 우러러보네[46]

–「여름날 술을 마시며」

后王有土田　　譬如富家翁

翁有田百頃　　十男各異宮

應須家十頃　　飢飽使之同

黠男吞八九　　痴男庫常空

黠男粲錦服　　癡男苦尫癃

翁眼苟一盻　　惻怛酸其衷

任之不整理　　宛轉流西東

骨肉均所受　　慈惠何不公

大綱旣隳圮　　萬事窒不通

中夜拍案起　　歎息瞻高穹

46　「전서」 I -5, 1a「夏日對酒」 중에서.

주지하는 바와 같이 다산 개혁론의 핵심은 토지제도의 개혁에 있다. 앞의 시에서도 "커다란 강령이 이미 무너졌으니 / 만사가 막혀서 통하지 않네"라 했는데, "커다란 강령[大綱]"은 국가를 통치하는 큰 강령이고 이것은 곧 전정(田政)을 의미한다. 전정에서 가장 중요한 것은 토지제도이다. 다산의 토지제도 개혁론은 많은 학자들이 주장한 바와 마찬가지로 균전론(均田論)의 형태로 나타났다. 앞서 「전론(田論)」에서 살펴본 바와 같이 전국의 전지를 모든 백성들에게 균등하게 나누어주자는 것이었다. 앞의 시는 이러한 균전론의 이상을 읊은 것이다. 열 명의 아들을 둔 부잣집 영감마님을 나라의 임금에 비유하여, 열 아들에게 전지를 고루 나누어주어야 하는 것처럼 임금도 만백성에게 전지를 균등하게 소유할 수 있도록 해야 한다는 것이다.

다산은 강진에서 육경, 사서를 깊이 연구한 끝에, 이전에는 부정했던 정전제(井田制)로의 토지제도 개혁안을 새롭게 도출해 내었다. 『경세유표』에서 제시한 다산의 정전제는 균전제를 대폭 수정·보완한 이론이다. 「여름날 술을 마시며」시가 쓰인 1804년은 다산이 경학을 본격적으로 연구하기 시작한 초기 단계이기 때문에 아직도 균전론적 생각을 가지고 있던 시절이었다.

농가엔 반드시 양식을 비축하여
삼년 농사지으면 일 년 치 비축하고

구년 농사지으면 삼 년 치 비축하여
검발(檢發)[47]하여 하늘을 도우는 건데

---

47 법으로 단속하고 흉년에 창고에 있는 곡식을 풀어 백성을 돕는 일.

사창법(社倉法) 한번 시작된 후로
만 목숨이 뒹굴며 구슬피 우네

빌려주고 빌리는 건 양쪽 다 원해야지
억지로 강제하면 불편해져서

온 땅을 통틀어도 고개만 저을 뿐
군침 흘리는 자 한 명도 없네

봄철에 좀먹은 쌀 한 말 받고서
가을엔 온전한 쌀 두 말을 바치고

게다가 좀먹은 쌀값 돈으로 내라 하니
온전한 쌀 판 돈을 바칠 수밖에

이익으로 남는 것은 간활한 자 살을 찌워
한번 벼슬길에 천 경(頃) 논이 생긴다네

쓰라린 고초는 가난한 자에게 돌아가니
휘두르는 채찍질에 살점이 떨어진다

큰 가마 작은 솥 모두 다 가져가고

자식은 팔려가고 송아지마저 끌려가네[48]

-「여름날 술을 마시며」

耕者必蓄食　三年蓄一年
九年蓄三年　檢發以相天
社倉一濫觴　萬命哀顚連
債貸須兩願　强之斯不便
率土皆掉頭　一夫無流涎
春蠢受一斗　秋繫二斗全
況以錢代蠢　豈非賣繫錢
贏餘肥奸猾　一宦千頃田
楚毒歸圭蓽　割剝紛筵鞭
鉎鍋旣盡出　孥粥犢亦牽

환곡(還穀)의 문란함을 노래한 시인데, 환곡이란 원래 사창제도(社倉制度)에서 나온 것으로 풍년에 국가가 곡식을 사들였다가 흉년에 싼 이자로 빌려주어 빈민을 구제하고 물가조절의 기능도 함께 가지는 제도였다. 이 제도가 조선 후기로 오면서 아전들의 갖은 농간으로 그 폐해가 너무나 지나쳐 흉년이 들어도 곡식을 대여해가는 사람이 아무도 없게 되었다. 이렇게 농민들이 곡식을 빌리려 하지 않는 것은 이 제도가 "자기들에게 이익이 되기 위해서 설치한 것이 아님을 안 지가 오래 되었기"[49] 때문이다.

　이렇게 되자 국가는 농민들에게 곡식을 강제로 빌려주고 강제로 거두어들이게 된다. 말하자면 "환자(還上)의 권한은 백성들에게 있는데 백성들이

48　『전서』 I-5, 1b, 「夏日對酒」 중에서.
49　『전서』 I-9, 27b, 「還餉議」, "民之不以爲利民而設也久矣."

이를 받아가지 않으면 그 집을 단속하고 백성들이 이를 도로 바치지 않으면 그 등에 매질을 하는"50 기막힌 상황에까지 이른 것이다. 이마저도 뒤에는 아예 빌려주지도 않고 받아들이기만 하는 극악의 지경에 이르고 만다. 다산은 강진에서 그가 목격한 환곡제도의 실상을 다음과 같이 말하고 있다.

내가 다산(茶山)에 거처하면서 관창(官倉)으로 가는 길을 내려다보기를 이제까지 10년인데 시골 백성이 곡식 짐을 받아 지고 지나가는 자를 일찍이 본 일이 없다. 한 톨의 곡식도 일찍이 받아온 일이 없는데도 겨울이 되면 가호(家戶)마다 곡식 5, 6, 7석(石)을 내어 관창(官倉)에 바치는데, 그러고서도 다시 환자(還上)라 부르는 것은 또한 부끄럽지 아니한가. 무릇 환(還)이란 것은 되돌려준다[回]는 뜻이며 갚는다[報]는 뜻이다. 가져가지 않으면 되돌려줄 것이 없고 베풀지 않으면 갚는 것도 없는 법이다. 무엇 때문에 '환(還)' 자를 쓰는가? 지금은 백상(白上, 까닭 없이 그저 바치는 것-필자)은 있어도 환자(還上)는 없다.51

드디어 환곡제도는 진휼(賑恤)이라는 본래의 성격을 잃고 국가조세의 한 항목이 되었는데 이것마저 명목 없는 조세여서 국가에 의한 강탈이나 다름 없었다. "쌀 한 톨도 백성은 일찍이 가루조차 보지 못했는데 거저 가져다 바치는 쌀이랑 조가 해마다 천이나 만이나 되니, 이것은 부렴(賦斂)이지 어찌 진대(賑貸)라 하겠으며, 이것은 강탈이지 어찌 부렴(賦斂)이라 할 수 있겠는

---

50 같은 책, 같은 곳, 28b, "還上之權在民 民不受之 則括其戶 民不納之 則笞其背."
51 『전서』 V-20, 24a, 『牧民心書』 권5, 「戶典六條, 穀簿」, "余家茶山 俯臨倉路 于今十年 未嘗見有一箇村氓 負苦而過者也 一粒之粟 未嘗受來 而及至冬月 戶出穀五六七石 輸之官倉 猶復名之曰還上 不亦羞乎 夫還也者 回也報也 不往則無回 不施則無報 何謂還乎 今有白上 無還上也."

가"[52]라는 다산의 진술이 이를 말해준다.

「여름날 술을 마시며」는 전정, 군정, 환곡, 과거제도, 신분제도의 모순과 그 폐해를 말하고 나서 각 단락의 마지막은 "한밤중에 책상 치고 벌떡 일어나 / 탄식하며 하늘을 우러러 보네", "생각하면 가슴속이 끓어오르네 / 술이나 들이키고 진(眞)으로 돌아가리", "두어라 말아라, 술이나 마시자 / 백 병 술이 장차는 샘물같이 되리라", "어떡하면 일만 개 대나무 묶어다가 / 천 길 되는 빗자루 만들어내어 / 쭉정이 티끌 먼지 싹싹 쓸어서 / 바람에 한꺼번에 날려버릴고", "깊이깊이 생각하니 애간장이 타들어 / 부어라 다시 또 술이나 마시자"라는 영탄(詠嘆)으로 끝난다. 그만큼 당시 다산의 고뇌가 깊었음을 알 수 있다.

9. 유배지의 고뇌 —「수심에 싸여」「수심을 달래며」

1804년은 강진 유배생활 3년차에 접어드는 해이다. 「여름날 술을 마시며」와 같은 대작을 써서 경세제민(經世濟民)에 대한 강한 의지를 나타내기도 했지만 남쪽 바닷가에서 홀로 귀양살이하는 다산의 심사가 편할 리 없었을 것이다.

낮고 습한 땅이라 항상 병에 시달려
낮술로 얼큰히 취하여보네

---

52 같은 책, 같은 곳, 14b, "一粒之穀 民未嘗微見其沫 而白輪米若粟 歲以千萬 此是賦斂 豈可曰賑貸乎 此是勒奪 豈可曰賦斂乎."

조수가 밀려와 바닷물 불어나고
장기(瘴氣) 구름 끼어서 그늘이 짙네

촌닭은 저물녘에 새끼들 몰고 가고
나락 논엔 이제 막 애벌김 매는구나

머나먼 고향땅의 궁금한 소식
가을이면 혹시나 들을 수 있을는지[53]

-「낮술」

湫卑常苦病　午酌取微醺
小漲添潮水　重陰帶瘴雲
村雞將暮子　浦稻受初芸
迢遞鄉園事　秋來倘有聞

　　바닷가 마을이라 습기가 많기 때문에 몸이 시원치 않다고 했다. 그래서
낮술을 마셔 조금이라도 기분을 전환해보려는 다산의 모습을 그려볼 수 있
다. 저녁때가 되어 어미닭이 새끼들을 몰고 홰로 돌아가는 광경을 보니 문
득 자식들이 생각나고, 멀리 논에서 김매는 광경을 보니 고향땅이 생각난
다. 고향 소내와 강진이 천리 길이니 편지 한 번 오는 데에도 족히 한 달은
걸릴 것이다. 가을이 오면 궁금한 고향소식을 혹시 들을 수 있으려나. 칠월
칠석 날에는 아내를 그리며 또 시 한 수를 썼다.

53　『전서』 I-4, 32a 「午酌」.

......

내 마음 진실로 넓다고 해도
생각하면 남몰래 가슴 쓰린데

하물며 당신 같은 아녀자로서
마음과 정신 어찌 꺾이지 않겠는가

비단 같은 은하수 빗긴 저녁에
총총한 별들은 반짝반짝 빛나고

풀벌레 울어울어 서로 화답하는 때에
대숲에 이슬방울 하얗게 맺혔는데

옷깃을 부여잡고 잠 못 이루며
이리저리 서성이다 새벽을 맞겠지

흐르는 세월이 이 마음 흔들어
떨어지는 눈물이 옷깃을 적시네

구름 위로 날아가는 저 학이 부러워라
두 날개가 마치도 수레바퀴 같구나[54]

－「나방이」

---

54 「전서」Ⅰ-5, 3a「蛾生」.

......

我懷誠曠達　每念潛悲辛
況汝兒女情　能不摧心神
明河夕如練　列宿光磷磷
候蟲互鳴答　白露流庭筠
攬衣不成寐　栖栖達淸晨
流年感孤衷　淚落沾衣巾
羨彼雲中鶴　兩翼如車輪

　　견우와 직녀가 일 년에 한 번 만난다는 칠월 칠석 날이 되니 아내가 더욱
그리워진다. 사내대장부인 자신도 가슴이 쓰린데, 연약한 여자로서 아내가
겪을 마음고생은 얼마나 쓰라릴까? 아마 오늘 같은 밤에는 "옷깃을 부여잡
고 잠 못 이루며 / 이리저리 서성이다 새벽을 맞겠지." 생각이 여기에 미치
자 눈물이 떨어져 옷깃을 적신다. 그러나 어쩌랴, 저 학처럼 하늘을 날아서
갈 수도 없는 것을.
　　같은 해에 쓴 「수심에 싸여」 12수[55]는 수심에 싸여 괴로운 심사를 노래한
시인데, 유배객 다산을 괴롭히는 수심이 개인적인 불행 때문만은 아니라는
것을 보여준다.

　　한 알의 야광주(夜光珠)가
　　외국상인 배에 실렸다가

55　「전서」 I-5, 3b「憂來十二章」.

한바다서 바람 만나 가라앉으니
만고에 그 빛을 다시는 볼 수 없네 (제3수)

一顆夜光珠　偶載賈胡舶
中洋遇風沈　萬古光不白

야광주 같은 귀한 보배가 바다에 빠져 영원히 그 빛을 볼 수 없듯이, 훌륭한 인재가 널리 쓰이지 못하고 버려지는 것이 수심스럽다는 내용이다. 여기에는 물론 다산 자신의 처지도 반영되어 있지만, 앞에서 살펴본 신분제도의 불합리함을 노래한 시(詩)라든가 「인재책(人才策)」 등과 관련해서 볼 때 훌륭한 인재가 버려지고 있다는 보편적인 현상을 표현한 것으로 생각된다.

취하여 산에 올라 목메어 우니
울음소리 푸른 하늘 울려 퍼지네

옆 사람 내 뜻을 알지 못하고
내 한 몸 구차해서 운다고 하네 (제5수)

醉登北山哭　哭聲干蒼穹
傍人不解意　謂我悲身窮

마음을 짓누르는 수심을 달래려고 술을 마시고 "취하여 산에 올라 목메어 울기도" 하는데 이를 보고 사람들은 "내 한 몸 구차해서 운다고 말한다." "옆 사람이 내 뜻을 알지 못하는" 것이다. 그가 술에 취하여 산에 올라 우는 것은

결코 그 개인의 곤궁 때문만이 아니라는 말이다. 이러한 사실은

　실낱같이 어지러운 눈앞의 일들
　바르게 되는 것 하나 없지만

　바르게 정돈할 길이 없기에
　생각하면 가슴만 쓰릴 뿐이네 (제8수)

　紛綸眼前事　無一不失當
　無緣得整頓　撫念徒自傷

와 같은 시에서 확인할 수 있다. "실낱같이 어지러운 눈앞의 일들이 / 바르게 되는 것 하나도 없다"고 했을 때의 "실낱같이 어지러운 눈앞의 일들"은 다산의 개인사(個人事)가 아닐 것이다. 분명히 나라 전체가 안고 있는 문제들일 것이다. 이 국가적 차원의 어지러운 일들을 "바르게 정돈할 길이 없기에" 그가 수심에 잠기는 것이다.

　호랑이가 어린 양을 잡아먹고는
　입술에 붉은 피 낭자하건만

　호랑이 위세가 이미 세워졌는지라
　여우 토끼, 호랑이를 어질다 찬양하네 (제11수)

　虎狼食羊羖　朱血膏吻唇

虎狼威既立　狐兔贊其仁

이것은 그에게 수심을 불러일으키는 여러 가지 어지러운 일들의 한 단면을 우화시의 형태로 표현한 시이다. 호랑이가 어린 양을 잡아먹는 자연계의 약육강식 그 자체에만 다산이 흥미를 느낀 것은 아니다. 이 시는 당시의 정치적 상황을 풍자한 것으로 보인다. 권력을 잡은 자가 힘없는 자를 몰아내고 죽이는데 중간에 있는 자들은 그런 권력자에게 붙어 아부하는 정치판을 그린 작품이 아닐까? 여우와 토끼는 중간에서 아부하는 무리들을 가리킨다. 이런저런 생각에 유배지의 다산은 깊은 수심에 휩싸인다.

개인적으로도 다산은 수심에 잠길 수밖에 없는 처지에 있다. 천주교도라는 누명을 쓰고 가족과 떨어져 궁벽한 마을에서 귀양살이 하는 그에게 숙명처럼 수심이 따를 것임은 능히 짐작할 수 있는 일이다. 같은 해에 쓰인 「수심을 달래며」 12수[56]는 나름대로 유배생활에서 오는 개인적 수심을 달래는 다산의 내면을 엿볼 수 있는 시이다.

하늘 있어 내 머리 놀릴 수 있고
땅이 있어 내 다리 뻗칠 수 있네

물도 있고 또한 곡식도 있어
스스로 내 배를 채우고 있네 (제3수)

有天容我頂　有地容我足

---

56 「전서」 Ⅰ-5, 4a 「遣憂十二章」.

有水兼有穀　自來充我腹

부귀는 진실로 한바탕 꿈이요
곤궁 역시 한바탕 꿈

그 꿈을 깨고 나면 그뿐이어서
천지사방 모두가 한바탕 장난인 걸 (제4수)

富貴固一夢　窮阨亦一夢
夢覺斯已矣　六合都一弄

　이러한 시에서 읽을 수 있는 것은 깊은 체념의 그림자이다. 불가항력적으로 닥친 불행을 그나마 이겨낼 수 있는 길은 체념밖에 없었을 것이다. 하늘 아래 땅 위에서 죽지 않고 살아 있으니 그것만으로도 다행한 일이 아닌가. 인생이란 어차피 일장춘몽이라 여기고 마음을 가라앉힌다.

높은 곳에 오르면 떨어질까 걱정이나
떨어진 후에는 맘이 후련해

높은 벼슬 하는 자 올려다보니
위태롭게 거꾸로 매달린 모습이네 (제7수)

登高常慮墜　旣墜心浩然
仰見軒冕客　纍纍方倒懸

"높은 벼슬 하는 자들은" "위태롭게 거꾸로 매달려" 언제 떨어질지 모르지만 자기는 이미 떨어졌으니 "마음이 후련하다"고 하면서 자위(自慰)한다. 비록 "진흙탕 돼지와 짐짓 얼려 지내고 / 땅속의 구더기도 달갑게 여기는"(제6수) 생활이지만 더 이상 떨어질 곳이 없어 차라리 맘이 후련하다는 것은 절대적인 절망감의 역설적 표현이다.

이 세상 걸림돌을 하나하나 세어보면
그중에 처자식이 으뜸을 차지하네

그 누가 알리오, 집 나온 자가
이렇게 호탕하게 놀 수 있음을 (제5수)

歷數世間累　妻孥居上頭
誰知出家者　浩蕩成玆遊

남자들이 이 세상을 살아가면서 처자식이 으뜸가는 걸림돌이 된다고 하는데 자기는 집을 나왔으니 그런 걸림돌 없이 "호탕하게 놀 수 있다"고 말한다. 참으로 눈물겨운 자기 위안이며 절망과 사투를 벌이고 있는 유배객의 처절한 독백이다.

10. 학승(學僧) 혜장(惠藏)을 만나다 ―「혜장에게」

1805년(44세) 봄에는 학승(學僧) 아암(兒菴) 혜장(惠藏)을 만나 그에게 『주역』을 가르쳐주고 그로부터 차(茶)를 배웠다. 다산은 혜장을 만나게 된 경위를 이렇게 기록했다.

내가 강진에 귀양 가 5년째 되던 해 봄에 아암이 백련사(白蓮寺)에 와서 지냈는데 몹시 나를 만나보고자 하였다. 하루는 시골 노인들을 따라가서 내 신분을 숨기고 그를 만나보았다. 그와 더불어 한나절 이야기했는데 내가 누군지를 알아채지 못했다. 이윽고 작별하고 돌아와 북암(北菴)에 이르니 해가 막 저물려고 했다. 아암이 종종걸음으로 뒤쫓아 와서 머리를 조아리고 합장하여 말하기를 "공은 어찌하여 이렇게까지 사람을 속이십니까? 공은 정대부(丁大夫) 선생이 아니십니까? 빈도(貧道)[57]는 밤낮으로 공을 뵙고 싶어 했는데 공께서는 어찌 차마 이럴 수가 있습니까?"라 했다. 이에 손을 잡고 그의 방에 가서 함께 잤다.[58]

그날 밤, 『주역』에 대해서는 제법 많이 알고 있다고 자부한 혜장이 다산과 『주역』에 관하여 문답을 하다가 문득 "우물 안 개구리와 초파리는 진실로 스스로 슬기로운 체할 수 없구나"라 하며 다산을 스승으로 모시고 가르침을 받았다. 이로부터 두 사람은 시를 주고받으며 친교를 맺었다. 혜장은 다산보다 10살 아래였다. 적적한 유배생활에서 다산은 좋은 말벗을 얻었고 또

---

57 빈도(貧道) : 중이 자신을 낮추어 부르는 말.
58 『전서』 I -17, 6a 「兒菴藏公塔銘」 "嘉慶辛酉冬 余謫康津 越五年春 兒菴來栖于白蓮社 渴欲見余 一日余從野老 匿跡往見之 與語半日 不知爲誰 旣告別 轉至北菴 日將夕 兒菴躓躓然追至 叩首合掌而言曰 公何欺人至此 公非丁大夫先生乎 貧道日夜慕公 公何忍如是 於是携手至其房宿焉."

그로부터 차(茶)를 배워 차의 세계에 깊이 빠져 들었다. 다산은 「혜장이 오다」란 시에서 그를 "굳건하고 어질고 호탕한 뜻을 지닌"[59] 사람이라 말했다. 또 같은 시에서

말세 인심 대부분 비루하고 야박한데
요즈음 이처럼 진솔한 자 보겠네

末流多鄙薄　眞率見如今

라 하여 혜장의 인품을 높이 평가하고 있다. 두 사람은 학문적 토론을 하는 한편으로 많은 시를 주고받았는데 혜장에게 부친 70운의 장편 시에 다음과 같은 구절이 있다.

……
고해(苦海)란 원래가 아득하고 넓어서
배 없이 강 건너기보다 더 어려워

어린애처럼 부드럽게 처신해야만
지극한 도(道), 비로소 몸에 엉기네

위엄 있는 봉(鳳)새도 더욱 고개 숙이고
하늘의 기러기도 주살을 겁내는데

59　『전서』 I-5, 19a 「惠藏至」"嬌嬌賢豪志."

뛰어난 기운도 축적함이 있어야

마침내 구름 뚫고 날 수 있는 법[60]

……

-「혜장에게」

苦海本漭洋　有甚河難溯

致柔如嬰兒　至道酒可凝

威鳳彌低垂　冥鴻亦畏矰

逸氣有含蓄　雲翮竟翔翻

이 시의 서(序)에서 다산은 "내가 처음 장공(藏公)을 보았을 때 솔직하고 꾸밈이 없었으며 남에게 아부하는 태도가 없었다. 그리하여 그를 아는 이는 그것을 귀히 여기지만 모르는 자는 교만하다고 하는 것이었다"라 적고 있다. 그러므로 이 시는 고집스럽고 다소 교만해 보이는 혜장의 생활태도를 좀 부드럽게 하라는 충고인 셈이다. 이 시에서 "어린애처럼 부드럽게 처신하라"는 다산의 충고를 받아들여 이후 혜장은 자호(自號)를 '아암(兒菴)'이라 했다. 후에도 다산은 수차례 부드럽고 겸손하게 살 것을 당부하는 시를 써 보냈다. 그러나 그는 불행하게도 1811년 40세의 나이에 세상을 떠났다. 이해에 흑산도의 형에게 보낸 편지에서 혜장에 관하여 "그는 불법(佛法)을 독실히 믿으면서도 『주역』의 원리를 듣고 나서는 몸을 그르쳤음을 스스로 후회하여 실의(失意)한 듯 즐거워하지 않다가 6-7년 만에 술병[酒病]으로 배가 불러 죽었습니다"라 말했다.[61] 그가 죽었을 때 다산이 지은 만시(輓詩) 2수 중 제1수에 혜장의 행적이 잘 나타나 있다.

---

60 『전서』 I-5, 10b 「懷橧七十韻寄惠藏」.
61 『전서』 I-20, 27a 「上仲氏」 "彼又深信佛法 自聞易理 自悔誤身 忽忽不樂六七年 以酒病腹脹而死."

중의 이름 유자(儒者) 행위, 세상 모두 놀랐거니
슬프다, 화엄의 옛 맹주여

『논어』 한 책 손 씻고 자주 읽었고
구가(九家)[62]의 『주역』을 상세히 연구했네

찢긴 가사 처량하게 바람에 날려가고
남은 재는 비에 씻겨 흩어져 버리네

사미승 몇 명이 장막 아래서
통곡하며 아직도 선생이라 부르네[63]

墨名儒行世俱驚　悋悵華嚴舊主盟
一部魯論頻盥手　九家周易細研精
凄涼破衲風吹去　零落殘灰雨洒平
帳下沙彌三四五　哭臨猶復喚先生

　이 만시에서 보듯 혜장은 다산을 만난 후부터 『논어』『주역』을 비롯한 유
가의 경전을 깊이 연구하여 이름은 승려이지만 행동거지는 유자(儒者)와 같
았다. 마지막 구절에는 "근래에 『논어』『맹자』를 독실히 좋아했으므로 중들
이 미워하여 '김 선생'이라 불렀다"는 주(註)가 달려 있다. 그만큼 유학에 깊
이 빠졌던 것으로 보인다. 앞서 형에게 보낸 편지에서 혜장이 "『주역』의 이

62　『주역』을 주석했던 9명의 학자.
63　주 61)과 같은 곳.

치를 듣고 나서는 몸을 그르쳤음을 스스로 후회하여 실의한 듯 즐거워하지
않았다”고 했는데 아마 다산은 혜장이 승려가 된 것을 스스로 후회한다고
생각한 듯하다. 다산과 왕래하면서 혜장은 자주 술병을 들고 찾아와 함께
술을 마시곤 했는데 “술병[酒病]으로 배가 불러 죽었다”는 다산의 말도 이와
무관하지 않을 것으로 보인다.

11. 원포(園圃)를 경영하라 —「큰아들을 보고」

이해(1805년, 44세) 겨울에는 혜장의 주선으로 보은산방(寶恩山房)으로 거처
를 옮겼다. 보은산방은 고성사(高聲寺)란 절인데 지금까지 기거하던 주막집
보다는 환경과 여건이 좋은 편이었다. 그는 다음 해 가을까지 여기에 머물
렀다. 그때 큰아들 학연이 아버지를 뵈러 왔다. 강진에 온 지 근 4년 만이었
다. 아마 그때쯤에는 다산에 대한 감시가 느슨해져서 가족들의 왕래가 가능
했던 모양이다. 아들을 보고 그는 72구에 달하는 장편 시를 지었는데 시의
첫 부분은 이렇게 시작된다.

객(客)이 와서 내 집 문 두드리기에
자세히 살펴보니 바로 내 자식이로고

수염이 더부룩이 자라 있지만
얼굴 모습 그래도 알 만하구나

생각하면 너댓 살 시절의 너

꿈에서 볼 때마다 어여뻤는데

장부가 갑자기 앞에서 절을 하니
어색하고 맘도 그리 편치 않아서

안부도 감히 묻지 못하고
머뭇머뭇 잠간 사이 시간이 흘러갔네[64]
⋯⋯

– 「큰아들을 보고」

客來叩我戶　　熟視乃吾兒
須髥鬱蒼古　　眉目差可知
憶汝四五載　　夢見每丰姿
壯夫猝前拜　　窘塞情不怡
未敢問存沒　　囁嚅爲稍遲

그 사이 큰아들은 23세의 건장한 청년이 되어 있었다. 얼굴에 수염도 많이 나고 해서 처음엔 못 알아보았다. 아들의 절을 받고 나서도 어색한 침묵이 한동안 흘렀다. 훌쩍 커버린 모습으로 갑자기 찾아온 아들을 처음 본 순간, 반가우면서도 서먹서먹한 다산의 모습이 그려져 있다. 이윽고 이런 저런 대화를 나누던 끝에 고향의 농사에 대한 이야기로 이어지고 아들은 그동안의 농사일을 아버지에게 보고한다.

---

64 『전서』 Ⅰ–5, 12b「學稼來 攜至寶恩山房有作」.

밤나무는 해마다 숫자가 늘고
옻나무도 나날이 번성해가며

숭채와 겨자도 몇 뙈기 심었고
마늘은 토양에 맞을지 몰랐는데

금년에야 마늘을 심어봤더니
마늘이 배[梨]만큼 크게 맺혀서

산골 장터에서 마늘을 팔아
그것으로 오는 노자 마련했다네

芋栗歲有增　漆林日已滋
菘芥種幾畦　葫蒜宜不宜
今年蒔葫蒜　葫蒜大如梨
山市粥葫蒜　以玆充行資

아마 다산이 물었기 때문에 큰아들이 이런 일을 보고했을 것이다. 다산은
평소 과일나무 심는 것과 채소 가꾸는 것에 대해서 많은 관심을 가졌다. 그
는 강진에 온 이듬 해(1802년) 두 아들에게 보낸 편지에서 이렇게 당부한 바
있다.

향리에 살면서 과원(果園)이나 채소밭을 가꾸지 않는다면 천하에 버려진 사
람이다. 나는 지난번 국상(國喪)이 나서 경황이 없는 중에도 만송(蔓松) 열 그

루와 향나무 두 그루를 심었었다. 내가 지금까지 집에 있었다면 뽕나무가 수백 그루, 접목(接木)한 배나무가 몇 그루, 옮겨 심은 능금나무 몇 그루가 있었을 것이며, 닥나무가 밭을 이루고 옻나무가 다른 언덕에까지 뻗쳐 있을 것이며, 석류 몇 그루와 포도 몇 덩굴과 파초도 네댓 뿌리는 되었을 것이다. 불모지(不毛地)에 버드나무 대여섯 그루가 있을 것이요, 유산(酉山 마을 뒷산)의 소나무가 이미 여러 자쯤 자랐을 것이다. 너희는 이러한 일을 하나라도 하였느냐? 네가 국화를 심었다는 말을 들었는데, 국화 한 이랑은 가난한 선비의 몇 달 양식을 충분히 지탱할 수 있으니, 한갓 꽃구경에만 그치는 것이 아니다. 생지황(生地黃)·반하(半夏)·길경(桔梗)·천궁(川芎) 따위와 쪽 나무와 꼭두서니 등에도 모두 유의하도록 하여라.[65]

위의 시는 이러한 부친의 당부를 저버리지 않고 충실히 따라서 원포(園圃)의 경영에 진력(盡力)했음을 부친에게 보고한 내용일 것이다. 그러면 다산은 왜 과일나무 심기와 채소 가꾸기에 그토록 관심을 가졌는가? 과일나무를 심고 채소를 가꾸는 일은 그 자체로도 가치 있는 일이지만 그것이 특히 가난한 선비에게 생활의 보탬이 된다고 여겼기 때문이다. 그는 후일 이른바 초당제자(草堂弟子) 18인의 한 사람인 윤종문(尹鍾文)에게 준 글에서 이렇게 말했다.

조정에서 벼슬하는 사람을 사(士)라 이르고, 들에서 밭가는 사람을 농(農)이라 이른다. 귀족의 후예들로 먼 지방에 유락(流落)되어 몇 대 이후까지 벼슬

---

65 『전서』 I-21, 12b「寄兩兒」"居鄕不治園圃 天下之棄也 吾於國哀奔忙之中 猶種十株蔓松一雙栝 使我至今在家 桑數百株 梨接者幾株 林檎移者幾株 楮已成田矣 漆已延他隴矣 石榴已數株 葡萄已數架矣 芭蕉已四五本矣 不毛之地 柳五六株矣 酉山之松 已長數尺矣 汝有一於是否 聞汝種菊 菊一畦足支貧士數月之糧 不唯看花而已 如生地黃半夏桔梗川芎之屬 藍艶茜蘆之類 俱可留意."

이 끊기면, 오직 농사짓는 일로써만 노인을 봉양하고 자식들을 키울 수 있다. 그러나 농사란 천하에 이익이 박한 것이다. 겸하여 근세에는 전역(田役)이 날로 무거워져 농사를 많이 지을수록 더욱 쇠잔해지니, 반드시 원포(園圃)를 가꾸어 보충을 해야만 그럭저럭 지낼 수 있다. 진귀한 과일나무를 심은 곳을 원(園)이라 이르고, 맛 좋은 채소를 심은 곳을 포(圃)라 이른다. 다만 집에서 먹으려고 하는 뜻에서만이 아니라 앞으로 시장에 내다 팔아서 돈을 만들기 위한 것이기도 한 것이다.[66]

가난한 선비의 생계유지 방법으로 원포(園圃) 가꾸는 일만 한 것이 없다는 말이다. 다산의 삶의 자세는 매우 현실적이었다. 그는, 가난한 선비가 부모와 처자식을 굶기고 찾아온 벗에게 술 한 잔도 대접하지 못하면서 인의(仁義)만 말하는 것은 부끄러운 일이라 했다.[67] 그렇게 되면 선비의 품위마저 떨어지고 만다. 그러니 선비의 품위를 떨어뜨리지 않고도 생계를 꾸려가는 데에는 원포가 적합하다는 것이다. 다산은 아들과 제자들에게 이 사실을 거듭 당부했다. 그는 초당제자의 한 사람인 윤종억(尹鍾億)에게 또 다음과 같이 말했다.

보리를 심는 것은 세상에서 가장 졸렬한 계산이다. 왕정(王政)의 경우에는 권장해야 하지만, 필부(匹夫)를 편히 살게 하는 방도로서는 할 만한 것이 못 된다. … 산다(山茶-동백)에서는 기름을 짜내 부인들의 머리를 꾸미는 데 쓰며,

---

66 『전서』 I-18, 1b 「又爲尹惠冠贈言」 "仕於朝者謂之士 耕於野者謂之農 貴族遺裔 流落遐遠 數世以後 簪組遂絕 唯有農事足以養老慈幼 然農者天下之拙利也 兼之近世 田役日重 廣作彌令凋敗 須補之以園圃 庶幾焉 樹之珍果謂之園 藝之佳蔬謂之圃 不唯家食是圖 將粥之爲貨." 惠冠은 공재(恭齋) 윤두서(尹斗緖)의 현손인 윤종문의 자(字)이다.

67 『전서』 I-18, 2a 「爲尹輪卿贈言」 참조. 輪卿은 다산초당의 주인인 윤단(尹慱)의 손자 윤종억의 자(字)이다.

치자(梔子)는 약에도 넣고 염료로도 쓰이니 아무리 많아도 팔리지 않을 걱정은 없다. 만약 저자에 가까이 사는 사람이라면 복숭아·오얏·매실·살구·능금 등은 모두 재화가 될 수 있는 것이니 보리 심을 밭에다가 이런 것들을 심는다면 그 이익이 10배는 될 것이다. 마땅히 자세히 헤아릴 일이다.[68]

보리는 벼와 함께 당시 농민들의 주식이었을 터인데 보리 심을 밭에다가 복숭아·오얏·매실·살구·능금 등을 심으면 이익이 10배가 될 것이라 말하고 있다. 이 10배의 이익은 저자에서 팔아서 생긴 이익일 것이다. 이렇게 볼 때 다산이 말한 원포경영은 자급자족을 위한 것이 아니라 시장에서의 매매를 전제로 한 것임을 알 수 있다. 여기서 조심스럽게 다산이 상업적 영농관을 염두에 두고 있었음을 예상해 볼 수 있다. 다산이 그토록 강조한 원포경영은 말하자면 교환경제를 전제로 한 경제작물의 재배를 가리킨다고 하겠다.

12. 다산학단이 형성되다

다산은 1803년, 「단궁잠오(檀弓箴誤)」의 저술을 시작으로 『예기』에 대한 연구를 진행하는 한편 1804년부터는 본격적인 『주역』 연구에 착수했다. 이 시절 그가 이렇게 경학(經學) 연구에 몰두한 것은 그 나름의 각오가 있었기 때문이었다. 그는 1822년 환갑을 맞아 「자찬묘지명(自撰墓誌銘)」을 지었는데 그 가운데 이런 구절이 있다.

---

68 「전서」 I-18, 2b 「爲尹輪卿贈言」 "種麥天下之拙算也 在王政則勸之可也 在匹夫康濟之術 不可爲也 … 山茶取油 治婦人髮脂 卮子入藥染彩 雖多不患不售 若近城市者 則桃李梅杏林禽之等 皆可爲貨也 取麥田種如是等 其利十倍 宜詳計之."

내가 바닷가로 귀양 가자 "어린 시절에 학문에 뜻을 두었지만 20년 동안 세로(世路)에 빠져 다시는 선왕의 대도(大道)를 알지 못했는데 '이제야 틈을 얻었구나'라 생각했다." 이에 혼연히 스스로 기뻐하여 육경(六經), 사서(四書)를 가져다가 골똘히 연구하였다. 무릇 한(漢), 위(魏) 이래 명(明), 청(淸)에 이르기까지 유학자들의 학설 중에서 경전에 도움이 될 만한 것을 널리 수집하고 고증하여 잘못된 것을 바로잡고 취사선택하여 나 나름의 학설을 갖추어 놓았다.[69]

이렇게 다산은 고통스런 유배지를 창조적 공간으로 바꾸어 놓았다. 그렇게 해서 유배지 강진이 다산학의 산실이 되었던 것이다. "이제야 틈을 얻었구나"라는 결연한 각오와 의지가 그를 경학 연구로 이끌었다. 사실상 그는 보은산방에서 쓴 시에서도 "푸른 산 어딘들 살지 못하리 / 한림의 춘몽(春夢)이야 이미 멀어졌다오"라[70] 하여 다시 벼슬길에 나아갈 생각을 접고 있었다. 벼슬길에 나아가지 않고 그가 할 일은 경전연구라 여겼다. 다산학은 경학(經學)과 경세학(經世學)으로 2분되는데 『경세유표』, 『목민심서』 등 경세학의 철학적 기반이 되는 경학연구가 이 시기에 본격적으로 이루어진 것이다.

1804년(43세)부터 착수한 일련의 『주역』 연구 저술은 1808년 겨울에 『주역사전(周易四箋)』으로 종합되는데 그동안의 연구 과정을 다산은 이렇게 말하고 있다.

내가 갑자년(1804년) 동짓날 강진 유배 중에 『주역』을 읽기 시작했다. 이해 여

---

69 『전서』 I -16, 12b 「自撰墓誌銘 集中本」 "鏞旣謫海上 念幼年志學 二十年沈淪世路 不復知先王大道 今得暇矣 遂欣然自慶 取六經四書 沈潛究索 凡漢魏以來 下逮明淸 其儒說之有補經典者 廣蒐博考 以定訛謬 著其取舍 用備一家之言."

70 『전서』 I -5, 13a 「題寶恩山房」 "何處靑山未可住 翰林春夢已微茫."

름에 처음으로 차록(箚錄)해 놓은 공부가 있어 겨울이 되어 완성하였는데 이 것이 갑자본(甲子本)이다. 갑자본은 사의(四義)가 비록 갖추어졌지만 거칠고 소략하여 완전하지 못하기에 마침내 없애버렸다. 그 다음 해에 고쳐서 만들었는데 이것이 을축본(乙丑本)이다. 을축년(1805년) 겨울에 학가(學稼-다산의 큰아들 學淵)가 와서 함께 보은산방(寶恩山房)에 거처하며, 전본(前本)에서 양호(兩互), 교역(交易)의 상(象)을 취하지 못하였기 때문에 모두 개정하여 봄이 되어 끝마쳤다. 이것이 병인본(丙寅本)이다. 병인본(1806년)이 파성유동(播性留動)[71]의 뜻에 있어 빠지고 잘못된 점이 많았기 때문에 학가(學稼)로 하여금 고치게 했는데 일을 끝마치기 전에 북쪽으로 돌아갔으므로 이학래(李鶴來-李鯖)로 하여금 완성케 했다. 이것이 정묘본(丁卯本)이다. 정묘본(1807년)은 말의 이치가 정밀하지 못하고 상(象)의 뜻이 잘못된 점이 많아 무진년(1808년) 가을 내가 학포(學圃-다산의 둘째 아들 學游)와 함께 귤원(橘園)에 있을 때 그로 하여금 탈고(脫稿)하게 하였는데 이것이 이른바 무진본(戊辰本)이다.[72]

이렇게 보면 『주역사전』은 다산의 단독 저술이라기보다 다산과 정학연, 정학유, 이청 4인의 공동저술의 성격이 짙다. 『주역사전』 이외에도 강진에서의 저술은 제자들의 협력을 얻어 완성된 것이 많다. 『사암선생연보』에는 강진 시절 다산의 저술 상황을 이렇게 서술하고 있다.

---

71 파성(播性)은 다산이 주역해석을 위해 수립한 원칙인 「독역요지(讀易要旨)」 중 제5칙에 해당되고 유동(留動)은 제6칙에 해당된다.

72 『전서』 II-37, 1a 『周易四箋』 「題戊辰本」, "余於甲子陽復之日 在康津謫中 始讀易 是年夏 始有箚錄之工 至冬而畢 此甲子本也 甲子本 四義雖具 粗略不完 遂毀之 厥明年改撰之 此乙丑本也 乙丑冬學稼至 偕棲寶恩山房 以前本不取兩互及交易之象 悉改之 至春而畢 此丙寅本也 丙寅本 於播性留動之義 多有闕誤 故又令學稼易稿 未卒而北還 令李鶴來峻工 此丁卯本也 丁卯本 詞理未精 象義多誤 戊辰秋 余與學圃在橘園 令圃脫稿 此所謂戊辰本也."

공이 20년 동안 유폐되어 다산에 있으면서 열심히 연구와 편찬에 전념하여 여름 더위에도 멈추지 않았고 겨울밤에는 닭 우는 소리를 들었다. 그 제자들 가운데서, 경서와 사서(史書)를 부지런히 살피는 사람이 두어 명이요, 입으로 부르는 것을 받아 적어 붓 달리기를 나는 것같이 하는 사람이 서너 명이요, 항상 번갈아가며 원고를 바꾸어 정서(正書)하는 사람이 서너 명이요, 옆에서 줄을 치거나 잘못 불러준 것을 고치고 종이를 눌러 편편하게 하여 책을 장정하는 사람이 서너 명이었다. 무릇 책 한 권을 저술할 때에는 먼저 저술할 책의 자료를 수집하여 서로 비교하고 서로 참고하고 정리하여 정밀하게 따졌다.[73]

실로 "그의 저작들은 고도로 숙련된 전문 인력들의 도움을 받아서 이루어진 사실을 여실히 전하고 있다. 그야말로 집체저술이라고 부를 만한 조직을 갖춘 형태이다."[74] 이 전문 인력들을 임형택 교수는 '다산학단(茶山學團)'이라 명명한 바 있다. 다산이 주도하고 제자들이 참여하여 이루어진 다산학단의 학술활동은 한국 학술사에서 매우 중요한 의미를 지닌다. 먼저 이 학술활동의 결과, 한국 실학의 큰 봉우리인 다산학이 형성되었다는 것에 가장 중요한 의미를 부여할 수 있다. 다음으로는 다산의 가르침을 받은 제자들이 다산 사후(死後) 각기 독자적인 저술을 통하여 나름대로 다산학을 계승 발전시켰다는 점이다. 그러므로 다산과 그 제자들은 강진이라는 제한된 공간에서 우연히 맺은 개인적 인연에 그치지 않고 실학(實學)이라는 학문적 성향을 공유하는 학술 집단을 형성했다.

다산이 강진읍 주막집에서 조그마한 글방을 연 것은 1802년 10월경으로

73 송재소 역주, 『다산의 한평생』(창비, 2014), 267면.
74 林熒澤, 「정약용의 강진유배기의 교육활동과 그 성과」(『韓國漢文學研究』 제21집. 1998, 400면).

추정된다. 그에게 글을 배우겠다고 처음 찾아온 사람은 황상(黃裳), 황경(黃褧) 형제였고 이어서 손병조(孫秉藻), 황지초(黃之楚), 이청(李睛), 김재정(金載靖)이 찾아왔다. 이들은 모두 양반이 아닌 평민출신의 자제들이었다. 그중 황상과 이청이 끝까지 다산을 따랐다.

황상은 아전(衙前)의 아들로 15세에 다산을 만나 가르침을 받은 이후 다산 및 그 자제들과 지속적인 인연을 맺었다. 그는 1836년 2월 다산이 서거하기 직전 마재(馬峴)로 다산을 방문했고, 1845년 다산의 기일(忌日)에 다시 방문하여 다산 형제와 정황계(丁黃契)를 맺었다. 황상의 아들, 손자, 정학연, 정학유의 아들, 손자 12인의 명단이 기록된 정황계첩(丁黃契帖)이 지금 전하고 있다. 그는 1849년에 다시 마재를 방문하여 정학연의 소개로 추사(秋史) 김정희(金正喜), 산천(山泉) 김명희(金命喜) 형제와 교유하게 되었고 또 추사의 소개로 이재(彝齋) 권돈인(權敦仁)과도 내왕했으며 소치(小癡) 허련(許鍊)과도 망년지교(忘年之交)를 맺는 등 서울의 문인 학자들과 활발하게 교류했다.[75] 그는 시에 재능이 있어서 다산의 시문학을 계승한 제자로 평가된다.

다산이 가장 아낀 제자는 이청이었다. 그는 다산이 해배될 때까지 다산을 도와 『주역사전』, 『대동수경』, 『시경강의보유』 등의 저술에 커다란 역할을 했다. 그는 다산학에서 상대적으로 취약한 자연과학 분야, 그중에서도 천문역산(天文曆算) 분야를 계승 발전시켰다.

1805년(44세)에는 걸출한 학승 혜장을 만나 시를 주고받고 고담준론을 즐기며 그나마 적적한 유배생활의 허전한 한 구석을 메워주었으나 유배생활의 고달픔을 다 씻어주지는 못했다.

---

75 황상의 행적에 관해서는 임형택 앞의 논문과 陳在敎 「茶山學의 形成과 巵園 黃裳」(『大東文化硏究』 41집, 2002)에 자세하다.

외나무다리 건너서 들판 저 밖에

쓸쓸한 촌마을 한두 채 집이 있네

무너진 울타리엔 대나무 새로 심고

조그만 채소밭에 꽃은 아직 안 피어도

썰렁한 방 안에 서가(書架)는 남아 있고

구차한 살림에도 낚시 떼배 있다네

고향땅에 사는 소원 이루어지면

살림살이 걱정이야 안 해도 되련만[76]

–「촌마을을 지나며」

野彴平疇外　荒村一兩家

敗籬新綴竹　小圃未舒花

冷落餘書架　艱難有釣槎

狐丘幸逐願　生理不須嗟

당시 다산이 어디를 가고 있었는지 알 수 없지만 외나무다리 건너 멀리서 한두 채 농가의 모습이 눈에 들어온다. 비록 초라한 집이지만 그곳에 사는 사람들이 부럽다. 그도 저들처럼 고향땅에서 자기 집에서 살 수 있다면 살림살이야 아무래도 괜찮지 않겠는가? 문득 고향으로 돌아가고 싶은 마음이 간절해졌던 것이다. 그러나 다산은 이로부터 13년이 지난 후에야 고향땅을

---

76 『전서』 I –5, 5b「過野人村居」.

밝게 된다.

혜장 스님의 주선으로 머물게 된 보은산방은 동문 밖 주막집보다는 조금 편했다. 다산은 다음 해(1806) 제자 이청(李鯖)의 집으로 거처를 옮길 때까지 보은산방에서 지냈다. 보은산방에 있는 동안에 그는 『주역』 연구에 몰두하는 한편으로 틈틈이 시도 썼다. 다음 시는 산방에서 쓴 작품이다.

마르는 모를 보고 농가에서 애태움은
군자가 가슴 깊이 슬퍼하는 일

어린 자식 병이 들어 시들어갈 때
어머니 애간장 태우는 격이네

두레박소리 밤새도록 삐걱거리며
백 명이 우물에서 서로 다퉈도

한 방울 물로써 타는 솥 식히는 꼴
힘만 들고 효과는 보잘것없네

바로 앞에 큰 바다 보이지마는
옮겨 오기 어찌 그리 힘이 드는지

그러나 하늘 뜻 필경은 인자하여
할 수 있는 일이면 아끼지 않아

남풍이 바다 기운 불어와서는
안개비 피어올라 산마루를 덮더니

천지를 뒤흔들며 급한 비 내려 쏟아
골짝마다 여울물 콸콸 흐르네

낮은 논엔 물이 넘쳐 쏟아 보내고
높은 논은 제방을 쌓아야 하네

써레랑 쟁기랑 들판에 널려 있고
모내기 노랫소리 즐거이 울리는데

이때 난 산사(山寺)에 머무는 신세
고향집 이별하고 못 가는 사람 같아

떠돌이 신세가 부평초에 비할쏜가
혈혈단신 멀리서 외로이 서 있네

진실로 기쁘기 그지없으나
자신을 돌아보니 참으로 미련하네

내 한평생 걱정은 백성들이라
곤궁해도 백성 걱정 떨치지 못해

임금님도 바빠서 제때 식사 못하거늘
이내 몸 거친 밥도 어찌 달게 먹을소냐

풍년 들어 백성들 즐거울 수 있다면
죄지은 이 몸도 얼굴 펴고 살아가리

저나 나나 처한 신세 다 같은 것이나
곤궁한 처지에선 좀 더 낫길 바라는 법

땡땡땡 저녁 종 울려 퍼질 때
소금 절인 나물반찬 스님 따라 식사하네[77]

– 「산사에서 비를 보고」

田家憫苗枯　君子所悲酸
有如孩兒病　萎黃焦母肝
桔橰竟夜鳴　百夫爭井欄
點滴救燋釜　力浩功則屛
咫尺見溟渤　轉移何其艱
天意竟仁惻　所能不忍慳
南風吹海氣　霏靃蒙山巒
快雨動天地　百谷縣飛湍
下田瀉餘水　高田補防閑
耙耮布原野　秧歌其聲歡

77 「전서」 I-5, 11a「滯寺六月三日値雨」.

余時滯山寺　似別家未還
漂流劇萍梗　廻立身世單
喜悅良獨眞　自視誠愚頑
平生黎庶憂　困窮猶未刪
至尊尙旰食　疏糲敢自安
年豐民得樂　負罪亦怡顏
物我均所遇　枯槁望蘇完
鏗鏗晚鍾動　鹽蕨隨僧餐

이 시의 제목에 나와 있듯이 1806년 6월 3일에 쓴 시이다. 가뭄이 들어 애
태우는 농민들의 마음을 자신의 일처럼 안타까워하고, 마침내 비가 내려 환
호하는 농민들의 모습을 보고 자기 일처럼 기뻐하는 다산을 발견할 수 있
다. "내 한평생 걱정은 백성들이라 / 곤궁해도 백성 걱정 떨치지 못해", "풍
년 들어 백성들 즐거울 수 있다면 / 죄지은 이 몸도 얼굴 펴고 살아가리"와
같은 구절에서 자신의 곤궁한 처지에 앞서 백성들의 생활을 걱정하는 다산
의 애민정신을 읽을 수 있다. 이 애민정신이야말로 다산사상을 관통하는 중
심축이 되어 후일 『경세유표』와 『목민심서』를 저술하는 동력(動力)으로 작
용한다.

13. 『시경』의 뜻을 본받아 ―「영산」「왜당귀를 캐다」

이해(1806년, 45세)에 다산은 사언시(四言詩) 2수를 지었다. 다산은 총 16수
39장의 사언시를 지었는데 그는 평소에 사언시를 매우 중시하여 아들들에

게 보낸 편지에서 사언시를 짓도록 거듭 당부했다.

내가 요사이 생각해 보니 뜻을 표현하고 품은 생각을 읊는 데에는 사언(四言)
만한 것이 없다. 후대의 시가(詩家)들이 모방하여 본뜬다는 허물이 있음을 혐
의하여 드디어 사언을 폐해버렸다. 그러나 지금 나와 같은 처지에서는 사언
시(四言詩)를 짓는 것이 정말 좋다. 너희들도 풍아(風雅)의 근본을 깊이 연구
하고 아래로 도연명(陶淵明)과 사영운(謝靈運)의 정화를 채집하여 모름지기
사언시를 짓도록 하여라.[78]

여기서 "뜻을 표현하고 품은 생각을 읊는다"는 것은 일반적인 시작행위
(詩作行爲)를 지칭하는데, 이렇게 일반적으로 시를 쓰는 데에 사언(四言)만 한
것이 없다는 말이다. 그래서 아들들에게도 모름지기 사언시를 짓도록 당부
하고 있다.

이 편지에서 다산이 말한 사언시는 물론 시경체(詩經體)의 시를 가리킨다.
경전(經典)으로서의 『시경』에 관해서는 당시 사대부라면 누구나 관심을 가
졌겠지만, 다산은 『시경』과 특별한 인연이 있었다. 그는 30세 때(1791년) 정
조가 내린 시경 조문(條問) 800여 조에 대하여 백가(百家)의 설을 인용하고 자
신의 견해를 첨부하여 조대(條對)를 했는데 정조로부터 훌륭하다는 비답(批
答)을 받은 바 있다. 유배기간에도 다산은 『시경』에 대하여 지속적인 관심을
가졌다. 정조에게 올린 조대를 정리하여 『시경강의(詩經講義)』 12권을 편집
하고 빠진 부분을 보충하여 『시경강의보(詩經講義補)』 3권을 별도로 저술했
다. 그는 아들들에게 보낸 편지에서도 『시경』의 정신을 본받아 시를 쓰라고

---

78 「전서」, I -21, 18b「示兩兒」, "余近思之 寫志詠懷 莫如四言 後來詩家 嫌有模擬之累 遂廢四言 然如吾今日處
地 正好作四言 汝亦深究 風雅之本 下採陶謝之英 須作四言也."

거듭 당부하고 있으며 다산 자신도 활발하게 사언시를 창작했다. 다산이 이토록 사언시의 중요성을 강조한 것은 무엇 때문일까?

> 후세의 시율(詩律)은 마땅히 두공부(杜工部)를 공자(孔子)로 여겨야 한다. 대개 그의 시가 백가(百家)의 으뜸이 된 까닭은 삼백 편의 유의(遺意)를 터득했기 때문이다. 삼백 편은 모두 충신, 효자, 열부(烈婦), 양우(良友)의 측달충후(惻怛忠厚)한 마음의 발로이다.[79]

'삼백 편', 즉 『시경』의 시들은 모두 충신, 효자, 열부, 양우의 측달충후한 마음의 발로이기 때문이다. 다산은 "시 삼백(詩三百)은 한마디로 말하여 사무사(思無邪)라 했으니 시 삼백은 한마디로 말하여 현인군자지작(賢人君子之作)입니다"[80]라 말했다. 즉 '현인군자'인 충신, 효자, 열부, 양우가 측달충후한 마음으로 쓴 시이기 때문에 삼백 편은 '사무사(思無邪)'하다는 것이다. 그러니 『시경』의 삼백 편은 시가 도달해야 할 최고의 전범이 된다. 이러한 『시경』의 정신을 계승하려는 의식이 사언시로 나타난 것이다.

저 영산에 올라가
가시나무 베리라
힘들여 농사지은
나의 가난 모르다니
진실로 저 군자는

---

79 『전서』 I-21, 9b 「寄淵兒」 "後世詩律 當杜工部爲孔子 蓋其詩之所以冠冕百家者 以得三百篇遺意也 三百篇者 皆忠臣孝子烈婦良友 惻怛忠厚之發."

80 『전서』 II-17, 47a 「詩經講義」권1, 「叔于田」 "詩三百 一言以蔽之曰 思無邪 則詩三百 一言以蔽之曰 賢人君子之作也."

나라의 신하련만

陟彼靈山　言伐其榛
稼穡卒勞　莫知我貧
展矣君子　邦之臣兮

저 영산에 올라가
바윗돌 파내리라
힘들여 농사지은
내 슬픔 모르다니
진실로 저 군자는
나라의 장(長)이런만

陟彼靈山　言鑿其石
稼穡卒勞　莫知我戚
展矣君子　邦之伯兮

저 영산에 올라가
샘물을 트리라
깃발을 휘날리며
무리들 많고 많네
진실로 저 군자는

왕명 두루 펴야지[81]

戚彼靈山　言疏其泉
旟旐央央　烝徒詵詵
展矣君子　侯旬侯宣

-「靈山」

이 시의 제목 다음에 "영산(靈山)은 직무 수행의 잘못을 풍자한 것이다. 안
찰(按察)의 임무를 맡은 신하가 절도(節度) 없이 놀기만 일삼아 고단한 백성
들이 쉬지를 못 한다"는 소서(小序)가 붙어 있다. 1806년의 작품으로 "임금을
사랑하고 나라를 근심하지 않는 것은 시가 아니다. 시대를 아파하고 세속을
통분해 하지 않는 것은 시가 아니다"[82]라는 그의 말을 시로 실천한 것이다.
이 시에서는 시적 화자인 농민의 말을 빌려 다산 자신의 감개(感慨)를 나타
내고 있다.

　이 시는 다산 자신이 '흥(興)'으로 분류해 놓았기 때문에 흥체(興體)의 시 일
반이 그렇듯이 은미하게 숨어 있는 작시자의 본뜻을 파악해야 한다. 시적화
자인 "나(我)"는 3장에 걸쳐 "영산"에 올라가 세 가지 행동을 한다. 1장에서는
가시나무를 베고 2장에서는 바윗돌을 파내고 3장에서는 샘물을 튼다. 그러
므로 이 영산이 무엇을 의미하는지 그리고 "나"의 세 가지 행동이 무엇을 상
징하는지를 밝히는 것이 이 시 이해의 관건이 된다.

　우선 영산을 실재 산으로 볼 수도 있다. 이 경우 영산이라는 이름으로 실
재하는 산을 지칭할 수도 있고, 아니면 강진 근처의 영암(靈巖) 월출산(月出

81　『전서』Ⅰ-5, 15a「靈山刺失職也 按察之臣 游豫匪度 勞者弗息焉」.
82　『전서』Ⅰ-21, 9b「寄淵兒」"不愛君憂國 非詩也 不傷時憤俗 非詩也."

山)을 영산으로 표기했을 수도 있다. 그러나 실재하지 않는 '신령스러운 산' 쯤으로 이해하는 것이 타당할 듯하다. 신령스러운 산은 백성들이 올라가서 기원을 하면 응답을 하는 산이다. 그래서 "나"가 이 산에 올라가는 것이다. 1장에서는 산에 올라가서 가시나무[榛]를 벤다. 아니 가시나무를 베어버리겠다는 다짐을 한다. 아니 가시나무를 베어달라고 산신령에게 기원을 한다. 가시나무는 거친 땅에 난생(亂生)하는 쓸모없는 나무다. 바로 "힘들여 농사지은 나의 가난을 모르는" 탐관오리를 가리킨다. 2장에서는 바윗돌[石]을 파낸다. 이 바윗돌은 백성들이 살아가는 데에 걸림돌이 되는 장애물을 가리키는 것으로 보인다. 아마 『시경』 소아(小雅)의 「참참지석(漸漸之石)」을 염두에 둔 듯하다. 이 역시 탐관오리를 가리킨다. 3장에서는 샘물을 터 버리는데 이것이 무엇을 의미하는지 분명하지 않다. '샘물을 터서, 깃발을 휘날리며 가는 안찰사와 그 추종자들이 물결에 휩쓸려 떠내려가게 하겠다'로 보는 것이 가능한 한 가지 해석이다.

다산은 이 시에서 흥(興) 특유의 비유법을 적절하게 구사하여 탐관오리에 대한 참을 수 없는 분노를 비교적 은미하고 완곡하게 표현하고 있다. 이렇게 하는 것이 『시경』 본래의 정신이라 생각한 것이다. 말하자면 온유돈후(溫柔敦厚)의 시교(詩敎)를 실천하려는 의지를 보여 주고 있다.

왜당귀를 캐네, 왜당귀를 캐네
저 산기슭에서
쌓인 것은 돌무더기요
납가새도 무성하니
왜 힘들지 않으랴만
왜당귀가 있으니까

采蕲采蕲　于彼山樊

砢詞者石　蒺藜蕃兮

豈不病也　唯蕲之存

왜당귀를 캐네, 왜당귀를 캐네

저 산꼭대기에서

호랑이 새끼치며

날뛰고 으릉대니

왜 힘들지 않으랴만

왜당귀 싹이 보이니까[83]

―「왜당귀를 캐다」

采蕲采蕲　于彼山椒

有虎穀子　簺且虤兮

豈不病也　視彼蕲苗

이 시도 흥(興)인데 역시 제목 옆에 "채근(采蕲)은 도(道)를 구하는 것이다. 구도자는 어려움을 마다해서는 안 된다"라는 소서(小序)에 해당하는 구절이 붙어 있다. 여기서 구도자가 추구하는 도는 "왜당귀"[蕲]로 설정되어 있다. 왜당귀는 귀한 약재이다. 이 왜당귀를 캐는 일은 쉽지 않다. 돌무더기가 쌓여 있고 억센 가시가 나 있는 납가새가 널려 있어서 접근이 용이하지 않다. 또한 새끼를 기르는 호랑이가 으르렁대기 때문에 왜당귀 캐기가 더욱 어렵다. 이런 어려움을 무릅쓰고 왜당귀를 캐는 것은 "왜당귀가 있기" 때문이고

83　「전서」 I-5, 15b「采蕲求道也 求道者 不可辭難焉」.

"왜당귀의 싹이 보이기" 때문이다. 왜당귀가 없으면 모르지만 그리고 왜당귀가 있어도 눈에 보이지 않으면 모르지만, 왜당귀가 엄연히 존재하고 또 눈에 보이는 이상 어떤 어려움이 있더라도 캐지 않을 수 없다. 추구해야 할 도(道)가 존재하는 이상 어려움이 따르더라도 구도의 행위를 멈출 수 없다는 것이 이 시의 주제이다.

이 시야말로 『시경』의 흥체(興體)를 가장 성공적으로 계승한 사언시라 할 만하다. 다산이 말한 대로 "현인군자의 측달충후한 마음"을 나타내었을 뿐만 아니라, "은미하고 완곡하게 표현해야지 얄팍하게 드러나게 해서는 안 된다"는 자신의 이론을 실천했다고 말할 수 있겠다.

14. 기술에 대한 믿음 ─ 「서호의 부전(浮田)」

제자 이청의 집에 머물던 1807년(46세) 5월에 장손(長孫) 대림(大林)이 태어났다는 기쁜 소식이 왔으나 7월에는 둘째 형 약전의 외아들 학초(學樵)가 죽었다는 비보를 들었다. 학초는 총명하여 다산이 아끼던 조카였다. 그는 「형자학초묘지명(兄子學樵墓誌銘)」에서 "내가 유락(流落)한 이후로 6경, 4서의 설을 지은 것이 몇 권 있는데 학초를 기다려 전해주려 하였더니 이제 가버렸구나"[84]라 탄식했다. 이해에 다산은 주목할 만한 장편 시 한 수를 지었다.

낮은 논엔 물이 넘쳐 비가 항상 괴롭고
높은 논은 메말라 가뭄이 괴로운데

---

84 『전서』Ⅰ-16, 36b「兄子學樵墓誌銘」"余自流落以來 所著六經四書之說二百四十卷 待樵也以傳 今已矣."

서호의 부전(浮田)은 두 걱정 모두 없이

해마다 풍년 들어 창고 가득 쌓인 곡식

나무 엮어 떼 만들고 대오리로 끈을 묶어

그 위에 두세 자[尺] 흙을 실으니

쟁기질 보습질로 땅 고를 필요 없고

누두(樓斗)[85]만 가지고서 찰벼 씨 뿌리누나

물 차면 떠오르고 물 빠지면 가라앉으니

모 뿌리는 언제나 수면에 잠겨 있네

아무리 가물어도 두레박소리 들리잖고

자라 악어 들끓어도 영(禜)제사[86] 필요 없네

연꽃이랑 마름이랑 뒤섞여 자라나

붉은 꽃 푸른 이삭 서로 얽혀 있는데

김매는 아낙네들 아침 배로 들어가서

저물녘엔 모내기노래, 붉은 다리 오르네

어찌하여 사람 많고 땅 좁다 걱정하랴

85 씨를 뿌리는 농기구의 일종.
86 산천의 신에게 수재(水災), 한재(旱災) 등을 물리쳐 달라고 비는 제사.

드디어 사람 지혜 천액(天厄)을 벗었는데

용미(龍尾)[87] 옥형(玉衡)[88] 모두 다 부질없는 짓
겸로(鉗盧)[89] 백거(白渠)[90] 이제는 묵은 옛 자취

한 치 땅도 백성들껜 황금 같은데
하물며 개펄 아닌 기름진 땅임에랴

추수하여 얻은 곡식 지주에게 안 바치니
조세도 왕적(王籍)에서 빠질 게 당연하이

이 그림 펴놓고 농부에게 보여주니
쓴웃음만 날리며 곧이듣지 않으려네

"민둥산 어느 곳에 도끼질할 수 있소?
수렁엔 깊은 물 찾을 곳 없지

논 있으면 일하고 없으면 그만이지
예부터 지력(智力)이란 한도가 있는 법"

만인이 속수무책 귀신도움 바라면서

---

87   논에 물을 대는 농기구.
88   샘의 물을 퍼 올리는 농기구.
89   중국 한나라 때 소신신(召信臣)이 팠다는 저수지로 삼만 경의 논에 물을 댔다고 한다.
90   중국 한나라 때 백공(白公)이 만들었다고 하는 관개로(灌漑路).

짐승 잡아 산신령께 빌기만 하네[91]

-「서호의 부전(浮田)」

下田多水常苦雨　高田高燥旱更苦
西湖浮田兩無憂　歲歲金穰積高庾
縛木爲筏竹爲艖　上載曳曳尺許土
不用犁耙撥春泥　但將耬斗播早稌
水高則昂低則低　苗根常與水面齊
暴旱無聞桔槹響　祭禜不煩黿鼉隄
芙蕖菱芡錯雜起　朱華綠穗行相迷
耘婦朝乘畫船入　秧歌晚踏紅橋躋
豈唯民殷嫌地窄　遂將人智違天厄
龍尾玉衡總多事　鉗盧白渠皆陳跡
殘垠寸土如黃金　況乃膏腴異鹹斥
鉏艾未許輸豪門　租稅仍當漏王籍
我向野農披丹靑　冷齒不肯虛心聽
赭山何處著斤斧　白澱無地覓泓渟
有田則耕無則已　智力由來安絜瓶
萬人束手仰冥佑　鞭龍刲牲祈山靈

부전(浮田)은 문자 그대로 '물 위에 떠 있는 논'이란 뜻인데, 다산이 서호부
전도(西湖浮田圖)란 그림을 보고 쓴 제화시(題畫詩)인 셈이다. 이 그림을 누가
그린 것인지는 알 수 없지만, 부전의 구조나 부전에서 일하는 농부들의 모습

91　「전서」 I-5, 23a「題西湖浮田圖」.

이 상세하게 묘사되어 있다. 그러나 다산이 이 시를 썼던 1807년 당시에 처음으로 부전도(浮田圖)를 보았던 것 같지는 않다. 그는 곡산부사로 재직하고 있던 1798년에 임금에게 올린 「응지론농정소(應旨論農政疏)」에서도 이 문제를 거론한 적이 있기 때문이다.

또 피지(陂池)와 대택(大澤)에 부전법(浮田法)을 행하게 하면 농토가 없는 자도 농사를 지을 수 있습니다. 그 법은 나무를 얽어매어 떼[筏]를 만들고, 그 위에 거름[糞土]을 싣고 벼를 심어 수면(水面)에 띄워서, 물을 따라 올라갔다 내려왔다 하게 하는 것이니, 이렇게 하면 벼가 가뭄이나 장마로 인한 재해를 받지 않습니다. 그러나 영(令)이 처음 시행되면 반드시 사람들이 보고는 비웃으면서 달아날 것입니다.[92]

이 상소문의 내용과 시의 내용이 정확히 일치한다. 사람들이 부전법을 믿고 따르려 하지 않으리라는 마지막 말 또한 같다. 다산이 부전법을 알게 된 경위 또는 실제 그런 그림이 있었는지의 여부는 알 수 없지만 그가 이를 주제로 장편의 시를 쓴 의도는 충분히 이해가 간다. 농민들의 생활을 좀 더 향상시키려 한 것이다. 부전법을 이용하면 가뭄과 홍수 걱정을 하지 않아도 되고 부전이 농민의 소유이기 때문에 "추수하여 얻은 곡식 지주에게 안 바치니 / 조세도 왕적(王籍)에서 빠질 게 당연하다." 부전(浮田)을 만들면 이중삼중으로 농민에게 이익이 돌아올 것이라 생각한 것이다.

「제서호부전도」 시에서 우리는 또 다산사상의 근간이 되는 기술에 관한 견해를 읽을 수 있다. 다산의 합리적 과학정신에 관해서는 앞에서 언급한

---

92 「전서」 Ⅰ-9, 50b 「應旨論農政疏」 "又如陂池大澤 令行浮田之法 則無田者亦足爲農 其法縛木爲筏 上載糞土 種以粳稻 浮之水面 隨水上下 旱澇不能爲災 然令之刱行 必刱視竊笑而走矣."

바 있거니와 이 과학정신은 기술의 개혁을 통한 자연의 이용으로 연결된다. 그는 인간이 다른 동물과 구별되는 점이 기술의 발달을 통한 생산 능력에 있다고 보았다. 그는 「기예론(技藝論)」에서 이렇게 말했다.

> 하늘이 새와 짐승들에게는 발톱과 뿔과 단단한 발굽과 날카로운 이빨과 독
> (毒)을 주어서 각각 그들이 바라는 것을 얻을 수 있게 하였고 외부로부터의
> 환난을 막도록 해주었는데, 사람에게는 벌거숭이로 연약하여 그 생활을 꾸
> 려나갈 수 없는 것처럼 해 놓았으니 하늘이 어찌 천하게 여길 데에는 후하게
> 하고 귀하게 여길 데에는 박하게 한 것이겠는가? 그것은 사람이 지혜로운 생
> 각과 교묘한 궁리를 가지고 있기 때문에 사람으로 하여금 기예(技藝)를 익혀
> 서 스스로 살아가도록 한 것이다.[93]

같은 글에서 다산은, 기예란 여러 사람의 지혜가 모아지면 더욱 정교해지고 시간이 경과할수록 더욱 발전한다고 말함으로써 인간의 이성에 의한 기술의 진보를 믿고 있었다. 앞의 시에서도 "어찌하여 사람 많고 땅 좁다 걱정하랴 / 드디어 사람 지혜 천액(天厄)을 벗었는데"라 하여 "지혜로운 생각과 교묘한 궁리를 가진" 인간이 기예를 익혀 자연을 정복함으로써 생활을 보다 편리하게 만들고 있음을 말하고 있다.

부잣집 만 꿰미 돈 아끼지 않고
썰물 때 돌을 쌓아 바닷물 막아놓네

---

93 『전서』 I -11, 10b, 「技藝論」1, "天之於禽獸也 予之爪 予之角 予之硬蹄利齒 予之毒 使各得以獲其所欲 而禦
其所患 於人也 則倮然柔脆 若不可以濟其生者 豈天厚於所賤之 而薄於所貴之哉 以其有知慮巧思 使之習爲
技藝 以自給也."

조개 줍던 옛 땅에 지금은 벼를 심어
어제의 개펄이 기름진 논이 됐네[94]

豪家不惜萬緡錢　疊石防潮趁月弦
舊拾蟧蠃今穫稻　由來瀉鹵是腴田

강진의 어느 부호가 바닷물을 막아 간척지를 개척하여 농지를 조성한 일
을 노래한 시인데 여기서도 기술을 개발함으로써 자연을 보다 합리적으로
이용하고 개조해 나가야 한다는 다산의 생각이 나타나 있다.

15. 다산초당으로 옮기다

1808년(47세) 봄에 이청의 집으로부터 다산(茶山)의 초당으로 거처를 옮겼
다. 다산은 초당이 위치한 산 이름인데 그곳에 야생차가 많이 난다고 해서
붙여진 이름이다. 이때부터 그는 자신의 호를 '茶山'이라 부르기 시작했다.
그는 그 무렵의 일을 「자찬묘지명」에서 다음과 같이 기록했다.

무진년(1808년) 봄에 다산(茶山)으로 옮겨 대(臺)를 쌓고 못을 파서 꽃과 나무
를 줄지어 심고 물을 끌어들여 비류폭포(飛流瀑布)를 만들었다. 그리고 동암
(東庵)과 서암(西庵) 두 암자를 수리해 1천여 권의 장서를 두고 글을 지으면서
스스로 즐겼다. 다산은 만덕사(萬德寺) 서쪽에 있는데, 처사(處士) 윤단(尹慱)

94　「전서」 I-4, 27b 「耽津農歌」 중 제6수.

의 산정(山亭)이었다. 석벽(石壁)에 '丁石' 2자를 새겨 표지하였다[95]

적막하고 쓸쓸한 숲속의 집이요
졸졸졸 베개 아래 샘물소리 들리네

이틀 사흘 지내고 나니
귀에 익어 잠자는 데 방해 안 되네[96]

－「절구」

寂歷林中屋　琮琤枕下泉
已經三兩日　聽慣不妨眠

　　초당으로 이사한 이삼 일 후에 지은 시이다. 나중에는 제자들로 북적였을
터이지만 처음에는 그야말로 "적막하고 쓸쓸한 숲속의 집"이었을 것이다.
읍내에 있을 땐 민가가 이웃해 있었으나 이곳은 산 중턱 숲속에 달랑 초당
한 채뿐이다. 여기서 다산은 해배될 때까지 11년간 거처하면서 오로지 저술
에만 전념하여 『목민심서』, 『경세유표』를 비롯한 중요한 저서를 탄생시켰
다. 실로 초당은 다산학의 산실이었다.

　　얼굴 생김은 내 자식 같은데
　　수염이 자라서 딴사람 같구나

95　『전서』 I −16, 12a 「自撰墓誌銘」 集中本, "戊辰春 徙居茶山 築臺穿池 列植花木 引水爲飛流瀑布 治東西二菴
　　藏書千餘卷 著書以自娛 茶山在萬德寺西 處士尹博之山亭也 石壁刻丁石二字以識之."
96　『전서』 I −5, 23b 「絶句」.

집안 편지를 가지고 왔지만

아직도 내 자식인지 미심쩍다네[97]

—「둘째 아들을 보고」

眉目如吾子　鬚鬢似別人

家書雖帶至　猶未十分眞

이해 4월 20일에 초당을 찾아온 둘째 아들 학유(學游)를 보고 쓴 시이다. 마지막으로 학유를 본 것이 8년 전으로 그의 나이 15세 때였다. 한창 자랄 때인지라 어느덧 23세의 청년이 된 아들은 수염이 제법 자라서 잘 알아보지 못할 정도였다. "아직도 내 자식인지 미심쩍다"는 말 속에서, 부자지간을 이렇게 만들어 놓은 정치적 격랑의 비정함을 엿볼 수 있다.

이해(1808년, 47세)에 1803년부터 심혈을 기울여 연구해온 일련의 『주역』 관계 저술을 완성했다. 완성된 『주역심전(周易心箋)』[98]을 보고 흑산도의 형 약전이 서문을 썼다.

내가 미용(美庸)[99]을 동생으로 둔 것이 어언 44년이나 되었다. 미용은 어려서 성균관에 들어가 공령(功令)으로 이름을 날렸다. 그래서 나는 재치가 번뜩이는 재사라고 생각하였다. 장성하여서는 관각(館閣)에 드나들며 문학으로 밝은 임금을 섬기었으므로 내가 문장경술사(文章經術士)라 생각하였다. 세상에 나가서 정치를 함에 크고 작은 안팎의 일이 모두 지극한 경지에 나갔으므로 내가 재상감이라 생각하였다. 만년에 바닷가로 귀양을 가 『주역사해(周易四

---

97 『전서』 I-5, 25b 「四月二十日學圃至 相別已八周矣」.
98 현행 『여유당전서』에 「주역사전(周易四箋)」으로 실려 있다.
99 미용(美庸): 茶山의 字.

解)」를 지었는데, 내가 처음에는 놀랐고 중간에는 기뻐하였으며 끝에 가서는 무릎이 절로 굽어지는 줄도 알지 못하였으니, 미용을 어떤 부류에 비교해야 할지 모르겠다.[100]

이어서 말하기를 "미용이 편안히 부귀를 누리며 존귀한 자리에 올라 영화롭게 되었다면 반드시 이런 책을 이룩하지는 못했을 것이다"라 하고 또 "미용이 뜻을 얻지 못한 것은 곧 그 자신에 있어서 다행한 일이요 우리 유학계에 있어서 다행일 뿐만 아니다"라는 말을 덧붙였는데 이것은 제삼자가 할 수 있는 말이지 골육을 나눈 형의 입에서 나오기 어려운 말이다. 동생이 훌륭한 학문적 업적을 내었다고 해서, 억울한 죄명으로 귀양살이 하는 동생의 처지를 '다행한 일'이라 말할 수 있는 형이 이 세상에 몇이나 있겠는가?

16. 가혹한 정치는 호랑이보다 무섭다 ―「호랑이 사냥」「솔 뽑는 중」

다산의 초당에 정착한 후 그는 "1천여 권의 장서를 두고 글을 지으면서 스스로 즐겼다"는 자신의 말대로 그는 한동안 주로 경전 연구에 열중했다. 그렇다고 해서 농민의 삶을 외면한 것은 아니었다. 그의 지속적인 관심은 농민들의 삶이었고 농민들의 삶을 황폐하게 만드는 관리들의 가렴주구에도 날카로운 비판을 가했다. 다음은 1808년에 쓴 시이다.

---

100 송재소 역주. 「다산의 한평생」(창비, 2014), 184면.

백련사(白蓮寺) 서쪽 석름봉(石廩峰) 위에

이리저리 다니면서 솔 뽑는 중 있네

어린 솔 돋아나서 이제 겨우 두세 치

여린 줄기 연한 잎 무성히 자라는데

어린아이 기르듯 사랑하고 보살펴야

자라서 용과 같은 재목 되거늘

어이하여 보는 족족 뽑아버려서

싹도 씨도 남기잖고 없애려는가

농부가 호미질 보습질 하여

농사 위해 부지런히 잡초 뽑듯이

향정(鄕亭)[101]의 아전들이 길을 닦느라

가시덤불 베어내어 길을 내듯이

손숙오(孫叔敖) 어릴 때에 음덕(陰德)[102] 닦느라

길 가다가 독사 만나 쳐서 죽이듯

---

101 지방 도로변의 요소마다 설치된 기구로 왕래하는 사람들을 살피고 단속하는 일을 맡는 곳. 지금의 초소와
비슷한 것.
102 손숙오가 어느날 길을 가다가 쌍두사(雙頭蛇)를 만났는데 자기가 죽을 위험을 무릅쓰고 뱀을 죽여 땅에 파
묻었다는 이야기가 있다. 그래서 그의 행동을 음덕(陰德)이라고 한다.

붉은 머리 산발한 괴이한 산귀신이
떠들썩 구천 그루 나무 뽑듯 하는구나

중 불러 앞에 나가 그 까닭 물었더니
목이 메어 말 못하고 눈물만 맺히네

이 산에 솔 기르기 그 얼마나 애썼던가
스님들 모두가 공손하게 법을 지켜

땔나무도 아까워서 찬밥으로 끼니 하고
새벽종 울 때까지 밤 순찰도 하였기에

고을 성안 나무꾼도 감히 접근 못하는데
마을 사람 도끼질 얼씬인들 했겠으리

수영(水營)의 소교(小校)가 장군 명령 들었다며
땅벌 같은 기세로 말을 내려 들이닥쳐

지난해 폭풍우에 꺾인 가지 집어들고
중보고 법 어겼다 가슴을 쥐어박네

하늘보고 호소해도 치미는 화 안 식지만
절간 돈 백냥 주어 겨우 미봉하였다네

금년 들어 솔 베어선 항구로 내가면서

커다란 배 만들어 왜놈 방비한다더니

조각배 한 척도 만들지 않고

벌거숭이 산만 남아 옛 모습 볼 수 없네

이 소나무 어리지만 그냥 두면 크게 되니

화근을 뽑아야지 부지런히 뽑아야지

이로부터 솔 뽑기를 솔 심듯이 하여서

잡목이나 남겨두어 겨울 채비 하렸는데

오늘 아침 관첩(官帖) 내려 비자(榧子)나무 바치라니

비자나무마저 뽑고 산문(山門)을 닫으리라[103]

―「솔 뽑는 중」

白蓮寺西石廩峰	有僧彳亍行拔松
穉松出地纔數寸	嫩榦柔葉何丰茸
嬰孩直須深愛護	老大況復成虯龍
胡爲觸目皆拔去	絶其萌蘖湛其宗
有如田翁荷鋤攜長欃	力除稂莠勤爲農
又如鄕亭小吏治官道	翦伐茨棘通人蹤
又如蔫敖兒時樹陰德	道逢毒蛇殲殘凶

103 「전서」 I-5, 26b 「僧拔松行」.

又如鬝鬚怪鬼披赤髮　　拔木九千聲訩訩
招僧至前問其意　　　　僧咽不語淚如霣
此山養松昔勤苦　　　　闍梨苾蒭遵約恭
惜薪有時餐冷飯　　　　巡山直至鳴晨鍾
邑中之樵不敢近　　　　況乃村斧淬其鋒
水營小校聞將令　　　　入門下馬氣如蜂
枉捉前年風折木　　　　謂僧犯法撞其胷
僧呼蒼天怒不息　　　　行錢一萬纔彌縫
今年斫松出港口　　　　爲言備倭造艨艟
一葉之舟且不製　　　　只赭我山無舊容
此松雖稺留則大　　　　拔出禍根那得慵
自今課拔如課種　　　　猶殘雜木聊禦冬
官帖朝來索橭子　　　　且拔此木山門封

　봉산(封山)의 소나무를 둘러싸고 자행되는 지방관들의 횡포를 고발한 시이다. 봉산이란, 왕과 왕비가 죽었을 때 관(棺)을 만드는 재료로 쓰이는 황장목(黃腸木)이나, 외침(外侵)에 대비하여 선박을 만드는 데에 사용되는 소나무를 기르는 산으로 여기서는 벌목이 엄격히 금지되어 있다. 전국의 35개소에 봉산이 지정되어 있는데 강진도 그중의 한 곳이다. 아마 이 시의 배경이 되어 있는 "백련사 서쪽 석름봉"이 강진의 봉산이었던 듯하다.

　법령이 엄하면 엄할수록 이를 이용한 관리들의 농간도 심해지는 법이다. 『목민심서』「공전(工典)」〈산림〉 조에 그 실상이 자세히 기록되어 있다. 이 시에서도 수영(水營)의 아전들이 들이닥쳐 이 산의 '유일한 주민'인 사원의 스님들에게 "지난해 폭풍우에 꺾인 가지를 집어들고" 스님들이 꺾었다고 터

무늬없는 트집을 잡아 돈을 뜯어가는 장면이 나온다. 그래서 아전들의 등쌀에 견디다 못한 스님들이 어린 소나무를 뽑아버리는 기막힌 사태가 벌어진 것이다. "이 소나무 어리지만 그냥 두면 크게 되니 / 화근을 뽑아야지 부지런히 뽑아야지 / 이로부터 솔 뽑기를 솔 심듯이 하였도다"라는 스님들의 절규는 당시 관리들의 가렴주구가 얼마나 심했던가를 말해주고 있다.

『목민심서』에는 이 시를 덕산(德山)의 나무꾼이 지어서 부른 노래로 기록하고 있는데,[104] 나무꾼이 부른 노래를 다산이 듣고 시로 옮긴 것인지, 다산 자신을 덕산의 나무꾼에 가탁한 것인지 분명하지 않다. 역시 1808년의 작품으로 「호랑이 사냥」이 있다.

오월이라 깊은 산 어두운 수풀 속에
호랑이 새끼 쳐서 젖 먹여 기르더니

여우 토끼 다 잡아먹자 사람까지 해치려고
산속 동굴 벗어나 마을에 덮쳐오니

나뭇길 끊어지고 김매기도 하지 못해
산골 사람 대낮에도 방문 굳게 잠가놓네

홀어미는 슬피 울며 칼로 찌를 생각하고
장정들은 분에 차서 활 당길 모의하네

---

104 『전서』 V-26, 22a 『목민심서』 권11, 「工典六條 山林」.

사또님 이 말 듣고 측연히 여겼던지
소교(小校)에게 영을 내려 범 사냥 독촉하니

몰이꾼 나타나자 온 마을이 깜짝 놀라
장정들은 도망가고 늙은이만 붙들리네

소교들 당도하니 그 기세 무지개 같고
도둑놈들 몽둥이질 빗발치듯 어지러워

닭 삶고 돼지 잡고 온 마을이 야단법석
방아 찧고 자리 깔고 이리저리 분주한데

다투어 술을 찾아 코 삐뚤어지게 마시고는
군졸 모아 어지러이 계루고(鷄婁鼓) 둥둥 치니

이정(里正) 머리 싸매고 전정(田正)은 넘어지고
주먹질 발길질에 붉은 피 토하네

호랑이 가죽 들어오면 사또는 입 벌리고
돈 한 푼 안 들이고 좋은 장사 하였다네

당초에 어떤 자가 호랑이 났다 알렸느냐
입빠른 것이 잘못이라 뭇사람의 원성 듣네

호랑이 피해일랑 한두 사람 받는 것

어이하여 천백 사람 이 고통 받단 말고

홍농(弘農)에서 강 건넌 일[105] 어찌 듣지 못했던가

태산(泰山)에서 곡한 여자[106] 그대 보지 못했더냐

선왕들 사냥할 땐 때를 가려 하였고

여름철엔 모 자라게 군사훈련 아니 했네

가증스런 관리들은 밤중에도 문 두드리니

호랑이 남겼다가 그들을 막았으면[107]

-「호랑이 사냥」

五月山深暗艸莽　於菟穀子須渾乳

已空狐兔行搏人　離棄窟穴橫村塢

樵蘇路絶蘼蕪停　山氓白日深閉戶

嫠婦悲啼思剸刃　勇夫發憤謀張弩

縣官聞之心惻然　敕發小校催獵虎

前驅鑼出一村驚　丁男走藏翁被虜

小校臨門氣如虹　嘍囉亂椊紛似雨

烹鷄殺猪喧四鄰　舂糧設席走百堵

---

105 옛날 중국의 홍농(弘農)고을 원님이 정사를 잘해서 호랑이들도 감동하여 새끼를 업고 하수(河水)를 건너가
　　버렸다는 고사.
106 옛날 공자가 태산을 지날 때 어떤 여자가 울고 있었다. 그 까닭을 물으니 시아버지, 남편, 아들이 모두 호랑
　　이에게 물려 죽었다는 것이다. 왜 다른 곳으로 이사 가지 않느냐고 물으니 다른 곳엔 가혹한 정치가 있기
　　때문이라고 했다. 이 말을 듣고 공자는 "가혹한 정치는 호랑이보다 무섭다"라고 탄식했다 한다.
107 『전서』 I-5, 27a 「獵虎行」.

討醉爭傾象鼻彎　聚軍雜搗雞婁鼓
里正縛頭田正踣　拳飛踢落朱血吐
斑皮入縣官啓齒　不費一錢眞善賈
原初虎害誰入告　巧舌喋喋受衆怒
猛虎傷人止一二　豈必千百罹此苦
弘農渡河那得聞　泰山哭子君未覩
先王蒐獮各有時　夏月安苗非習武
生憎悍吏夜打門　願留餘虎以禦侮

고을에 호랑이가 나타났다는 보고를 받은 사또가 백성들의 피해를 막기 위해 나졸들을 풀어 호랑이 사냥에 나선다. 그러나 백성들의 피해를 막는 것은 구실에 불과했다. 마을에 들이닥친 관리들이 갖은 방법으로 백성의 재산을 토색질하여 마을을 쑥대밭으로 만들어버린다. 관리들의 횡포가 너무도 심하여, 당초에 호랑이가 나타났다고 관청에 알린 자를 원망하는 사태에 이르렀다. "호랑이 피해는 한두 사람이 받는 것 / 어이하여 천백 사람, 이 고통을 받는가." 이 말은 곧 공자의 "가혹한 정치는 호랑이보다 무섭다(苛政猛於虎)"는 말에 다름이 아니다.

이래가지고 나라가 제대로 설 수는 없을 것이다. 다산이 말한 대로 당시 사회는 "털끝 하나도 병들지 않은 것이 없는"[108] 상황이어서 근본적인 개혁이 필요했다. 이런저런 경험이 쌓여 다산 개혁사상의 두 기둥이라 할 수 있는 『경세유표』와 『목민심서』 집필의 구상이 무르익어가고 있었다.

---

108 『전서』 V-1, 『경세유표 引』 "蓋一毛一髮 無非病耳."

17. 귀향의 희망을 접다 ―「정월 초하룻날에」

초당으로 옮긴 후 다산을 따르는 제자들이 모여들기 시작했다. 다산의 강진시절은 초당으로 거처를 옮긴 1808년을 기점으로 전후 양 시기로 나뉜다. 그의 제자들도 초당으로 옮기기 전의 읍중제자(邑中弟子)와 초당으로 옮긴 후의 초당제자 두 그룹으로 나뉜다. 읍중제자는 앞에서 언급한 바와 같이 대부분이 아전집 자제들이었던 데에 비해서 초당제자는 양반집 자제들로 구성되어 있다. 그 구성을 보면 초당의 주인인 윤단(尹傳)의 손자가 6인으로 가장 많고 나머지는 몇몇을 제외하고는 다산의 외가(外家)를 포함한 다산 집안의 사람들이다.

'다신계절목(茶信契節目)'에 나와 있는 이들의 명단은 다음과 같다. 즉 이유회(李維會), 이강회(李綱會), 이기록(李基祿), 정학가(丁學稼), 정학포(丁學圃), 정수칠(丁修七), 윤종문(尹鍾文), 윤종영(尹鍾英), 윤종기(尹鍾箕), 윤종벽(尹鍾璧), 윤종삼(尹鍾參), 윤종진(尹鍾軫), 윤종심(尹鍾心), 윤종두(尹鍾斗), 윤자동(尹玆東), 윤아동(尹我東), 이택규(李宅逵), 이덕운(李德芸)이 이른바 초당의 18제자이다. 이들 외에 읍중제자 중에서 유일하게 이청(李晴)도 초당에서 다산을 도운 것으로 보인다. 이들 18인 중 뚜렷한 업적을 남긴 사람은 이강회, 윤종벽과 다산의 아들인 정학연, 정학유 등이다. 저서는 없지만 다산의 저술을 도왔고 다산의 저서를 정서한 윤종심(일명 尹峒)도 다산학단의 중요한 구성원이었다. 이 제자들의 도움으로 다산은 수많은 저술작업을 수행할 수 있었다.

1809년(48세)에 다산은 다음과 같은 시를 썼다. 시의 제목은 「11월 6일 다산 동암(東庵)의 청재(淸齋)에서 혼자 자는데 꿈에 예쁜 여자가 찾아와 즐겁게 놀았다. 나 역시 마음이 동했지만 조금 후에 그녀를 보내면서 절구 한 수를 주었다」이다.

눈 덮인 산, 깊은 곳에 한 송이 꽃이
복사꽃과 경쟁하듯 붉은 비단에 싸여 있네

이내 마음 진즉에 굳은 쇠 되었거늘
풍로가 있은들 네가 어찌할 건가[109]

―「꿈속의 미인」

雪山深處一枝花　　爭似緋桃護絳紗
此心已作金剛鐵　　縱有風爐奈汝何

미인을 만나 즐겁게 노는 꿈을 꾼 다산의 처지를 이해할 만하다. 다산도 남자인데 여자 옆에 가보지 못한 지가 8년이나 되었으니 능히 이런 꿈을 꿀 만 했을 것이다. 그러나 여자가 아무리 풍로에 불을 지피더라도 쇳덩이 같은 내 마음을 녹이지는 못할 것이라 하여 이내 마음을 다잡는다. 정확한 시기는 알 수 없지만 이로부터 얼마 안 있어 다산이 소실(小室)을 두어 수발을 들게 했고 그 사이에 홍임이라는 딸까지 얻었다는 애기가 전설처럼 전해온 다.[110] 미인을 만나 놀았다는 꿈이 헛된 꿈이 아니었던 듯하다.

1810년(49세) 정월 초하룻날 다산은 다음과 같은 시를 썼다.

산기슭 한쪽에 병든 몸 다스리는

---

109 『전서』I-5, 32b 「十一月六日 於茶山東菴淸齋獨宿 夢遇一姝來而嬉之 余亦情動 少頃辭而遣之 贈以絶句 覺 猶了了 詩曰」.
110 임형택, 「신발굴 자료 남당사(南塘詞)에 대하여」(『민족문학사연구』 20권, 민족문학사학회, 2002) 참조.

쓸쓸한 한 칸의 초당이라네

약 화로엔 묵은 불씨 남기어두고
서책은 새롭게 장정을 했다네

눈 좋은데 쉽사리 녹을까 걱정이고
소나무 예쁜데 자라지 않아 근심이네

이 언덕서 남은 생애 보낼 만한데
고향에 돌아가길 구걸할 필요 있나[111]

-「정월 초하룻날에」

養疾山阿側　蕭然一草堂
藥爐留宿火　書帙補新裝
愛雪愁仍渙　憐松悶不長
玆丘可終老　何必丐還鄕

　이 시에 보이는 바와 같이 당시 다산은 건강이 좋지 않았던 것 같다. 이해
2월에는 강진에 와서 약 2년간 머물던 둘째 아들 학유가 집으로 돌아갔는데
다산은 큰아들에게 주는 가계(家誡)를 그편에 써 보냈다. 그 가운데에 "나는
지금 풍병(風病)으로 사지를 쓰지 못하고 있으니 이치로 보아 오래 살 것 같
지 않다"[112]라 말하고 또 "내가 이곳에서 죽는다면 이곳에다 묻어두고 나라

111 『전서』 I-5, 33a 「元日書懷」.
112 『전서』 I-18, 15a 「示學淵家誡」 "吾今風痺癱瘓 理不能久視."

에서 죄명을 씻어줄 때를 기다렸다가 그때 가서 반장(反葬)해야 한다"[113]라
하여 사후의 장례 문제까지 지시한 것을 보면 건강 상태가 심상치 않았음을
짐작할 수 있다. 흑산도의 형에게 보낸 한 편지에서도

점차로 하던 일을 거둬들여 정리하고 이제는 치심(治心) 공부에 힘쓰고 싶은
데 더구나 풍병(風病)은 이미 뿌리가 깊어졌고 입가에는 항상 침이 흐르고 왼
쪽 다리는 늘 마비 증세를 느끼고 머리 위에는 두미협(斗尾峽) 얼음 위에서
잉어 낚는 늙은이의 솜털 모자를 쓰고 있습니다. 근래에는 또 혀가 굳어져 말
이 어긋나 스스로 연수(年壽)가 길지 않을 것을 알면서도 한결같이 바깥일에
만 마음을 치달리니, 이는 주자(朱子)께서도 만년(晩年)에 뉘우쳤던 바였습니
다. 어찌 두려운 일이 아니겠습니까.[114]

라 말한 것을 보아도 당시 다산이 중풍으로 몹시 시달리고 있었음을 알 수
있다. 유배생활 10년째에 접어든 해의 정월 초하룻날, 유배에서 언제 풀려
날지 기약이 없는데다가 건강까지 악화되어 몸도 마음도 지쳐 있었던 그는
해배되어 고향에 돌아가는 것을 어느 정도 체념한 듯 보인다. 앞의 시 마지
막 연에서 "이 언덕서 남은 생애 보낼 만한데 / 고향에 돌아가길 구걸할 필
요 있나"라 말한 것은 이러한 체념의 표현이다. 유배지에서 생을 마감할 마
음의 준비를 하고 있었던 것이다. 흑산도의 형 약전에게 보낸 한 편지에서
그는 당시 자신의 마음가짐을 이렇게 말했다.

---

113 앞과 같은 곳 "吾若畢命於此地 便當埋之此地 待國家滌其罪名 方可反葬."
114 『전서』 I-20, 23b 「上仲氏」 "漸欲收之斂之 用力治心之工 況風病根已深 口角常流淸涎 左脚常覺不仁 頭
     上常戴斗尾氷上釣鯉翁之絮帽 近又舌疆語錯 自知年壽不長 一向外馳 此朱子晩年所悔也 豈不惕乎."

하늘이 다산(茶山)¹¹⁵을 나의 평천장(平泉莊)¹¹⁶으로 삼아주었고 보암산(寶巖山)의 몇 뙈기 밭을 나의 탕목읍(湯沐邑)¹¹⁷으로 삼아주었으니, 해를 마치고 일생을 마치도록 아이의 울음소리와 아낙네의 탄식소리도 없습니다. 복이 이처럼 후하고 지위가 이처럼 높은데, 이런 삼청선계(三淸仙界)를 버리고 네 겹 아비지옥(阿鼻地獄)에 몸을 던지려 하다니 천하에 이처럼 어리석은 사람이 있겠습니까. 이 말은 억지로 만들어낸 말이 아니라 마음속의 생각이 정말로 이렇습니다. 그러나 한편으로는 돌아가고 싶은 마음도 없지는 않습니다. 이것은 사람의 성정이 본래 열약(劣弱)해서 그런 것입니다. 간음(姦淫)이 나쁘다는 것을 명확히 알면서도 남의 아내나 첩을 훔치기도 하고, 산업(産業)이 파탄된다는 것을 명확히 알면서도 더러는 마조(馬弔)나 강패(江牌)의 노름을 하기도 합니다. 돌아가고 싶은 마음이 있었던 것도 바로 이러한 종류이니, 어찌 본심이라고 할 수 있겠습니까.¹¹⁸

그는 초당을 '평천장'으로 여기고 그 일대를 '삼청선계'라 말함으로써 유배 생활의 괴로움을 달래보려고 안간힘을 쓰고 있다. 심지어 고향으로 돌아가려는 마음을 간음하려는 마음, 놀음하려는 마음에 비유하기도 했다. 그렇게라도 일종의 자기최면을 걸어야 마음의 평온을 얻을 수 있었을 것이다. 한편으로 많은 제자들을 얻어 좌우에서 시중을 들고 있었고 또 그때쯤 소실(小室)을 들였는지도 모르겠다. 그래서 그곳에 눌러앉기로 했던 것일까? 초

---

115 초당이 위치한 산 이름.
116 평천장은 중국 당나라 이덕유(李德裕)의 별장으로 각종 화목(花木)으로 꾸며져 마치 선계(仙界)와 같았다고 한다.
117 임금이 왕자나 공주, 신하에게 하사한 땅으로, 이들은 그 땅의 수조권(受租權)을 가진다.
118 『전서』 I-20, 29a 「答仲氏」 "天以茶山爲我平泉莊 以寶巖數畝田 爲我湯沐邑 終年卒歲 無兒啼婦歎聲 福如是厚 位如是尊 乃欲去此三淸仙界 投身四重阿鼻 天下有如是愚夫乎 此非强作之言 心計眞的如此 然而一邊 未嘗無歸心 此人性本來劣弱而然耳 明知姦淫之非 而或竊人妻妾 明知産業之破 而或馬弔江牌 其有歸心 卽此類耳 豈本心哉."

당에 눌러앉기로 마음먹은 이상 그가 할 일은 그때까지 계속해오던 경전 연구를 마무리 짓는 것이라 생각했다. 그는 1810년 한 해에만 『시경강의보(詩經講義補)』, 「관례작의(冠禮酌儀)」, 「가례작의(嘉禮酌儀)」, 『소학주천(小學珠串)』 등의 저서를 집필했다. 이후에도 해배될 때까지 그는 실로 정력적으로 집필에 몰두했다. 1810년에는 시도 왕성하게 창작했다.

18. 진짜 도둑은 누구인가 ―「고양이」

남산골 한 늙은이 고양이를 길렀더니
해묵고 꾀 들어 요망하기 여우로세

밤마다 초당에서 고기 뒤져 훔쳐 먹고
항아리며 단지며 술병까지 뒤져 엎네

어둠 틈타 교활한 짓 제멋대로 다 하다가
문 열고 소리치면 그림자도 안 보이나

등불 켜고 비춰 보면 더러운 자국 널려 있고
이빨자국 나 있는 찌꺼기만 낭자하네

늙은 주인 잠 못 이뤄 근력은 줄어가고
이리저리 궁리하나 나오느니 긴 한숨뿐

생각하면 고양이 죄 극악하기 짝이 없어
당장에 칼을 뽑아 천벌을 내릴거나

하늘이 너를 낼 때 무엇에 쓰렸던가
너보고 쥐 잡아서 백성 피해 없애랬지

들쥐는 구멍 파서 여린 낟알 숨겨두고
집쥐는 이것저것 안 훔치는 물건 없어

백성들 쥐 등쌀에 나날이 초췌하고
기름 말라 피 말라 피골마저 말랐거니

이 때문에 너를 보내 쥐잡이 대장 삼았으니
마음대로 찢어 죽일 권력 네게 주었고

황금같이 반짝이는 두 눈을 주어
칠흑 같은 밤중에도 올빼미처럼
벼룩도 잡을 만큼 두 눈 밝혔지

너에게 보라매의 쇠 발톱 주었고
너에게 톱날 같은 범의 이빨 주었고

나는 듯 치고받는 날쌘 용기 네게 주어
쥐들은 너를 보면 벌벌 떨며 엎드려서

공손하게 제 몸을 바치게 했지

하루에 백 마리 쥐 잡은들 누가 말리랴
보는 사람 네 기상 뛰어나다고
입에 침 마르도록 칭찬해줄 뿐

너의 공로 보답하는 팔사제(八蜡祭)[119]에도
누런 갓 쓰고 큰 술잔 바치잖느냐

너 이제 한 마리 쥐도 안 잡고
도리어 네놈이 도둑질을 하다니

쥐는 본래 좀도둑 피해 적지만
너는 기세 드높고 맘씨까지 거칠어

쥐가 못하는 짓 제멋대로 행하여
처마 타고 뚜껑 열고 담벽 무너뜨리니

이로부터 쥐들은 꺼릴 것 없어
들락날락 껄껄대며 수염을 흔드네

---

119 매년 농사가 끝나고 농사에 관계되는 여덟 신에게 지내는 제사. 여덟 신은, 농사를 처음 가르쳤다는 전설상
의 제왕 신농씨(神農氏), 농사를 관장했던 순(舜) 임금의 관리인 후직(后稷), 농(農), 권농관이 백성을 독려하
기 위하여 밭 사이에 지었다는 집인 우표철(郵票畷), 고양이, 제방(堤防), 도랑, 곤충이다.

쥐들은 훔친 물건 뇌물로 주고
태연히 너와 함께 돌아다니니

호사자(好事者)들 때때로 네 그림 그리는데
무수한 쥐떼들이 하인처럼 호위하고

북 치고 나팔 불며 떼를 지어선
깃발을 휘날리며 앞장서 가는데

너는 큰 가마 타고 거만 부리며
쥐들의 떠받듦만 즐기고 있구나

내 이제 붉은 활에 큰 화살 메겨
내 손으로 네놈들을 쏘아 죽이고
만약에 쥐들이 행패 부리면
차라리 무서운 개 불러대리라[120]

-「고양이」

南山村翁養狸奴   歲久妖兀學老狐
夜夜草堂盜宿肉   翻瓨覆瓿連觴壺
乘時陰黑逞狡獪   推戶大喝形影無
呼燈照見穢跡徧   汁滓狼藉齒入膚
老夫失睡筋力短   百慮皎皎徒長吁

---

120 『전서』 I -5, 33a 「狸奴行」.

念此貍奴罪惡極　　直欲奮劍行天誅
皇天生汝本何用　　令汝捕鼠除民痡
田鼠穴田蓄稑穧　　家鼠百物靡不偸
民被鼠割日憔悴　　膏焦血涸皮骨枯
是以遣汝爲鼠帥　　賜汝權力恣礫剟
賜汝一雙熒煌黃金眼　漆夜撮蚤如梟雛
賜汝鐵爪如秋隼　　賜汝鋸齒如於菟
賜汝飛騰搏擊驍勇氣　鼠一見之凌兢俯伏恭獻軀
日殺百鼠誰禁止　　但得觀者嘖嘖稱汝毛骨殊
所以八蜡之祭崇報汝　黃冠酌酒用大觚
汝今一鼠不曾捕　　顧乃自犯爲穿窬
鼠本小盜其害小　　汝今力雄勢高心計麤
鼠所不能汝唯意　　攀�撤蓋頹堅塗
自今群鼠無忌憚　　出穴大笑掀其鬚
聚其盜物重賂汝　　泰然與汝行相俱
好事往往亦貌汝　　群鼠擁護如騶徒
吹螺擊鼓爲法部　　樹纛立旗爲先驅
汝乘大轎色夭矯　　但喜群鼠爭奔趨
我今彤弓大箭手射汝　若鼠橫行寧喉盧

　다산의 대표적인 우화시이다. 이야기가 재미있을 뿐만 아니라 묘사도 매우 사실적이다. 그리고 쥐를 잡아야 할 고양이가 도리어 쥐와 야합하여 행패를 부린다는 착상 자체가 기발하다. 고양이와 쥐가 야합한다는 것은 현실에서 일어날 수 없는 일이다. 현실에서 일어날 수 없는 일을 우화시의 형식으로 이야기함으로써 다산이 말하고자 하는 의도가 무엇일까? 다산의 의도를 파악하기 위해서는 고양이와 쥐가 가리키는 것이 무엇인가를 밝혀야 한다. 여러 가지 해석이 가능하겠지만 일차적으로 남산골 늙은이는 일반 백성에, 쥐는 도둑에, 고양이는 포도군관(捕盜軍官)에 비유되어 있다고 볼 수 있다. 포도군관은 도둑 잡는 일을 맡은 포도청 소속의 하급관리이다. 이렇게 보면 이 시는, 쥐를 잡아야 할 고양이가 쥐와 야합하듯이 도둑을 잡아야 할 포도군관이 도둑과 한패가 되어 백성들을 괴롭히는 현실을 고발한 작품으로 읽힌다. 포도군관이 도둑과 야합한다는 것은 일반적인 상식을 뒤집는 일이지만 『목민심서』에는 이와 같은 사실이 여러 곳에 기록되어 있다.

무릇 포도군관(捕盜軍官)은 경향을 막론하고 모두 큰 도적이다. 도적과 내통하여 그 장물을 나누어 먹고, 도적을 풀어 도둑질할 수 있도록 방법을 제공하며, 수령이 도적을 잡으려고 하면 미리 기밀을 누설시켜 도적으로 하여금 멀리 달아나게 하고, 수령이 도적을 처형하려고 하면 비밀히 옥졸(獄卒)을 사주하여 옥졸로 하여금 도적을 고의로 놓치게 하니 그 천만 가지 죄악을 다 말할 수가 없다.[121]

중간에서 명을 받들지 않는다는 것은 무릇 토포군관(討捕軍官)[122]이란 모두 도둑의 두령이라는 말이다. 군관을 끼지 않으면 도둑이 도둑질을 하지 못한다. 한길이나 큰 장터에 도둑을 몰아넣어 안팎으로 호응하면서 빼앗고 훔친다. 도둑 단독으로는 도둑질을 할 방도가 없다. 부잣집과 형세 있는 집의 의

---

121 「전서」 V-19, 13 「목민심서」 「吏典」 〈馭衆〉 "凡捕盜軍官 毋論京外 皆大盜也 與盜締交 分其贓物 縱盜行賊 授以方略 官欲捕盜 先泄秘機 使之遠遁 官欲殺盜 陰嗾獄卒 使之故逸 千罪萬惡 不可殫述."
122 진영(鎭營)과 병영(兵營)에 소속되어 도적을 수색, 체포하는 임무를 맡은 무관.

복과 기물을 도둑이 도둑질을 한다 해도 팔 길이 없으니 그것을 파는 것은 군관이다. 대개 장물 값이 10냥이라면 도둑이 그 3냥을 먹고 군관이 그 7냥을 먹는 것이니 관례가 본래 그러하다. 새 도둑이 처음으로 패거리에 들어가면 으레 참알례(參謁禮)[123]를 행하게 되어 있어 세 번 그 장물을 바치고 나서야 자기도 먹기를 꾀할 수 있는데, 한 번이라도 어쩌다 혼자 차지했다가는 바로 관청으로 잡혀오게 된다.[124]

『목민심서』의 이상의 기록을 살펴보면 도둑 잡는 군관과 도둑이 한 패거리가 되어 백성을 괴롭히는 일이 버젓이 행해지고 있었음을 알 수 있다. 있을 수도 없고 있어서도 안 되는 이 기막힌 현실을 고발하기 위하여 다산은 고양이가 쥐와 야합한다는 기발한 상상력을 발동시킨 것이다. 이 시에서 또 한 가지 주목할 점은 묘사의 사실성이다. 특히 고양이의 묘사에 있어서는 고양이가 가진 신체적인 특징들, 예컨대 밤에도 잘 보이는 밝은 눈, 날카로운 발톱, 톱날 같은 이빨, 날쌘 동작 등이 세부에 이르기까지 묘사되어 있다. 쥐를 잡는 데 사용되어야 할 이러한 특권들이 사람에게 행사될 때의 모습 또한 실감나게 그려져 있다. 특히 고양이가 쥐와 야합해서 날뛰는 장면은 당시의 세태를 정확하게 반영한 것으로 보인다.

---

123 일종의 신고식.
124 『전서』 V-26, 2a 『목민심서』 「刑典」〈除害〉 "中不奉令者 凡討捕軍官 皆盜之頭領也 不挾軍官 盜不盜也 通街大市 驅盜入墟 表裏和應 乃行剽竊 單盜無行盜之法 富家豪戶 衣服器用 盜雖盜之 不能賣之 其賣之者 軍官也 率贓十金 盜食其三 軍官食七 例本然也 新盜落草 例行參謁 三獻其贓 乃謀自食 一或自私 乃解至官."

19. 흉년의 참상을 노래하다 — 「전간기사」

1810년(49세)에 쓴 다산 최대의 걸작은 연작시 「전간기사(田間紀事)」 6수[125]
이다. 이 6수의 시는 모두 그가 그토록 강조한 사언(四言)으로 되어 있다. 사
언시를 씀으로써 그가 "충신, 효자, 열부(烈婦), 양우(良友)의 측달충후(惻怛忠
厚)한 마음의 발로"라고 한 『시경』의 정신을 구현, 계승하려고 한 것이다. 먼
저 이 시들을 쓰게 된 배경을 다산 자신의 글을 통해 살펴본다.

기사년(己巳年, 1809)에 나는 다산초당에 머물고 있었다. 이해에 큰 가뭄이 들
어 지난해 겨울부터 봄을 거쳐 금년 입추에 이르기까지 붉은 땅이 천리에 연
했다. 들에는 풀 한 포기 보이지 않았고 유월 초에는 유랑민들이 길을 메워
눈뜨고는 차마 볼 수 없는 참상이어서 살 의욕마저 잃어버린 것 같았다. 생각
건대 나는 죄를 지어 멀리 유배된 몸이라 사람 축에 끼이지도 못하는 처지였
다. 오매초(烏昧草)를 조정에 바치려 해도 방도가 없고 유민도(流民圖) 한 장
도 바칠 수 없었다. 때때로 내가 본 바를 적어서 시를 지었다. 처량한 쓰르라
미나 귀뚜라미와 더불어 풀밭에서 슬피 우는 것과 같은 시들이지만, 성정(性
情)의 올바른 것을 구해서 천지의 화기(和氣)를 잃지 않으려 했다. 오랫동안
써 모은 것이 몇 편 되기에 이를 '전간기사(田間紀事)'라 이름했다.[126]

1809년에 전국적인 가뭄으로 흉년이 들어 백성들이 큰 고통을 당하고 있
었다. 급기야 8월에는 조정에서 금주령을 내릴 정도로 상황이 심각했다. 이

---

125 『전서』 I -5, 36a 이하.
126 "己巳歲 余在茶山草菴 是歲大旱 爰自冬春 至于立秋 赤地千里 野無靑草 六月之初 流民塞路 傷心慘目 如不
欲生 顧負罪竄伏 未齒人類 烏昧之奏無階 銀臺之圖 莫獻 時記所見 綴爲詩歌 蓋與寒蟬冷蛩 共作草間之哀
鳴 要其性情之正 不失天地之和氣 久而成編 名之曰田間紀事."

광경을 보고 다산은 '현인군자(賢人君子)'의 마음으로 백성들의 참상과 그들의 절규를 시로 옮긴 것이 「전간기사」이다. 6수 중에서 2수만 읽어보기로 한다.

벼 싹이 자라나
연한 초록 짙은 황색

비단 폭 깐 것같이
푸른빛 은은하네

어린아이 보살피듯
아침저녁 돌보아서

주옥처럼 애지중지
보기만 해도 흐뭇했네

稻苗之生　　嫩綠濃黃
如綺如錦　　翠葂其光
愛之如嬰孩　朝夕顧視
寶之如珠玉　見焉則喜

봉두난발 여인 하나
논바닥에 주저앉아

대성통곡하면서
저 하늘에 호소하네

"차마 어이 정을 끊어
이 벼 싹 뽑을쏜가"

오뉴월 한여름에
슬픈 바람 쓸쓸하네

有女蓬髮　箕踞田中
放聲號咷　呼彼蒼穹
忍而割恩　拔此稻苗
盛夏之月　悲風蕭蕭

"우거진 나의 모를
내 손으로 뽑다니

총총한 나의 모를
내 손으로 죽이다니

우거진 나의 모를
잡초처럼 뽑다니

총총한 나의 모를

땔감처럼 태우다니

芃芃我苗　予手拔之
蘽蘽我苗　予手殺之
芃芃我苗　蘪之如荍
蘽蘽我苗　焚之如樋

뽑아내어 묶어서
웅덩이에 놓아두자

비 내리기 바라면서
괸 물에나 꽂아보자

젖도 먹고 밥도 먹는
아들이 셋 있으니

아들 하나 바쳐서라도
이 어린 모 구했으면"

-「뽑히는 모」

摯之束之　寘彼溪窊
庶幾其雨　揷之汚邪
我有三子　或乳或食
願殪其一　赦此穉稇

이 시의 서(序)에는 이렇게 쓰여 있다. "「뽑히는 모」는 흉년을 슬퍼한 노래다. 모가 말라 모내기를 할 수 없게 되자 농부들은 그것을 뽑아버리는데 뽑으면서 통곡하는 소리가 온 들판에 가득하다. 어떤 부인이 하도 원통하여 아들 하나를 죽여서라도 비를 오게 할 수 있다면 좋겠다고 했다."[127] 모를 뽑는 아낙네의 통곡소리가 마치 다산 자신의 통곡소리처럼 들린다.

승냥이여, 이리여!
송아지 이미 채 갔으니
양일랑 물지 마라

장롱엔 속옷 없고
시렁엔 치마도 없다

항아리엔 남은 소금 없고
쌀독엔 남은 양식 없노라

큰 솥 작은 솥 다 앗아 가고
숟가락 젓가락 다 훔쳐 갔네

도적도 아니고 원수도 아닌데
어찌 그리 악독한가

---

127 "拔苗閔荒也 苗槁不移 農夫拔而去之 拔者必哭 聲滿原野 有婦人寃號極天 願殺一子 以祈一霈焉."

살인자 죽었는데

또 누굴 죽이려나?

豺兮狼兮

旣取我犢　毋噬我羊

筍旣無襦　㮢旣無裳

甕無餘鹽　瓶無餘糧

錡釜旣奪　匕筯旣攘

匪盜匪寇　何爲不臧

殺人者死　又誰狀兮

이리여, 승냥이여!

삽살개 이미 **빼앗아** 갔으니

닭일랑 묶지 마라

자식 이미 팔았지만

내 아낸들 누가 사랴

내 가죽 다 벗기고

뼈마저 부수다니

우리의 논밭을 바라보아라

얼마나 크나큰 슬픔이더냐

가라지풀도 못 자라니
쑥인들 있을쏜가

살인자 이미 자살했는데
또 누굴 해치려나

狼兮豺兮
既取我尨　母縛我雞
子既粥矣　誰買吾妻
爾剝我膚　而槌我骸
視我田疇　亦孔之哀
稂莠不生　其有蒿萊
殺人者死　又誰災兮

승냥이여, 호랑이여!
말한들 무엇하리

금수 같은 놈들이여
나무란들 무엇하리

부모가 있다지만
믿을 수 없네

달려가 호소하나

들은 체도 하지 않네

우리의 논밭을 바라보아라
얼마나 크나큰 참상이더냐

백성들 이리저리 유랑하다가
시궁창 구덩이를 가득 메우네

아버지여, 어머니여!
고량진미 먹으면서

방에는 기생 두어
얼굴이 연꽃 같네

-「승냥이와 이리」

豺兮虎兮　不可以語
禽兮獸兮　不可以詬
亦有父母　不可以恃
薄言往愬　襃如充耳
視我田疇　亦孔之慘
流兮轉兮　塡于坑坎
父兮母兮　粱肉是啖
房有妓女　顏如菡萏

이 시를 이해하기 위해서는 다산의 서(序)를 살필 필요가 있다. 『시경』의 소서(小序)에 해당하는 이 시의 서는 이렇다.

「승냥이와 이리」는 백성들의 이산(離散)을 슬퍼한 노래다. 남쪽에 두 마을이
있어 하나는 용촌(龍村)이고 또 하나는 봉촌(鳳村)인데, 용촌에 갑(甲)이 살고
봉촌에 을(乙)이 살았다. 두 사람이 우연히 장난하며 다투다가 을이 병들어
죽었다. 두 마을 사람들은 관검(官檢)이 두려워 갑에게 자살할 것을 권해 갑
은 흔연히 자기 목숨을 끊어 마을을 평안하게 했다. 몇 개월 뒤에 아전들이
이를 알고 두 마을의 죄상을 물어 돈 3만 냥을 토색질해 갔다. 한 치 베, 한 톨
곡식도 남지 않았다. 그 지독함이 흉년보다 더 심해서 아전들이 돌아가는 날
두 마을 사람들도 모두 떠나갔다. 부인 하나가 수령에게 하소연하니 수령이
"네가 가서 찾아보라"고 했다[128]

『목민심서』에서도 다산은 "내가 민간에 오래 있어서 무릇 살인의 옥사
에 고발하는 것은 10에 2, 3명이고 그 7, 8명은 모두 숨긴다는 것을 알고 있
다"[129]라 기록하고 있다. 이렇게 살인사건이 일어났을 때 이것을 관에 알려
정당한 판결을 구하지 않고 쉬쉬하면서 엄폐하려는 것은 그것이 관리들의
핑계가 되기 때문이다. 살인사건이 아니라도 앞서 「호랑이 사냥」 시에서 보
았듯이 관리들은 사건만 생기면 트집을 잡아 백성들을 괴롭혔다. 그렇지 않
아도 농민들은 가뭄과 흉년으로 생활고에 허덕이는데, 살인사건을 핑계로
마을에 들이닥쳐 돈을 토색질해가는 관리들을 보고 농민들은 "승냥이여, 이
리여"라 절규한다. 그리고 이 처절한 절규 속에 다산의 목소리도 섞인다.

---

128 "豺狼哀民散也 南有二村 曰龍曰鳳 龍有某甲 鳳有某乙 偶戲相毆 乙者病斃 二村之民 畏於官檢 令甲自裁 甲
欣然自死 以安村里 旣數月 吏知之 聲罪二村 徵錢至三萬 寸布粒粟 靡有遺者 其毒急於凶年 吏歸之日 二村
則流 有一婦 訴于縣令 令曰爾出而索之."
129 『전서』 V–25, 10b 『목민심서』 「刑典」〈斷獄〉 "余久在民間 知凡殺獄 其發告者十之二三 其七八皆匿焉."

20. 아전은 백성으로써 논밭을 삼는다 —「용산촌의 아전」

1810년에 다산은 아전(衙前)을 주제로 한 시 3수를 남겼다. 조선 후기 농민들의 삶이 피폐해진 근본 원인은 당시 사회의 구조적 모순 때문이지만, 일선에서 농민들을 괴롭히는 앞잡이 노릇을 한 장본인은 아전들이었다. 아전들이 지방행정의 실무를 담당하고 있었기 때문에 백성들에게 직접적인 고통을 가한 주범(主犯)은 아전들이라 해도 지나친 말이 아니다. 그래서 다산은 『목민심서』에서 아전 단속하는 것을 수령(守令)의 중요한 임무라 말했다.

백성은 토지로써 논밭을 삼지만, 아전들은 백성으로써 논밭을 삼는다. 백성의 껍질을 벗기고 골수를 긁어내는 것으로써 농사짓는 일로 여기고 머릿수를 모으고 마구 거두어들이는 것으로써 수확하는 일로 삼는다. 이러한 습성이 이루어져서 당연한 짓으로 여기게 되었으니, 아전을 단속하지 아니하고서 백성을 다스릴 수 있는 자는 없을 것이다.[130]

"아전들은 백성으로써 논밭을 삼는다"고 말할 만큼 아전들이 저지르는 각종 비리를 잘 알고 있었기 때문에 다산은 심지어 세미(稅米)를 징수할 때에도 "비록 백성들이 바치는 기일을 어겨도 아전을 풀어 납부를 독촉하는 것은 호랑이를 우리에 풀어놓는 것과 같으니 결코 그렇게 해서는 안 된다"고 했다.[131] 다산이 쓴 '아전 시' 3수는 「용산리(龍山吏)」, 「파지리(波池吏)」, 「해남리(海南吏)」인데, 이른바 '삼리(三吏)'로 일컬어지는 유명한 두보(杜甫)의 「석호

---

130 『전서』 V-19, 1a 『목민심서』 「吏典」 〈束吏〉 "民以土爲田 吏以民爲田 剝膚槌髓 以爲耕耨 頭會箕斂 以爲刈穫 習與性成 認爲當然 不束吏而能牧民者 未之有也."
131 『전서』 V-20, 9b 『목민심서』 「戶典」 〈稅法〉 "雖民輸愆期 縱吏催科 是猶縱虎於羊欄 必不可爲也."

리(石壕吏)」, 「신안리(新安吏)」, 「동관리(潼關吏)」에 각각 차운(次韻)한 시이다. 그가 두보의 시에 차운한 것은, "시율(詩律)은 마땅히 두보를 공자로 여겨야 한다"고 말한 바 있듯이 두보를 매우 존경했기 때문이다. 두보의 '삼리'에 차운한 자신의 '삼리'를 창작함으로써 다산은 두보의 위대한 시 정신을 이어받으려 한 것이다. 이 중 「용산촌의 아전」을 읽어본다.

아전들 용산촌에 들이닥쳐서
소 뒤져 관리에게 넘겨주는데

소 몰고 멀리멀리 사라지는 걸
집집마다 문에 기대 보고만 있네

사또님 노여움만 막으려 하니
그 누가 백성 고통 알아줄 건가

유월 달에 쌀 찾아 바치라 하니
모질고 고달프기 수자리에 비할쏜가

덕음(德音)[132]은 끝끝내 오지를 않고
만 목숨 서로 베고 죽을 판이네

궁한 살림살이 가엽기 짝이 없어

---

[132] 임금님의 말씀.

죽은 자가 오히려 팔자 편하네

남편 없는 과부와
손자 없는 늙은이들

빼앗긴 소 바라보며 엉엉 우는데
눈물이 흘러내려 베적삼을 적시네

촌마을 형편이 이렇게 피폐한데
아전 놈은 앉아서 왜 아니 돌아가나

쌀독은 바닥난 지 이미 오래되었는데
무슨 수로 저녁밥 짓는단 말가

그대로 앉아서 산목숨 끊게 하니
온 동네 사람들 모두가 목이 메네

소 잡아 포를 떠서 세도집에 바치면
재주꾼 솜씨가 이로써 드러나네[133]

吏打龍山村　搜牛付官人
驅牛遠遠去　家家倚門看

133 『전서』 I−5, 38b「龍山吏」.

勉塞官長怒　誰知細民苦

六月索稻米　毒痡甚征戍

德音竟不至　萬命相枕死

窮生儘可哀　死者寧哿矣

婦寡無良人　翁老無兒孫

泫然望牛泣　淚落沾衣裙

村色劇疲衰　吏坐胡不歸

瓶罌久已罄　何能有夕炊

坐令生理絶　四隣同嗚咽

脯牛歸朱門　才諝以甄別

「용산리」를 비롯한 '다산의 삼리(三吏)'는 이조 후기 아전의 전형적인 모습을 성공적으로 형상화한 작품으로 평가된다. 또한 이들 시에서 다산 애민정신의 깊이를 읽을 수 있다.

21. 「하피첩(霞帔帖)」에 얽힌 사연

이해(1810년, 49세) 가을에 고향의 홍씨 부인이 치마 한 폭을 보내왔다. 부인이 시집올 때 가지고 온 붉은 치마였다. 부인이 치마를 보낸 뜻을 잘 알 수는 없지만 아마 쓸쓸하게 지낼 남편의 마음을 위로하기 위해서 보냈을 것이다. 아니면 다산이 소실을 얻었다는 소문을 듣고 남편을 경계하려는 뜻으로 보냈는지도 모른다. 다산은 이 치마를 잘라 첩(帖)을 만들었다. 그 첩의 서두에 그는 이렇게 적었다.

내가 강진에서 귀양살이하고 있을 때 병든 아내가 헌 치마 다섯 폭을 보내왔는데 시집올 때 가지고 온 것으로 붉은색은 바랬고 노란색도 엷어져 서본(書本)으로 쓰기에 알맞았다. 그래서 이를 재단해 작은 첩(帖)을 만들고 손 가는 대로 훈계하는 말을 써서 두 아들에게 전해준다. 다른 날 이 글을 보고 감회가 일어 두 어버이의 향기로운 은택에 접하며 뭉클한 느낌이 일어나지 않을 수 없을 것이다. 이름을 '하피첩(霞帔帖)'이라고 한 것은 '붉은 치마'를 돌려서 말한 것이다. 가경 경오년(1810년) 초가을 다산의 동암에서 쓰다.[134]

다산의 이 글로만 전해지던 하피첩이 2006년 그 실물이 공개되어 세인을 놀라게 한 일이 있었다. 그런데 다산은 이로부터 3년 후인 1813년에 하피첩을 만들고 남은 천 조각에 매조도(梅鳥圖)를 그리고 시를 써서 막 시집간 딸에게 주었다. 딸에게 준 족자에 쓴 시는 이렇다.

훨훨 나는 저 새가
내 집 뜰 매화에 앉아 있네

꽃향기 짙어서
찾아주었나

여기에 머물러 살아가면서
화락한 집안을 가꾸어 보렴

---

134 『전서』 I -14, 39b 「題霞帔帖」"余在康津謫中 病妻寄敝裙五幅 蓋其嫁時之纁袡 紅已浣而黃亦淡 政中書本 遂剪裁爲小帖 隨手作戒語 以遺二子 庶幾異日覽書興懷 挹二親之芳澤 不能不油然感發也 名之曰霞帔帖 是 乃紅帬之轉謔也 嘉慶庚午首秋 書于茶山東菴."

꽃이 활짝 피었으니

열매도 많으리라

翩翩飛鳥　息我庭梅

有烈其芳　惠然其來

爰止爰棲　樂爾家室

華之旣榮　有蕡其實

　다산이 그린 '매조도'에는 매화나무 가지에 한 쌍의 새가 앉아 있는데 다산의 시는 이 한 쌍의 새에게 부치는 말이다. 이 한 쌍의 새가 곧 딸과 사위를 상징한다. "꽃이 활짝 피었으니 / 열매도 많으리라"는 것은 딸 사위가 자식을 많이 낳으리라는 희망을 나타낸 말이다. 2009년에는 다산이 그린 또하나의 매조도가 공개되었는데 정민 교수는 그림이나 시의 내용으로 보아 소실의 딸인 홍임에게 주려고 만든 것이라 추정한 바 있다.[135]

　이해(1810년) 9월에 큰아들 학연이 바라를 치며 호소하여 특별히 죄를 용서받는 은혜를 입었다. 아마 봄에 동생 학유가 강진으로부터 돌아와 전해준 부친의 가계(家誡)에 "내가 이곳에서 죽는다면 이곳에다 묻어두고 나라에서 죄명을 씻어줄 때를 기다렸다가 그때 가서 반장(反葬)해야 한다"라는 말이 마음에 걸려 부친의 사면을 조정에 탄원한 것으로 보인다. 그러나 홍명주(洪命周)와 이기경(李基慶)의 방해로 석방되지 못했다.

　신조선사본 『여유당전서』에는 1811년부터 해배되는 1818년까지의 시가 한 수도 수록되어 있지 않다. 이 8년 동안 다산이 시를 쓰지 않았는지 시를

---

135 하피첩과 매조도에 관한 사실은 정민, 『다산의 재발견』(휴머니스트, 2011), 475면 이하에 자세히 서술되어 있다.

썼는데도 후에 편집과정에서 누락되었는지 지금으로서는 알 길이 없다. 뿐만 아니라 유배에서 풀려 고향으로 돌아온 후에도 1827년까지의 시도 수록되지 않았다. 다만 이 기간에는 『여유당전서』 권6과 권7에 경진(庚辰, 1820), 갑신(甲申, 1824), 병술(丙戌, 1826), 정해(丁亥, 1827)로 표기된 시가 여기저기 보이는 것을 볼 때 이 기간에는 시를 썼던 것 같은데 후에 흩어져 일부는 없어진 듯하다. 앞으로 1811년부터 1827년까지의 시고(詩稿)가 발견된다면 다산 시 연구에 큰 도움이 될 것이다.

22. 병마와 싸우며 경전 연구를 계속하다

다산은 좋지 않은 건강에도 불구하고 1811년(50세)에는 『아방강역고(我邦疆域考)』를 완성했다. 이 책은 기자조선으로부터 발해에 이르는 우리나라 고대 강역(疆域)의 역사를 중국과 우리나라의 문헌을 바탕으로 고증한 것이다. 그는 이 책을 완성하고 형 약전에게 보낸 편지에서 "『아방강역고』 10권이야말로 10년 동안 모아 비축했던 것을 하루아침에 쏟아놓은 것입니다"[136]라 하여 대단한 자부심을 보였으며, 김부식의 『삼국사기』를 개작해야 한다고 말하기도 했다. 1812년 봄에는 『민보의(民堡議)』를 집필했고 가을에는 『춘추고징(春秋考徵)』이 완성되었으며 또 이해에 세상을 떠난 승려 혜장을 위해 「아암장공탑명(兒菴藏公塔銘)」을 지었다.

1813년(52세)에 『논어고금주(論語古今註)』가, 1814년에는 『맹자요의(孟子要義)』가 이루어졌다. 이 두 책은 다산 경학연구에서 매우 중요한 저서이다.

---

136 『전서』 I-20, 23a 「上仲氏」 "我邦疆域考十卷 乃十年蓄聚 而一朝發泄者也."

1814년 여름에 죄인명부에서 이름이 삭제되었지만 강준흠(姜浚欽)의 상소로 석방되지 못했다. 이해 가을에 『대학공의(大學公議)』, 『중용자잠(中庸自箴)』, 『중용강의보(中庸講義補)』가 완성되었고 겨울에는 『대동수경(大東水經)』을 완성했다. 1815년(54세) 봄에 「심경밀험(心經密驗)」과 「소학지언(小學枝言)」이 이루어졌고 1816년 봄에는 『악서고존(樂書孤存)』을 완성했다. 실로 정력적인 저술 활동이었다. 이로써 다산의 경학 연구가 대강 마무리되었다. 1816년 여름에 큰아들로부터 온 편지에 답하는 편지를 썼다.

보내준 편지는 자세히 보았다. 천하에는 두 가지 큰 기준[大衡]이 있는데 하나는 시비(是非)의 기준이요, 다른 하나는 이해(利害)의 기준이다. 이 두 가지 큰 기준에서 네 종류의 큰 등급이 나온다. 옳은 것을 지키면서 이익 얻는 것이 가장 높은 등급이요, 그 다음은 옳은 것을 지키면서 해를 입는 것이며, 그 다음은 옳지 않은 것을 좇아 이익을 얻는 것이며, 가장 낮은 등급은 옳지 않은 것을 좇아서 해를 입는 것이다. 너는 지금 나로 하여금 필천(筆泉)에게 편지를 보내어 항복을 빌라 하고, 또 강(姜), 이(李)에게 꼬리를 치며 동정을 애걸하라고 하니, 이는 세 번째 등급을 구하고자 하는 것이나 끝내는 네 번째 등급으로 떨어지고 말 것이니, 내가 무엇 때문에 그런 짓을 하겠느냐.[137]

이 편지에 나오는 "필천(筆泉)"은 다산의 사촌처남인 홍의호(洪義浩)로 친구로 지냈으나 후에 다산 일파를 모함했던 인물이고, "강(姜), 이(李)"는 강준흠(姜浚欽)과 이기경(李基慶)으로 역시 다산을 모해한 자들이다. 큰아들은 백

---

[137] 『전서』 Ⅰ-21, 6b 「答淵兒」 "來紙詳見之矣 天下有兩大衡 一是非之衡 一利害之衡也 於此兩大衡 生出四大級 凡守是而獲利者太上也 其次守是而取害也 其次趨非而獲利也 最下者趨非而取害也 今使我移書乞降於筆泉 又搖尾乞憐於姜李 是欲求第三級 而畢竟落下於第四級 吾何以爲之哉."

방으로 알아본 결과 다산이 이들에게 용서를 비는 서신을 보내면 석방될 가
능성이 있다고 판단하여 부친에게 편지 쓸 것을 권유한 것 같다. 그러나 그
렇게 하면 결국은 그가 말한 네 번째 등급으로 떨어지고 말 것임을 잘 알고
있었기에 아들의 권유를 단호히 거절한다. 그리고 "비록 그러하지만 사람이
해야 할 일을 다하지 않고 천명만 기다리는 것은 진실로 도리가 아니다. 나
는 사람이 해야 할 일을 이미 다했다. 그런데도 내가 돌아갈 수 없다면 이 또
한 운명일 뿐이다"[138]라고 하여 마음을 다잡는다.

23. 형님과의 영별

1816년 6월에는 둘째 형 약전의 부음을 들었다. 정약전은 유배지 흑산도
가 아닌 우이도(牛耳島)에서 별세했는데 다산이 쓴 「선중씨묘지명」[139]에 의
하면 그 경위는 이렇다. 정약전은 동생이 해배되리라는 소식을 듣고 해배되
면 반드시 자기를 찾아올 것인데 강진에서 머나먼 뱃길로 올 것을 염려하여
육지 가까운 우이도로 가서 기다리기로 했다. 그런데 흑산도 주민들이 공
(公)을 붙들고 떠나지 못하게 하자 공은 몰래 야밤에 배를 타고 떠났지만 주
민들에게 발각되어 다시 흑산도로 돌아왔다. 공은 전후 사정을 하소연하여
가까스로 우이도로 갔으나 강준흠의 방해로 아우가 석방되지 못하고 3년이
나 기다리다 끝내 아우를 만나지 못한 채 그곳에서 세상을 떠난 것이다. 다
산은 두 아들에게 보낸 편지에서 이렇게 말했다.

138 같은 책, 같은 곳, "雖然不修人事 但待天命 誠亦非理 余則修人事旣盡 修人事旣盡而終不能歸 則是亦命耳."
139 「전서」 15, 38b 「先仲氏墓誌銘」.

6월 초 6일은 내 어진 중씨(仲氏)가 세상을 떠난 날이다. 아! 어질고도 궁하기가 이 같은 분이 있었겠는가? 돌아가심이 원통하여 울부짖으니 나무와 돌도 눈물을 흘리는데 다시 또 무슨 말을 하리요. 외로운 천지간에 다만 손암(巽菴) 선생만이 나의 지기(知己)였는데 이제 돌아가셨으니 내 비록 터득한 것이 있다 한들 어느 곳에서 입을 열어 말하겠는가. 사람에게 지기가 없으면 죽는 것만도 못하다. 아내도 지기가 아니고 자식도 지기가 아니고 형제·친척도 지기가 아니다. 지기인 형님이 돌아가셨으니 또한 슬프지 아니하겠느냐? 경집(經集) 240책을 새로 장정해서 책상 위에 놓아두었는데 내가 장차 이것을 불태워버렸으면 한다. 율정(栗亭)에서의 이별이 천고에 애통하여 견디지 못할 일이 되어 버렸구나![140]

다산은 형을 "선생"이라 호칭할 만큼 존경했다. 형은 그의 학문적 동반자였으며 스승이었다. 또한 형은 자기를 가장 잘 알아주는 마음이 통하는 벗[知己]이기도 했다. 그런 형이 별세했으니 다산의 애통함이 어떠했으리라는 것은 짐작하고도 남음이 있다. 그래서 유배지에서 심혈을 기울여 완성한 240책의 경전 연구에 관한 저술을 불태워버릴 생각까지 하게 된 것이다. 경전 연구서의 진정한 가치를 알아 줄 사람은 형뿐이라 여겼기 때문이다.

---

140 『전서』Ⅰ-21, 8a「寄二兒」"六月初六日 卽我賢仲氏棄世之日也 嗚呼 賢而窮有如是乎 冤號崩隕 木石爲之出涕 尙復何言 子子天地間 只有我巽菴先生 爲我知己 今焉失之 自今雖有所得 將何處開口 人與其無知己 不如死之久矣 妻不知己 子不知己 昆弟宗族 皆不知己 知己而死 不亦悲乎 經集二百四十冊 新裝置案上 吾將焚之乎 栗亭之別 遂成千古所切切哀痛不堪者."

24. 경학(經學)에서 경세론(經世論)으로

1817년(56세)부터는 경전 연구를 바탕으로 야심적인 경세론(經世論)을 펼치기 시작했다. 이해 봄에 『경세유표』의 저술을 시작했는데 완성본은 해배 이후에 이루어진 것으로 보인다. 1818년 봄에는 『목민심서』를 저술했다. 이두 저술은 다산 경세론의 핵심이지만 이 자리에서 그 내용을 소개할 겨를은 없다. 다만 「자찬묘지명」에 기록된 다산 자신의 말을 인용하는 것으로 대신한다.

경세(經世)란 무엇인가? 관제(官制)·군현지제(郡縣之制)·전제(田制)·부역(賦役)·공시(貢市)·창저(倉儲)·군제(軍制)·과제(科制)·해세(海稅)·상세(商稅)·마정(馬政)·선법(船法) 등 나라를 경영하는 제반 제도에 대하여 현재의 실행 가능 여부에 구애되지 않고 경(經)을 세우고 기(紀)를 베풀어 낡은 우리 나라를 새롭게 하고자 생각한 것이다.

목민(牧民)이란 무엇인가? 현재의 법을 토대로 우리 백성을 다스리는 것이다. 율기(律己)·봉공(奉公)·애민(愛民)을 3기(紀)로 삼고, 이전(吏典)·호전(戶典)·예전(禮典)·병전(兵典)·형전(刑典)·공전(工典)을 6전(典)으로 삼고, 진황(振荒) 1목(目)으로 끝맺음하였다. 편(篇)마다 각각 6조씩을 포함하되 고금(古今)을 조사하여 망라하고, 간위(奸僞)를 파헤쳐 내어 목민관(牧民官)에게 주어, 한 백성이라도 그 은택을 입는 자가 있기를 바라는 것이 용(鏞)의 마음이다.[141]

---

[141] 『전서』 I-16, 18a 「自撰墓誌銘」 集中本, "經世者何也 官制郡縣之制 田制賦役貢市倉儲軍制科制 海稅商稅 馬政船法營國之制 不拘時用 立經陳紀 思以新我之舊邦也 牧民者何也 因今之法而牧吾民也 律己奉公愛民 爲三紀 吏戶禮兵刑工爲六典 終之以振荒一目 各攝六條 搜羅古今 剔發奸僞 以授民牧 庶幾一民有被其澤者 鏞之心也."

25. 다신계(茶信契)를 결성하다

1818년(57세) 8월에 이태순(李泰淳)의 상소로 기나긴 유배생활에서 풀려났다. 강진의 초당을 떠나 마재의 본집으로 돌아온 것이 8월 14일이었다. 고향으로 떠나기에 앞서 다산은 제자들과 다신계(茶信契)를 결성했다. 이에 다신계절목(節目)이 작성되었는데 그 취지문은 다음과 같다.

사람이 귀중한 것은 신의가 있기 때문이다. 만일 무리로 모여서 서로 즐기다가 흩어지고 나서 서로를 잊는다면 이는 새나 짐승의 도리이다. 우리들 몇십 명이 무진년(1808) 봄부터 오늘날에 이르도록 동아리를 이루어 살며 형제와 같이 글을 배우고 지었다. 지금 스승께서 북쪽 고향으로 돌아가시니, 우리들이 뿔뿔이 헤어져 마침내 아득히 서로를 잊고 생각하지 않는다면 신의를 익히는 도가 경박하게 되지 않겠는가. 지난해 봄에 우리들이 미리 이 일을 염려하고 돈을 모아 계를 만들었다. 처음에는 사람마다 1냥씩 냈지만 2년 동안 이자가 늘어 지금 그 돈이 35냥이 되었다. 다만 생각건대, 이미 흩어진 다음에 돈과 재물의 출납이 뜻대로 되기 쉽지 않겠기에 바야흐로 걱정이 되었다. 그리고 스승께서는 보암(寶巖) 서촌(西村)에 메마른 밭 몇 뙈기가 있는데, 떠나시기에 임해 팔려고 내놓았으나 팔리지 않는 것이 많았다. 이에 우리들이 35냥의 돈으로써 스승님 행장에 쓰시라고 바치고 서촌 몇 뙈기의 밭을 남겨 계의 재산으로 만들었다. 그리고 그 이름을 다신계(茶信契)라 붙이고 앞날의 신의를 익히는 자본으로 만들었다. 그 조례와 전토(田土) 결부(結負)의 숫자를 아래쪽에 자세히 기록한다.[142]

---

142 '다신계절목'의 내용은 송재소 외 역 『한국의 차 문화 천년』 제2권(돌베개, 2009)에서 재인용한 것임.

다신계절목에는 초당 18제자의 명단과 인적 사항이 나와 있고, 규약에 해당하는 '약조(約條)'가 있는데, 여기에는 매년 청명이나 한식날, 국화꽃 필 때 계회(契會)를 열고, 매년 곡우 날 찻잎을 따서 편지와 함께 부치는 일 그리고 동암(東菴)의 지붕 이는 값, 찻잎을 채취하는 비용 등에 이르기까지 여러 가지 규약이 기록되어 있다. 마지막엔 읍중 제자 4인도 다신계 계원으로 참여시켜 달라는 다산의 당부가 붙어 있다.

제 7 장

—

해배기(解配期)

1. 「자찬묘지명」을 짓다

다산은 고향으로 돌아온 이듬해(1819년, 58세) 여름에 『흠흠신서(欽欽新書)』를 완성하고 겨울에는 『아언각비(雅言覺非)』를 완성하는 등 저술 작업을 계속하는 한편으로 용문산을 유람하기도 했다. 1820년에는 배를 타고 춘천으로 가서 청평산을 유람했다.

환갑이 되는 1822년에 다산은 광중본(壙中本), 집중본(集中本) 등 두 종류의 「자찬묘지명」을 지었는데 집중본은 자신의 일생의 행적과 저술을 기록한 장문의 묘지명이다. 다산이 이렇게 자신의 묘지명을 자기가 지은 것은, 오해와 모함과 탄압으로 얼룩진 파란만장한 자신의 일생을 가감 없이 스스로 밝히고 싶었기 때문이었을 것이다. 특히 천주교와의 관련 부분은 자신이 명백하게 정리해야 된다고 생각했을 것이다. 자신이 죽은 후 타인의 손에 의해 묘지명이 쓰일 경우 또 다른 사실의 왜곡이 있을지도 모르기 때문이다. 스스로 지은 집중본 묘지명의 명(銘)은 다음과 같다.

네가 네 착함 기록하여
여러 장이 되었는데

숨겨진 네 나쁨 기록한다면
한없이 많으리라

사서육경(四書六經) 안다고
네 스스로 말하지만

행한 바를 살펴보면
부끄럽지 아니한가

너는 명예 드날리되
찬양이랑 하지 말라

몸소 행해 증명해야
드러나고 빛난다네

너의 분운(紛紜) 거두고
너의 창광(猖狂) 거두어서

힘써 상제(上帝) 섬긴다면
마침내 경사가 있으리로다[01]

爾紀爾善　至於累牘
紀爾隱慝　將無罄竹
爾曰予知　書四經六
考厥攸行　能不愧忸

01 『전서』 I -16, 18b.

爾則延譽　而罔贊揚
盍以身證　以顯以章
斂爾紛紜　戢爾猖狂
俔焉昭事　乃終有慶

　또 환갑 때 다산은 조그마한 첩(帖)을 잘라 유언장을 작성해 두었다. 내용
은 대부분 장례 절차에 관한 것이었는데 그중에 "집의 동산에 매장하고 지
사(地師)에게 물어보지 말라"는 항목이 있다. 풍수설에 관한 평소의 지론을
그대로 실천하려 한 것이다. 그는 유언장에서 "살았을 때 그 뜻을 받들지 않
고 죽었을 때 그 뜻을 좇지 않으면 모두 효(孝)가 아니다"라 하여 자신의 유
언에 따를 것을 당부했다. 후일 다산이 서거했을 때 두 아들은 부친의 유령
(遺令)을 그대로 따랐다. 특히 장지(葬地)도 지사에게 물어보지 않고 부친의
당부대로 여유당 뒷동산에 매장했다.

　해배 이후 다산은 선배나 친구들의 묘지명을 짓는 일에 많은 노력을 기울
였다. 여기에는 부탁을 받고 지은 묘지명도 있지만 다산 스스로 지은 것도
많다. 특히 환갑 되던 해(1822년)에 쓴 권철신(權哲身), 이가환(李家煥), 이기양
(李基讓) 묘지명은 신유옥사 때 피해를 입은 이들의 생애를 사실대로 바르게
알리기 위해서 야심적으로 쓴 글이다. 이 밖에도 이 시기를 전후해서 쓴 것
으로 다산의 외6촌인 윤지범(尹持範), 윤지눌(尹持訥)과 친구인 이유수(李儒
修), 윤서유(尹書有) 등의 묘지명이 있다.

　다산은 고향에 돌아온 후 근처에 사는 당대의 석학 석천(石泉) 신작(申綽),
대산(臺山) 김매순(金邁淳) 등과 교유하면서 시를 주고받고 학문적 토론을 활
발히 벌였다. 또한 해배 후 다산이 살고 있던 여유당을 찾아와 가깝게 지낸
정조의 부마(駙馬) 해거재(海居齋) 홍현주(洪顯周)의 주선으로 그의 형 연천(淵

泉) 홍석주(洪奭周)와도 편지로 학문적 토론을 이어갔다. 이들 인사와 토론한
내용은 다양하지만 주로 『상서(尙書)』에 관해서 토론을 했던 것으로 보인다.
이들과 다산은 비록 당색(黨色)이 달랐고 학문적 견해도 같지 않았지만 서로
를 존중하며 토론을 벌여 후일 『상서』 관계 저술들을 수정·보완하여 1834
년 최종본인 『상서고훈(尙書古訓)』과 『매씨서평(梅氏書平)』을 완성하는 데에
많은 도움을 받았다.

2. 만년의 다산 ─「늙어서」

해배 이후에도 다산은 많은 시를 썼다. 앞에서 언급한 대로 1811년부터
1827년까지의 시는 찾아볼 수 없지만 1828년(67세)에 쓴 다음과 같은 시에서
노년의 다산의 모습을 엿볼 수 있다.

쓸모없는 이 몸이 얼마나 살는지
마른 나무 식은 재라 정 둔 데가 없다네

호미질 잊어 채소는 쑥 속에 묻히고
저술을 안 해도 책은 쌓여 있다네

급한 성질 녹아버려 기쁨 노염 없지만
병든 몸은 용케도 맑고 갠 것 안다네

시가(詩家)의 격율(格律)이 번쇄한 것 싫어서

웃으며 욕하며 붓 가는 대로 글을 쓰네[02]

-「초여름의 한가한 삶」

懶散常思幾許生　死灰槁木不鍾情
忘鋤菜遂蒿中沒　廢著書猶案上橫
急性消磨無喜怒　病軀靈慧識陰晴
詩家格律愁煩瓛　笑罵從他信筆成

세월이 흘러 어느덧 다산도 67세의 노인이 되었다. 자신을 "마른 나무"와 같고 "식은 재"와 같다고 했다. 젊은 날의 불같은 "급한 성질도 녹아버렸다"고 했다. 그래서 크게 기뻐할 일도 없고 크게 노여워할 일도 없다고 했다. 그런데도 "병든 몸은 용케도 맑고 갠 것을 안다"고 했다. 그만큼 늙었다는 말이다. 흐린 날에는 팔 다리가 쑤시고 아팠던 것이다.

나의 노쇠함을 다시 말해 무엇 하리
여름에도 휘장을 걷지 못하네

어리던 자식 놈은 귀밑털이 하얗고
증손은 하마 벌써 색동옷 입었네

눈동자 있으나 글자 쓰기 어려운데
이는 없어도 고기 씹을 만하네

02　『전서』 I-6, 1a「端午日 次韻陸放翁初夏開居八首 寄淞翁」 중 제5수.

늙은 나무 제 비록 살아 있은들
그 어찌 싹 틔우고 꽃을 피우랴[03]

–「늙어서」

吾衰復何說　朱夏未褰幃
弱子今霜鬢　曾孫已綵衣
有眸艱作字　無齒可劘肥
老樹雖然活　菁華豈放輝

자식 놈은 이제 50을 바라보는 나이에 귀밑털이 허옇다. 그 아들이 자식
을 낳고 그 자식이 또 자식을 낳았다. 세월이 빠르다. 자신은 눈이 어두워 글
도 쓰기 어렵다. 그래서 한탄한다. "늙은 나무 제 비록 살아 있은들 / 그 어
찌 싹 틔우고 꽃을 피우랴." 그러나 자조(自嘲) 섞인 한탄과는 달리 그의 필
력(筆力)은 아직 시들지 않았다. 1828년(67세) 전후에 쓰인 것으로 보이는 다
음과 같은 시가 이를 증명해 준다.

고양이 그려서 세상에 유명하니
변씨는 이로써 '변고양이'라 불렸는데

이번에 또다시 병아리 그려내니
가는 털 하나하나 살아 있는 듯

어미닭은 까닭 없이 잔뜩 노해서

---

03 「전서」 I–6, 5b 「次韻范石湖病中十二首 簡示淞翁」 중 제5수.

안색이 사납게 험악한 표정

목털은 곤두서서 고슴도치 닮았고
건드리면 꼬꼬댁 야단맞는다

쓰레기통 방앗간 돌아다니며
땅바닥을 샅샅이 후벼 파다가

낟알을 찾아내면 쪼는 척만 하고서
새끼 위한 마음으로 배고픔 참아내네

아무것도 없는데 놀라서 허둥지둥
올빼미 그림자 숲 끝을 지나가네

참으로 장하도다 자애로운 그 마음
하늘이 내린 사랑 그 누가 빼앗으랴

병아리들 어미 곁을 둘러싸고 다니는데
황갈색 연한 털이 예쁘기도 하여라

밀랍 같은 연한 부리 이제 막 여물었고
닭 벼슬은 씻은 듯 연붉은 색깔

그중에 두 놈은 서로 쫓고 쫓기는데

어디메로 그리도 급히 가는고

앞선 놈 주둥이에 무엇이 매달려
뒷 놈이 그것을 뺏으려는 것

새끼 둘이 한 지렁이 서로 다투어
두 놈이 서로 물고 놓지를 않네

또 한 놈은 어미 등에 올라타고서
가려운 곳 혼자서 비비고 있는데

한 놈만 혼자서 오지 않고서
채소 싹을 바야흐로 쪼고 있는 중

형형색색 섬세하여 진짜 닭과 똑같아
도도한 기상을 막을 수 없네

듣건대 이 그림 처음 그렸을 때
수탉들이 잘못 알고 법석했다오

그가 그린 고양이 그림 역시
쥐들을 혼내줄 만하였겠으리

예술의 지극함이 여기까지 이르다니

만지고 또 만져도 싫지가 않네

되지 못한 화가들은 산수화 그린다며
이리저리 휘둘러 손놀림만 거치네[04]

-「어미닭과 병아리」

卜以卜貓稱　畫貓名四達
今復繪鷄雛　箇箇毫毛活
母鷄無故怒　顔色猛峭嶭
頸毛逆如蝟　觸者遭嗔喝
煩壞與碓廊　爬地恆如墢
得粒佯啄之　苦心忍飢渴
瞿瞿視無形　鴟影度林末
嗟哉慈愛性　天賦誰能拔
羣雛繞母行　茸茸嫩黃褐
蠟嘴軟初凝　朱冠淡如抹
二雛方追犇　急急何佻撻
前者昧有垂　後者意欲奪
二雛爭一蚓　雙銜兩不脫
一雛乘母背　癢處方自撥
一雛獨不至　菜苗方自捋
形形細逼眞　滔滔氣莫遏
傳聞新繪時　雄鷄誤喧聒

04 『전서』 I-6, 19b 「題卜相璧母鷄領子圖」.

亦其烏圓圖　可以群鼠愲

絶藝乃至斯　摩挲意未割

竊師畫山水　狼藉手勢濶

　숙종조(肅宗朝)의 화가 변상벽(卞相璧)의 그림을 보고 쓴 제화시(題畫詩)이다. 변상벽은 동물화에 능했는데 특히 고양이 그림을 잘 그려 이 시에도 말한 것처럼 "변고양이"로 불리기도 했다. 다산의 시는 변상벽이 그린 '모계영자도(母鷄領子圖)', 즉 어미닭이 병아리를 거느리고 있는 모습을 그린 그림을 보고 쓴 시이다. 이 시는 변상벽의 그림을 직접 보는 것처럼 사실적이다. 아니 그림보다 더 사실적이다. 새끼들을 보호하려는 어미 닭의 거동이 그림을 보는 것처럼 실감나게 묘사되어 있고 어린 병아리들의 모습 역시 생동감이 넘친다. 다산은 회화의 사실성을 매우 중시하여 "뜻만 그리고 형(形)은 그리지 않는" 그림을 비판한 바 있다. 다산이 보기에 변상벽의 그림은 '형(形)'을 정확하게 사실적으로 그린 것이고 다산은 또 이 사실적인 그림을 사실적인 시로 재현시켜 놓은 것이다. 다산의 시적 재능이 마음껏 발휘된 만년의 대표작이라 할 만하다.

3. 아끼던 제자 초의 ―「초의(草衣)에게」

　다산이 마재[馬峴]의 고향집에 거처하는 동안 강진의 제자들이 여러 차례 다산을 찾아왔고 다산은 그들에게 초당의 형편을 물어보곤 했다. 지금은 떠났지만 정이 들었던 초당이었다. 1930년(69세)에는 초의(草衣)가 승려 몇 명과 함께 다산을 방문했다. 다산은 강진에 있을 때 그곳의 승려들과도 인연을 맺어 빈번한 접촉을 가졌으며 그들과 함께 『대둔사지(大屯寺誌)』의 편찬에 주도적으로 참여하기도 했다. 강진을 떠날 때 다신계(茶信契)와는 별도로 승려들과의 모임인 전등계(傳燈契)를 결성할 만큼 승려들과의 교유가 깊었다. 그중 초의는 다산이 가장 아끼고 사랑했던 승려였다.[05] 다산은 찾아온 승려들에게 시 한 수씩을 지어 주었는데 초의에게는 이런 시를 주었다.

축 늘어진 초의(草衣)에다
번들번들 민둥 머리

너, 중 껍질 벗겨내고
너, 유자(儒者)의 뼈 드러내라

묵은 거울은 갈고 닦았으나
새 도끼는 찍지 않아

밝게 보아 깨달았다는
그게 바로 제이월(第二月)이라[06]

―「초의에게」

齀齀草衣　髟髟禿髮
剝爾禪皮　露爾儒骨
古鏡旣磨　新斧非鈯

05 해배 이후 제자들과의 관계, 강진에서의 다산과 승려들과의 교유 특히 초의와의 관계에 대해서는 정민, 『다산의 재발견』(휴머니스트, 2011), 『삶을 바꾼 만남』(문학동네, 2011)에 자세하다.
06 『전서』 I-6, 27a 「庚寅除夕 同諸友分韻」 중 「贈草衣禪」.

見明星悟　是第二月

　초의는 성이 장씨(張氏)이고 법명은 의순(意洵)이다. 그는 24세 때인 1809
년 혜장의 소개로 초당으로 다산을 찾아가 다산으로부터 『주역』과 『논어』를
비롯한 유학의 경전을 배웠다. 다산은 그에게 불교의 허망함을 지적하고 유
학의 가르침을 따르도록 유도한 것으로 보인다. 그래서 한때는 대둔사 승려
들 사이에 '초의가 환속하여 유학을 공부하려 한다'는 소문이 돌기도 했다.
초의는 『동다송(東茶頌)』 등의 저서를 통하여 이조 후기의 차 문화를 중흥한
인물로도 평가된다.

　이 시에서도 다산은 "중 껍질 벗겨내고 / 유자(儒者)의 뼈 드러내라"고 하
여 초의의 환속을 은근히 권유하고 있다. 다산이 보기에 초의는 장삼[草衫]을
걸치고 "민둥 머리"를 하고 있지만 껍질만 중이고 뼈대는 유자라는 것이다.
'제이월(第二月)'은 불가의 용어로, 손가락으로 눈을 누르고 달을 보면 본래의
달 곁에 희미하게 나타나는 달을 가리키는 말인데, '진실이라고 잘못 인정된
것, 무의미한 것'이란 의미로 쓰인다. 다산은 이 시에서 "밝게 보아 깨달았
다"는 불교의 해탈의 경지도 결국은 '제2월'처럼 무의미하다고 말한 것이다.
그러나 초의는 끝내 환속하지 않고 승려로서 일생을 마쳤다.

4. 제비와 청개구리를 보고 —「여름날 전원」

70세 되던 1831년 어느 여름날 제비를 보고 쓴 시가 재미있다.

제비란 놈 터 잡으면 옮기길 꺼리는데

마루 천장 여기저기 진흙 칠 해놓았네

요즈음 풍수설이 습속이 되었으니
생각건대 새 중에도 지사(地師)가 있는 게지[07]

–「여름날 전원」

鷰子開基惜屢移　謾將泥點汚梁楣
邇來風水渾成俗　疑亦禽中有地師

　진흙을 물어다가 마루 대들보에 집을 짓는 제비를 보고 이런 시를 쓸 수 있었던 다산의 상상력이 놀랍다. 이것은 그의 풍수설 비판이 그토록 철저했다는 증거이기도 하고, 그러한 풍수설 비판을 제비를 빌려 시로 형상화한 그의 시적(詩的) 재능을 보여주는 것이기도 하다.

몸이 온통 녹색인 조그마한 개구리가
한평생 단정하게 매화나무에 앉아 있네

제가 감히 높이 살기 바라서가 아니라
산 채로 닭 뱃속에 매장될까 겁나서네

綠色通身絶小蛙　一生端正坐梅叉
非渠敢有居高願　剛怕雞腸活見埋

07　「전서」 I –7, 12b 「夏日田園雜興 效范楊二家體 二十四首」 중 제13수.

앞의 시와 같은 제목의 연작시 중 제14수이다. 한가한 어느 여름날 뜰 앞의 매화나무 가지에 앉아 있는 청개구리를 보고 문득 자신을 청개구리와 오버랩시킨다. 매화는 4군자의 하나다. 이 군자의 풍모를 지닌 매화나무 가지에 청개구리 한 마리가 "단정하게" 앉아 있다. 이 청개구리는 세속을 멀리하고 고고하게 살아가는 선비처럼 보이지만 사실은 닭에게 쪼아 먹힐까봐 땅에 내려오지 못하고 있는 것이다. 다산은 평소 선비들의 현실 도피적 태도를 매우 비판했다. 현실 속에서 현실과 대결하며 부조리한 현실을 개혁해야 한다는 것이 그의 신념이었다. 그러나 그는 현실과 대결하다가 몇 번이나 죽을 고비를 맞은 바 있다. 그래서 "산 채로 닭 뱃속에 매장될까 겁이 나서" 땅에 내려오지 못하는 청개구리처럼 현실 정치권을 떠나 조용히 살고 있는 것이다.

만년의 다산은, 강진에서 집필하고 여러 번 수정을 가해온 『상서(尚書)』 관계 저서들을 다시 손질하여 1834년(73세)에 『상서고훈(尚書古訓)』과 『매씨서평(梅氏書平)』 두 책으로 완성한 이외에는 별다른 저술을 하지 않고 친구들과 시를 주고받으며 비교적 평온하게 지냈다. 학문적 정열도 사회비판 의식도 어느 정도 무디어진 것 같았다. 다산도 늙음을 거역할 수는 없었을 것이다.

늙은 나이 세어보니 스스로 의아할 뿐
잠시 기뻐 웃다가 갑자기 슬퍼지네

노란 머리 안방 할멈 어디서 왔는고
마루 가의 백발 아이 사뭇 괴이하구나

실낱 같은 목숨은 촛불처럼 꺼지리니
6정(六丁)도 달리는 해를 끌어당기지 못해

정현(鄭玄)과 왕숙(王肅)이 나와 무슨 상관이랴
옛 서적은 번잡하여 따를 수 없네[08]

– 「속으로 세어보다」

默數頹齡只自疑　暫時歡笑忽焉悲
何來屋裏黃頭媼　頗怪牀頭白髮兒
一縷將爲風燭滅　六丁莫輓火輪馳
鄭玄王肅何關事　舊稿叢殘不可追

　71세경에 쓴 시로 추정되는데 속으로 가만히 나이를 세어보고 자신도 놀
란다. 벌써 70이 넘었다니! 자신만 늙은 것이 아니다. 백발의 할멈이 된 아
내와 역시 백발이 성성한 자식 놈이 너무나 늙어버려서 낯설게 느껴진다. "6
정(六丁)도 달리는 해를 끌어당기지는 못하는" 법이다. '6정'은 신통력을 가
졌다는 도교의 여섯 신(神)이다. 이제 "실낱 같은 목숨이 촛불처럼 꺼지려"
하는데 경학(經學) 연구에 평생을 바친 정현과 왕숙의 저술들이 "나와 무슨
상관이 있으랴"고 탄식한다. 그는 강진에서 혼신의 노력 끝에 경집(經集) 240
권을 저술했지만 모두 지나간 일이다.

5. 「자의시(字義詩)」와 「경의시(經義詩)」

그러나 이제는 더 이상 저술할 기력이 없지만 그 대신 그는 자신의 경전 연구를 총결산하는 시 40수를 남겼다. 즉 「자의시(字義詩)」라는 제목으로 「인자(仁字)」 2수, 「경자(敬字)」 2수, 「서자(恕字)」 2수, 「성자(性字)」 4수를 썼고, 「경의시(經義詩)」라는 제목으로 「시(詩)」 5수, 「서(書)」 5수, 「예(禮)」 5수, 「악(樂)」 5수, 「역(易)」 5수, 「춘추(春秋)」 5수를 썼다. 이 중 몇 수만 읽어보기로 한다.

사람이 사람 다스리는 이게 바로 두 사람이니
두 사람의 교제가 곧 인(仁)이 된다네

동방(東方)의 목덕(木德)이니, 생생(生生)하는 이(理)라면
군신(君臣), 부자(父子)의 친함과 무슨 상관 있겠는가[09]

─「인자(仁字)」

人以治人是二人　二人之際卽爲仁
東方木德生生理　何與君臣父子親

'인(仁)'은 유학의 가장 핵심적인 개념인데 다산은 인에 대하여 독창적인 해석을 내렸다. 종래에는 주자(朱子)의 학설을 그대로 따랐다. 주자는 인을 "사랑의 이치요 마음의 덕(愛之理 心之德)"이라 추상적으로 정의하고 궁극적으로는 "천지가 만물을 낳는 마음(天地生物之心)"으로, 태극(太極)의 동력(動

---

09 「전서」Ⅰ-7, 45b 「仁字二首」 중 제1수.

力)을 인이라 정의했다. 주자 성리학의 우주론에서 태극은 인간을 포함한 우주만물을 생성하고 순환시키는 원리이다. 만물에 내재해 있는 태극을 성(性)이라 하는데 이 성의 내용이 곧 인, 의, 예, 지이다. 인, 의, 예, 지 중에서 '인'이 가장 중요하여 인은 태극의 동력이 되어 천지만물을 생성하고 순환시키는 역할을 한다. 다산의 시에서 "생생하는 이(理)"는 바로 이 주자 식의 인 개념을 가리킨다. 그리고 "동방(東方)의 목덕(木德)" 운운한 것은 음양오행설에 의한 인 개념이다. 음양오행설에서는 동쪽을 인에 배속시키고 목(木)을 인에 배속시키고 있다. 다산은 주자와 음양오행설의 인 개념을 모두 부정한다. 다산은 '仁'자를 파자(破字)하여 '二人', 즉 '두 사람'으로 해석한다.

인(仁)이란 두 사람이다. 어버이를 효(孝)로써 섬기면 인이 되는 것이니 자식과 아비는 두 사람이다. 임금을 충(忠)으로써 섬기면 인이 되는 것이니 신하와 임금은 두 사람이다. 백성을 자애로써 다스리면 인이 되는 것이니 목민관과 백성은 두 사람이다. 사람과 사람이 각기 본분을 다하면 곧 인이 된다.[10]

이렇게 다산은 인을 실천적 윤리규범으로 파악했다. 앞의 시에서 "두 사람의 교제가 곧 인이 된다"는 말은 교제 자체가 인이 된다는 말은 아니고 두 사람의 교제에서 각기 본분을 다하면 그것이 바로 인이라는 말이다. 다산은 같은 글에서 "인은 만물을 낳는 이치가 아니다. 이로써 인을 구하면 반드시 인의 자취를 볼 수 없을 것이다"[11]라 하여 "천지가 만물을 낳는 마음"이라는 주자의 인설(仁說)을 정면으로 부정했다. 그는 "인(仁)이란 다른 사람을 향한

---

10   『전서』 II-6, 28b 『孟子要義』 권2 「告子第六」〈仁人心也義人路也章〉 "仁者二人也 事親孝爲仁 子與父二人也 事君忠爲仁 臣與君二人也 牧民慈爲仁 牧與民二人也 人與人盡其分 乃得爲仁."
11   앞과 같은 곳, 29b "仁非生物之理 以此求仁 必無以見仁迹矣."

사랑이다"[12]라고 말했는데, 부모를 사랑하고 임금을 사랑하고 백성을 사랑하는 것이 곧 인이라는 것이다. 이렇게 다른 사람을 사랑하면서 펼치는 정사(政事)가 '인정(仁政)'이고 다산이 펼친 경세론은 이 인정을 베풀자는 것 이외의 아무것도 아니다. 다른 사람을 사랑하는 마음으로 인정을 베푼다면 그가 『목민심서』 서(序)에서 말한 바의 "하민(下民)들은 여위고 시달리고, 시들고 병들어 서로 쓰러져 진구렁을 메우는데, 그들을 기른다는 자는 바야흐로 고운 옷과 맛있는 음식으로 자기만 살찌우는"[13] 그런 일은 벌어지지 않을 것이라 믿었다.

> 꿩은 산에서, 오리는 물에서 살려 하고
> 벼는 무논에, 기장은 밭에 심어야 하네
>
> 우리가 선(善)을 좋아함, 이것이 성(性)이라
> 맹자의 가르침은 원래가 기호(嗜好)를 따른 것[14]
>
> —「성자(性字)」

雉欲山棲鴨欲川　稻宜水種黍宜田
吾人嗜善斯爲性　鄒喩元從嗜好邊

다산사상의 가장 독창적인 이론인 '성기호설(性嗜好說)'을 설파한 시이다. 성리학의 이론에 따르면 성(性)은 하늘로부터 부여받아 만물에 내재해 있는 이(理)로 정의된다. '성즉리설(性卽理說)'이 그것이다. 그리고 성은 선(善)하

12　『전서』 II-9, 14a 『論語古今注』 卷3, 「雍也 下」 "仁者嚮人之愛也."
13　『전서』 V-16, 1a 『牧民心書』 「自序」 "下民羸困 乃瘰乃瘓 相顚連以實溝壑 而爲牧者 方且鮮衣美食以自肥."
14　『전서』 I-7, 46a 「性字四首」 중 제1수.

다. 그러므로 인간의 선성(善性)은 선험적으로 주어진 이(理)다. 반면에 다산은 성리학에서 말하는 이(理)의 실제성을 부정하고, 성을 '사물들이 각각 지니고 있는 고유한 기호(嗜好)일 뿐'이라 말한다. "꿩은 산에서 오리는 물에서 살려고 하는" 것이 꿩과 오리의 성(性)이고, 벼는 무논을 좋아하고 기장은 밭을 좋아하는 것이 벼와 기장의 성이다. 인간의 경우에는 선행을 하려는 기호가 인간의 성이다. 이것이 맹자 성선설의 참뜻이라는 것이다. 여기에서 다산의 또 하나의 독창적 이론인 상제론(上帝論)이 도출되었다.

음란한 노래는 본래가 없는건데
설령 있다 해도 채집해서 무엇하랴

순 임금 순수(巡狩)할 땐 이 법이 없었는데
시(詩) 바치려 어느 누가 태산까지 갔겠는가[15]

-「시(詩)」

狹邪淫冶本無歌　設有謳唫采奈何
虞帝巡方無此法　獻詩誰到太山阿

『시경』에 대한 시이다. 『시경』 풍시(風詩)의 성립과정에 대해서는 여러 설이 있지만 우리나라에서는, 황제가 민간의 풍속을 관찰하기 위하여 민간 가요를 채집한 것이라는 주자의 '채시관풍설(採詩觀風說)'을 받아들였다. 그러나 다산은 이를 부정하고 『시경』의 시 전체를 '현인군자지작(賢人君子之作)'이라 단정했다. 그러므로 「정풍(鄭風)」의 이른바 음시(淫詩)도 민간의 음란한

15　『전서』Ⅰ-7, 46a「詩五首」중 제4수.

노래가 아니라 현인군자가 음란함을 풍자한 시라고 해석했다. 따라서 자연히 '사무사(思無邪)'도 주자와는 다르게 해석했다. 다산은 이렇게 말했다.

> 정풍(鄭風)에는 음시(淫詩)가 없습니다. 남녀가 즐거워하는 시는 모두 음란함을 풍자하는 시입니다. 시 삼백(詩三百)은 한마디로 말하여 사무사(思無邪)라 했으니 시 삼백은 한마디로 말하여 현인군자지작(賢人君子之作)입니다. …
> 시(詩)의 찬미하고 풍자한 것은 『춘추(春秋)』의 포폄(褒貶)입니다. 그러므로 시가 없어지자 춘추가 지어졌다는 것입니다.[16]

다산은 주자와 달리 '사무사'를 작시자의 마음으로 보았다. 삼백 편을 지은 사람이 현인군자이기 때문에 마음에 사악함이 있을 수 없다는 것이고, 또한 현인군자가 지은 시에 음시가 있을 수 없다는 것이다. 그러므로 정풍의 시는 '음시'가 아니라 '음란함을 풍자한 시'라는 논리이다. 이렇게 현인군자가 사무사의 마음을 가지고 지었기에 『시경』은 『춘추』에서의 포폄의 기능을 수행할 수 있었던 것이라고 다산은 생각했다. 앞의 시는 이러한 다산 시경론의 일단을 드러낸 작품이다.

6. 식지 않은 애민정신 — 「수촌의 흉년」

다산이 작고하기 3년 전인 1833년(72세)에 쓴 「수촌(水村)의 흉년」 연작시

---

16 『전서』, Ⅱ-17, 47a 『詩經講義』권1, 「叔于田」 "鄭風無淫詩 其有男女之說者 皆刺淫之詩也. 詩三百 一言以蔽之
曰 思無邪 則詩三百 一言以蔽之曰 賢人君子之作也. … 詩之美刺 春秋之褒貶也. 故曰 詩亡而春秋作."

10수[17]는 농민에 대한 그의 애정이 아직 식지 않았음을 보여준다. 그 전해에 홍수가 나서 많은 수재민이 발생한데다가 이해에는 흉년이 들어 황해, 충청, 경기 지방에 기민이 260만 명에 달하여 절량민에게 긴급 구호곡을 방출했다. 이 여파로 서울의 쌀값이 올라 난민들이 곡물전을 습격하는 사건이 발생하기도 했다. 게다가 전염병까지 퍼져 나라 전체가 어려운 상황이었다. 이 시는 이러한 상황에서 쓰였다.

동풍이 건듯 부니 풀잎이 흩날리고
꽃과 버들 그대로 옛날과 같은데

적막함은 봄 들어 더욱 심하고
찬 연기, 쇠락한 집엔 햇빛조차 더디네 (제1수)

東風吹綠草離離　花柳依然似昔時
只是寂寥春更甚　冷烟衰屋日華遲

시의 배경이 된 계절은 봄이다. 봄바람이 불어 꽃과 버들은 예전처럼 피었지만 흉년에 시달리는 농민들에겐 봄이 적막하기만 하다. 꽃이 피어도 꽃을 보고 즐길 여유가 없어 화려해야 할 봄이 적막하다는 것이다. 이 농가엔 화사한 햇빛조차 환히 비치지 않아서 연기도 차다. "찬 연기"는 쓸쓸한 연기이다. 밥 짓는 연기마저 차게 보일 정도로 스산한 마을 정경이 그려져 있다.

---

17 『전서』 I -7, 13b 「荒年水村春詞十首」.

번쩍번쩍 칼을 갈아 산 위로 올라가서
소나무 껍질 벗겨 한입 가득 먹는구나

묘지기 목 타도록 말려도 할 수 없어
천 그루 소나무가 하얗게 벗겨지니
마릉(馬陵)의 글씨를 쓸 만도 하네 (제3수)

磨刀霍霍上山壚　劚取松皮滿口茹
塚戶脣焦那禁得　千株白立馬陵書

굶주림에 견디다 못한 농민들이 산에 올라 소나무 껍질을 벗겨 먹는 광경
이다. 마릉(馬陵)은 중국 제(齊)나라의 장군 손빈(孫臏)이 위(魏)나라 장군 방
연(龐涓)을 크게 무찌른 곳이다. 방연이 손빈의 계교에 속아 군사를 이끌고
마릉에 도착해보니, 큰 나무를 깎아 흰 바탕에 '방연이 이 나무 아래에서 죽
으리라'는 글귀가 쓰여 있었다고 한다. 이 시에서는 소나무들이 마릉의 나무
처럼 껍질이 벗겨져 있다는 뜻이다. "천 그루 소나무가 하얗게 벗겨질" 만큼
농민들의 굶주림이 극심했음을 말하고 있다. 이 외에도 이 연작시에는 구휼
미를 타서 돌아가는 기민(饑民)들의 모습, 굶주림을 견디다 못해 양반들마저
도둑떼에 가담하여 민가를 습격하는 모습 등이 묘사되어 있다.

뼈만 남아 여윈 소가 억지로 쟁기 끄니
채찍질 휘두른들 어찌 깊이 갈 수 있나

느릅나무 그늘에서 소와 사람 함께 쉬니

석양 무렵 되어서야 논 한 두락 겨우 가네 (제7수)

牛骨峻嶒強服犁　百鞭那得曳深泥
楡陰放歇人俱歇　恰到殘陽了一畦

힘들기는 소도 마찬가지이다. 소야 풀만 먹으면 되지만, 기아에 시달린 소 주인이 여물을 충분히 줄 경황이 없어서인지 소마저 뼈만 앙상하다. 여윈 소가 힘겹게 쟁기를 끄는 장면을 삽입함으로써 흉년 든 수촌(水村)의 광경을 더욱 참담하게 그리고 있다. 다산이 평생토록 정열을 쏟아 해결하려 한 것이 농민문제였다. 미증유의 대흉년을 만나 굶주리고 있는 농민들의 참상을 그가 그냥 지나칠 수 없었을 것이다. 그러나 초기의 「기민시」 등에서 보여준 통렬한 비판의식은 상당히 누그러진 듯, 비교적 담담한 시선으로 묘사하고 있다.

7. 회혼을 맞아 ―「회혼일에」

다산은 1836년 2월 22일 향년 75세로 세상을 떠났다. 공교롭게도 이날은 다산의 회혼일(回婚日)이었다. 그가 1776년 2월 22일에 풍산 홍씨와 결혼했으니 이날이 결혼 60주년이 되는 해였던 것이다. 다산은 운명하기 3일 전에 회혼일을 기념하기 위하여 다음과 같은 시를 썼다. 그의 생애 마지막 시인 셈이다.

육십년이 바람처럼 순식간에 지났는데

복사꽃 핀 봄빛은 신혼시절 같구나

생이별과 사별(死別)은 늙음을 재촉하나
슬픔 짧고 기쁨 길어 임금 은혜 감사하네

이 밤 읽는 목란사(木蘭詞) 소리 더욱 다정하고
그 옛날 하피(霞帔)엔 먹 흔적 아직 있네

갈라졌다 합해지니 진짜 나의 모습이라
합환주(合歡酒) 술잔 남겨 자손에게 물려주리[18]

-「회혼일(回婚日)에」

六十風輪轉眼翻　穠桃春色似新婚
生離死別催人老　戚短歡長感主恩
此夜蘭詞聲更好　舊時霞帔墨猶痕
剖而復合眞吾象　留取雙瓢付子孫

목란사(木蘭詞)는, 중국 북방에서 불린 악부시(樂府詩)의 하나로 우리나라
에서는 흔히 남편이 아내에게 읽어주었다고 한다. 결혼 60주년을 앞두고 그
는 아내에게 이 목란사를 읽어주었던 것 같다. 하피첩(霞帔帖)은 앞에서 언
급한 바와 같이 유배지 강진에서 아내가 보내온 치마폭을 잘라 만든 첩으로
아들에게 준 것인데 아들이 보관하고 있던 그 하피첩을 다시 꺼내 보면서
감회에 잠긴 듯하다.

18 『전서』 I-7, 16a 「回巹詩」.

　다산의 저술은 다산 사후에 가서야 높은 평가를 받았다. 19세기 후반에 지방 수령(守令)으로 나가는 관리들은 부임할 때 『목민심서』 한 질을 필사(筆寫)해서 가져갔다고 한다. 현재 발견되는 수많은 『목민심서』 필사본들이 그것이다. 그들이 『목민심서』의 애민정신을 실천했는지의 여부는 차치하고라도 당시 벼슬아치들이 『목민심서』의 가치를 인정했음을 말해주는 것이다. 또한 김옥균(金玉均), 홍영식(洪英植), 서광범(徐光範) 등 개화파 인사들의 건의에 의하여 고종(高宗)은 1883년에 『여유당전서』를 필사하여 규장각에 비치하게 하고 국정의 지표로 삼았다는데 다산의 저술을 읽고 고종은, 신하로서의 정약용과 시대를 같이하지 못함을 개탄하였다고 한다. 이렇듯 다산은 개화사상의 형성에도 깊은 영향을 끼쳤다. 확인되지 않고 소문으로만 전하는 얘기지만, 1894년의 동학농민전쟁 당시 동학농민군(東學農民軍)들은 품속에 『경세유표』, 『목민심서』 등 다산 저술의 일부를 간직하고 있었다고 한다. 한평생 농민의 이익을 위해 헌신한 다산의 저작물을 가슴에 품고 싸우면 절대 패배하지 않으리라는 믿음을 가졌음 직하다.

　다산 서거 100주년이 되는 1935년에는 잡지 『신조선(新朝鮮)』 12호가 다산 특집을 꾸며서 백남운(白南雲), 정인보(鄭寅普), 안재홍(安在鴻), 백락준(白樂濬), 조헌영(趙憲泳) 등 당대 석학들의 글을 게재하여 대대적인 현창사업을 벌였다. 다산이 제대로 평가를 받은 것이다. 드디어 1938년에는 5년여의 작업 끝에 154권 76책의 연활자본(鉛活字本) 『여유당전서』가 신조선사에 의해서 간행되었다. 이 작업은 다산의 외현손(外玄孫) 김성진(金誠鎭)의 편집, 정인보, 안재홍의 교열로 이루어졌다. 이후 1960년에는 문헌편찬위원회에서 『민보의(民堡議)』를 추가하여 신조선사본을 4책으로 축쇄영인(縮刷影印)한 『정다산전서』를 출간하였고, 1969년에는 경인문화사에서 신조선사본을 다시 6책으로 축쇄 영인하여 출간한 바 있다. 그리고 다산 탄신 250주년이 되는 2012년에는 다산학술문화재단에서 신조선사본 『여유당전서』를 저본으로 교감(校勘)하고 표점(標點)을 가한 『정본 여유당전서』 37책을 간행하여 다산학 연구를 위한 기본 자료를 일차적으로 완성했다.

지금까지 다산에 대한 연구는 2,000편이 넘는 학술논문과 300여 편의 석·박사 논문, 그리고 100여 권의 연구 저서가 축적되어 '다산학'이라는 새로운 학문 영역이 자리 잡게 되었다. 졸저 『시로 읽는 다산의 생애와 사상』이 앞으로의 다산학 연구에 조그마한 보탬이라도 된다면 다행이겠다.

_찾아보기

석학人文강좌 38